당시대관

唐詩大觀

4권

陳起煥 편역

明文堂

杜甫(두보)
〈清 宮殿藏本(청 궁전장본)〉

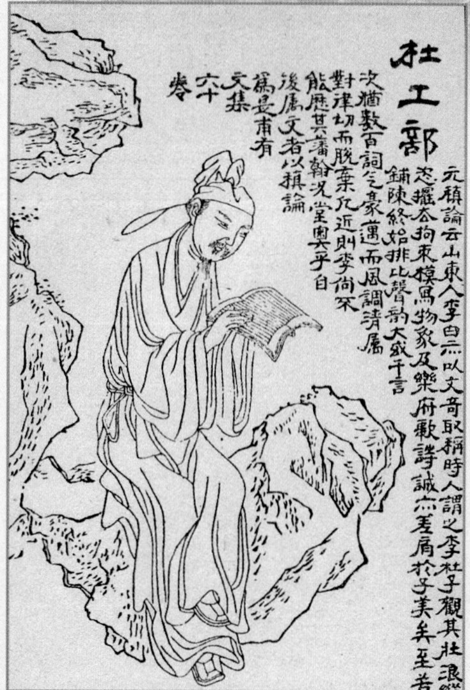

杜甫畫像(두보화상)
《晩笑堂竹莊畫傳(만소당죽장화전)》

杜甫草堂(두보초당)
四川省 成都市

杜甫草堂(두보초당) / 內景(내경)

工部祠(공부사)

당시대관

唐詩大觀

[4권]

陳起煥 편역

차례

001 杜甫(두보) 16

一. 杜甫(두보) 評說(평설) 17

1. 詩聖(시성) 詩史(시사) 17
2. 두보의 가난 22
3. 두보의 文學觀(문학관) 25
4. 李白(이백)과 杜甫(두보)의 비교 26

二. 五言絶句(오언절구) 32

絶句(절구) 二首 (其一) 32

絶句(절구) 二首 (其二) 34

絶句(절구) 35

複愁(복수) 十二首 (其一) 36

複愁(복수) 十二首 (其三) 37

複愁(복수) 十二首 (其六) 38

複愁(복수) 十二首 (其十一) 39

歸雁(귀안) 40

八陣圖(팔진도) 41
武侯廟(무후묘) 42
答鄭十七郎一絶(답정십칠랑일절) 43

三. 七言絶句(칠언절구) 44
三絶句(삼절구) (其一) 44
三絶句(삼절구) (其二) 44
三絶句(삼절구) (其三) 45
戱爲六絶句(희위육절구) (其一) 46
戱爲六絶句(희위육절구) (其二) 47
戱爲六絶句(희위육절구) (其六) 48
解悶(해민) 十二首 (其一) 49
解悶(해민) 十二首 (其六) 50
解悶(해민) 十二首 (其八) 51
解悶(해민) 十二首 (其九) 52
絶句(절구) 四首 (其一) 53
絶句(절구) 四首 (其三) 54
江畔獨步尋花(강반독보심화) 七絶句 (其一) 55
江畔獨步尋花(강반독보심화) 七絶句 (其三) 56
江畔獨步尋花(강반독보심화) 七絶句 (其五) 57
江畔獨步尋花(강반독보심화) 七絶句 (其六) 57
漫興(만홍) 九首 (其一) 59
漫興(만홍) 九首 (其二) 60

漫興(만홍) 九首 (其四) 61
漫興(만홍) 九首 (其五) 62
漫興(만홍) 九首 (其八) 63
貧交行(빈교행) 64
蕭八明府實處覔桃栽(소팔명부실처멱도재) 65
詣徐卿覔果栽(예서경멱과재) 66
春水生(춘수생) 二絶 67
江南逢李龜年(강남봉이귀년) 68

四. 五言律詩(오언율시) 70
月夜(월야) 70
春望(춘망) 73
春宿左省(춘숙좌성) 76
至德二載甫自京金光門出間道~(지덕이재보자경금광문출간도) 79
一室(일실) 83
月夜憶舍弟(월야억사제) 85
遣興(견흥) 87
垂白(수백) 88
遊龍門奉先寺(유용문봉선사) 90
春日憶李白(춘일억이백) 92
天末懷李白(천말회이백) 94
奉濟驛重送嚴公(봉제역중송엄공) 四韻(4운) 97
別房太尉墓(별방태위묘) 100

旅夜書懷(여야서회) 104
登岳陽樓(등악양루) 108
江漢(강한) 113
春夜喜雨(춘야희우) 115
南征(남정) 117
樓上(누상) 118

五. 七言律詩(칠언율시) 119
曲江(곡강) 二首 (其一) 119
曲江(곡강) 二首 (其二) 120
秋雨歎(추우탄) 三首 (其一) 122
客至(객지) 124
野望(야망) 126
江上値水如海勢(강상치수여해세), 聊短述(요단술) 128
聞官軍收河南河北(문관군수하남하북) 130
登高(등고) 133
登樓(등루) 136
宿府(숙부) 139
閣夜(각야) 142
蜀相(촉상) 145
詠懷古跡(영회고적) 五首 (其一) 149
詠懷古跡(영회고적) 五首 (其二) 152
詠懷古跡(영회고적) 五首 (其三) 155

詠懷古跡(영회고적) 五首 (其四) 159
詠懷古跡(영회고적) 五首 (其五) 163
秋興(추흥) 八首 (其一) 166
秋興(추흥) 八首 (其三) 167
秋興(추흥) 八首 (其五) 169
建元中寓居同谷縣作歌(건원중우거동곡현작가) 170
進艇(진정) 172
江村(강촌) 173
晝夢(주몽) 174

六. 五言·七言古詩(오언·칠언고시) 176
望嶽(망악) 176
戱簡鄭廣文兼呈蘇司業(희간정광문겸정소사업) 180
贈魏八處士(증위팔처사) 181
佳人(가인) 186
夢李白(몽이백) 二首 (其一) 192
夢李白(몽이백) 二首 (其二) 197
寄李十二白二十韻(기이십이백이십운) 201
夏日李公見訪(하일이공견방) 207
新安吏(신안리) 209
潼關吏(동관리) 212
石壕吏(석호리) 215
新婚別(신혼별) 218

垂老別(수로별) 221
無家別(무가별) 224
飮中八仙歌(음중팔선가) 227
悲陳陶(비진도) 230
韋諷錄事宅觀曹將軍畫馬圖(위풍록사택관조장군화마도) 231
丹青引(단청인) 贈曹霸將軍(증조패장군) 240
寄韓諫議注(기한간의주) 249
古柏行(고백행) 255
觀公孫大娘弟子舞劍器行(관공손대낭제자무검기행) (幷序) 261
茅屋爲秋風所破歌(모옥위추풍소파가) 272

七. 樂府詩(악부시) 275
兵車行(병거행) 275
麗人行(여인행) 283
哀江頭(애강두) 290
哀王孫(애왕손) 295

002 岑參(잠삼) 302
題三會寺倉頡造字臺(제삼회사창힐조자대) 303
行軍九日思長安故園(행군구일사장안고원) 304
暮秋山行(모추산행) 305
寄韓樽(기한준) 306
西過渭州見渭水思秦川(서과위주견위수사진천) 307

逢入京使(봉입경사) 308

武威送劉判官赴磧西行軍(모위송유판관부적서행군) 309

磧中作(적중작) 310

銀山磧西館(은산적서관) 311

春夢(춘몽) 312

山房春事(산방춘사) 二首 (其一) 313

山房春事(산방춘사) 二首 (其二) 314

戱問花門酒家翁(희문화문주가옹) 315

秋夜聞笛(추야문적) 316

寄左省杜拾遺(기좌성두습유) 317

韋員外家花樹歌(위원외가화수가) 320

奉和中書舍人賈至早朝大明宮(봉화중서사인가지조조대명군) 321

與高適薛據登慈恩寺浮圖(여고적설거등자은사부도) 324

走馬川行奉送封大夫出師西征(주마천행봉송봉대부출사서정) 330

輪臺歌奉送封大夫出師西征(윤대가봉송봉대부출사서정) 335

白雪歌送武判官歸京(백설가송무판관귀경) 340

003 崔曙(최서) 345

對雨送鄭陵(대우송정릉) 346

嵩山尋馮鍊師不遇(숭산심풍연사불우) 347

004 李華(이화) 348
晩日湖上寄所思(만일호상기소사) 349
春行寄興(춘행기흥) 350

005 劉方平(유방평) 351
采蓮曲(채련곡) 352
春雪(춘설) 353
月夜(월야) 354
春怨(춘원) 355

006 元結(원결) 356
將牛何處去(장우하처거) 二首 (其一) 357
將牛何處去(장우하처거) 二首 (其二) 357
欸乃曲(애내곡) 五首 (其二) 359
石魚湖上醉歌(석어호상취가) 幷序(병서) 360
賊退示官吏(적퇴시관리) 幷序(병서) 365

007 孟雲卿(맹운경) 372
寒食(한식) 373

제3부 中唐(중당)의 詩

• 中唐의 詩風 376

008 錢起(전기) 379

遠山鐘(원산종) 380

宿洞口館(숙동구관) 381

逢俠者(봉협자) 382

石井(석정) 383

暮春歸故山草堂(모춘귀고산초당) 384

送僧歸日本(송승귀일본) 385

谷口書齋寄楊補闕(곡구서재기양보궐) 388

省試湘靈鼓瑟(성시상령고슬) 391

贈闕下裴舍人(증궐하배사인) 395

009 賈至(가지) 398

送李侍郎赴常州(송이시랑부상주) 399

西亭春望(시정춘망) 400

巴陵夜別王八員外(파릉야별왕팔원외) 401

010 皇甫冉(황보염) 402

婕伃春怨(첩여춘원) 403

同諸公有懷絶句(동제공유회절구) 404

送王翁信還剡中舊居(송왕옹신환섬중구거) 405

送王司直(송왕사직) 406

和王給事禁省梨花詠(화왕급사금성이화영) 407

酬張繼(수장계) 408

送魏十六(송위십육) 409

011 李嘉祐(이가우) 410

春日憶家(춘일억가) 411

白鷺(백로) 412

秋朝木芙蓉(추조목부용) 413

九日(구일) 414

001

杜甫(두보)

一. 杜甫 評說

1. 詩聖 詩史

杜甫(두보, 712 – 770)의 字는 子美이고, 號는 少陵野老(소릉야노), 또는 杜陵野客(두릉야객), 杜陵布衣(두릉포의)이다. 그는 현실주의적 시인으로 그의 시는 社會의 실제를 기록하였다는 평가를 받고 있다.

西晉(서진)의 장군으로 삼국의 孫吳를 멸망시켰으며, 左傳癖(좌전벽, 《춘추좌씨전》에 몰입한 사람)이었던 杜預(두예)의 13세 후손이 바로 두보이다.

두보의 조부 杜審彦(두심언)은 則天武后 시기의 유명한 정치인이면서 시인이었다. 중국문학사에서는 두심언, 李嶠(이교), 崔融(최융), 蘇味道(소미도)를 '文章四友'라 칭한다. 두보의 부친 杜閑(두한)은 낮은 지방관을 역임했지만, 두보 대에 와서는 거의 몰락한 가문이었다. 두보는 河南 鞏縣(공현, 지금 河南省 중부 鄭州市 관할 鞏義市)에서 태어났는데, 祖籍은 今 湖北省 襄陽(양양)이다.

杜審言(두심언, 645? – 708)은 才華가 뛰어난 사람이었으나 재주를 믿고 오만한 데가 있었다고 한다. 두심언은 高宗 때(670) 진사에 급제한 뒤 隰城 縣尉(습성 현위)를 지냈다. 나중에 洛陽丞(낙양승)이 되었다가 武后 때는 吉州 司戶參軍으로 폄직되기도 하였다.

이 무렵 吉州의 하급관리인 郭若訥(곽약눌)과 그 상관인 周季重(주계중)이 두심언을 모함하여 死罪에 빠트리자, 두심언의 13살 아들 杜并(두병, 두보의 큰 아버지인 셈)이 아버지를 위한 복수를 하려고 잠입해서 주계중을 찔렀고, 두병은 현장에서 호위무사에게 잡혀죽었다. 그런데 부상을 당한 주계중이 죽기 바로 직전에 "두심언에게 그런 孝子가 있는 줄은 나는 모르고 있었으며, 곽약눌이 나에게 거짓말을 했다."고 말했다.

이는 당시에 큰 사건으로 이 소식을 전해들은 측천무후가 두심언을 불러 만났고 두심언의 시를 높이 평가해 주었다.

두심언의 詩는 寫景과 唱和 및 應制(응제, 天子의 조서나 명령에 따라 글을 지어 올림, 王公의 명에 의한 글은 應教라 한다.)한 작품들이 많은데, 특히 오언율시에 뛰어났었다.

두심언의 차남이 바로 두보의 부친인 杜閑(두한)이다. 두보는 두심언의 장손이었으니, 杜甫도 "내 할아버지의 詩는 예부터 제일이었다(吾祖詩冠古)."고 말했다. 두심언은 近體詩의 형성과 발전에 크게 기여하여 '五言律詩의 기초를 놓은 시인'으로 평가받고 있다. 두보는 이러한 조부의 유전자를 물려받았을 것이다.

杜甫는 어려서부터 好學하였는데 7세에 시를 읊었던 조숙한 수재였다고 한다. 두보는 당 현종 天寶 연간에 장안에서 進士科에 응시하였으나 낙제한 뒤에, 8, 9년간이나 齊와 魯 지역을 유랑했고, 李白, 高適(고적) 등과 교유했는데 〈望嶽〉, 〈飲中八仙歌〉 등은 이 시기의 작품이다. 천보 11년(752), 그의 나이 40세에 參軍 벼슬에 나갔다가 천보 15년에 安祿山이 長安을 차지하였고, 肅宗이 靈武에서 즉위하자

(756년), 두보는 숙종이 있는 곳을 찾아가 배알하여 左拾遺(좌습유)에 임명되었다. 숙종 乾元 원년(758년), 안록산의 部將인 史思明(사사명)의 반란이 계속되면서 嚴武(엄무)가 蜀을 평정하고 두보를 檢校工部員外郎으로 초빙하였다.

뒷날 두보는 친우 엄무의 도움과 후원 아래 成都 서쪽 교외의 浣花溪(완화계)에 초당을 짓고 일생 중 가장 평온한 시기를 보냈다. 그러나 두보는 실의와 곤궁 속에 시름하다가 代宗 大歷 5년(770)에 湘江(상강)의 배 안에서 당뇨병으로 급작스런 죽음을 맞이하니, 향년 59세였다.

두보는 左拾遺(좌습유), 검교공부원외랑을 역임했기에 후세에 杜拾遺(두습유) 또는 杜工部라고 불린다. 또 장안 성 밖 少陵(소릉)에 초당을 짓고 거주한 적이 있어 杜少陵(두소릉)이라고도 불린다.

杜甫는 11세 연상인 李白과 함께 '李杜'라고 병칭되는데, 또 다른 시인 李商隱과 杜牧(두목)은 '小李杜'라 하여 구별한다. 杜甫와 杜牧(두목, 803 – 852)은 먼 宗親이라서 두보를 老杜라 불리기도 한다.

두보의 시는 약 1500수가 전해 오고 그의 시집으로 《杜工部集》이 있다. 이백을 詩仙이라 부르기에, 두보는 '詩聖'으로 존경을 받고 있으며, 그의 시는, 곧 當時의 역사적 사실을 기록한 것과 같아 '詩史'라고 부르기도 한다.

두보의 시는 약 1500수가 현재 전해온다. 두보의 평생은 다음과 같이 4시기로 구분할 수 있다.

1) 독서하고 유람하던 시기(35세 이전)

杜甫는 지금의 江西省, 浙江省(절강성, 저장성) 일대와 山東省 북부와 河北省 남부 지역을 두루 유랑했고, 낙양에서 과거에 응시하였으나 낙제했다. 낙양에서 11세 연상인 李白을 만나 깊은 友誼(우의)를 다졌는데 이백에게 시를 지어 증정했었다. 또 高適을 만나 3인이 梁과 宋(지금의 開封市, 商丘市 일대)을 유랑하다가 齊州에서 헤어졌는데 이후 다시 만나지 못했다.

2) 長安에서 힘들게 지내던 시기(35세~44세까지)

杜甫는 장안에 와서 玄宗에게 賦를 지어 올리기도 하고 貴人에게 시를 증여하면서 어떻게든 인정을 받고 벼슬길에 나서려고 힘들고 어려운 생활을 이어간다. 나중에 參軍이라는 말직을 얻지만 이 시기에 사회 실상을 고발하는 시를 많이 창작했다. 두보는 당시 市政을 비평하고 權貴의 행태를 풍자하는 〈兵車行〉과 〈麗人行〉 등 장편을 지었는데, 그중에서도 〈自京赴奉先縣咏懷五百字〉가 가장 유명하다.

3) 안록산 난의 와중에서 벼슬하기(45세~48세)

安史의 亂이 일어나고 潼關(동관)이 함락되자 두보는 가족을 두고 혼자 靈武(영무)로 새로 즉위한 肅宗을 찾아간다. 그 도중에 반군에게 사로잡혀 장안에 압송되었는데 혼란한 장안의 모습을 목격하고 관군의 패퇴 소식을 들으면서 〈月夜〉, 〈春望〉, 〈哀江頭〉 등의 시를 남긴다. 두보는 장안을 탈출하여 鳳翔(봉상)의 行在所에 가서 숙종을 알현한다. 그리고 左拾遺의 벼슬을 받는다. 그러나 宰相인 房琯(방관)의 일로 忠言과 直諫(직간)을 올렸지만 오히려 華州 司功參軍으로 강등

된다. 이 시기에 그가 목도한 바를 바탕으로 〈三吏〉, 〈三別〉 등 불후의 명작을 남긴다.

4) 서남쪽 지방을 떠돌던 시기(48세에서 59세까지)

安史의 난 중에 官軍이 相州에서 대패하였고 關中에 대기근이 들자, 두보는 華州의 司功參軍 직책을 버리고 가족을 데리고 秦州(今 甘肅省 동남부 天水市 관할 秦安縣)나 同谷(今 甘肅省 남부 隴南詩 관할 禮縣 일대) 등지를 떠돌다가 成都에 들어와 친우인 嚴武(엄무)의 도움을 받아 초당을 짓고 잠시나마 비교적 안정된 생활을 했었다. 이 때가 어찌 보면 두보의 만년에서 가장 행복한 시기였었다.

嚴武가 入朝한 뒤 바로 蜀의 군벌인 徐知道가 亂을 일으킨다.(762년) 두보는 난을 피해 梓州(재주, 今 四川省 북부 綿陽市 관할 三台縣), 閬州(낭주, 今 四川省 동북부 南充市 관할 閬中市) 일대를 떠돌았고 서지도는 그 部將에게 피살된다.

다시 成都로 돌아온 두보의 생활은 어려웠다. 嚴武는 765년에 죽었고, 두보는 다시 이곳저곳을 떠돌았다. 夔州(기주)에서 2년을 보내고 湖北, 湖南 일대를 떠돌았는데, 이 시기에 두보는 〈水檻遣心〉, 〈春夜喜雨〉, 〈茅屋爲秋風所破歌〉, 〈病橘〉, 〈登樓〉, 〈蜀相〉, 〈聞官軍收河南河北〉, 〈登高〉, 〈秋興〉, 〈三絶句〉, 〈歲晏行〉 등 수백 수의 시를 남겼다. 杜甫詩의 약 70% 정도가 이 시기의 작품인데, 많은 시들이 安史의 亂 전후 20여 년간의 사회 모습을 묘사하고 있다. 그래서 두보의 시를 詩史라 부를 수 있는 것이다.

객지를 일정한 생업도 없이 떠돌던 두보는 湘江의 나룻배 안에서 59세로 770년에 병사한다.

2. 두보의 가난

〈旅夜書懷〉

細草微風岸, 危檣獨夜舟.
星垂平野闊, 月湧大江流.
名豈文章著, 官因老病休.
飄飄何所似, 天地一沙鷗.

이 시는 대략 代宗 永泰 元年(765)에 가족을 거느리고 성도 초당을 떠나 배를 타고 동쪽으로 흘러가며, 雲安(지금의 重慶市 동부 雲陽縣)에서 지은 것이라고 알려졌다.

곤궁과 실의에 찬 두보의 한숨에 읽는 사람도 가슴이 미어지는 것 같다. 두보는 자기의 신세가 강가에 홀로 된 물새와 같다고 했는데, 어쩌면 자신이 물새보다 더 불쌍하다고 느꼈을 것이다. 직업도, 재산도 없는 두보에게 하루하루 끼니 때우기는 고통의 연속이었을 것이다.

중국 속담에 '들판의 참새가 쌓아 둔 양식이 없지만 천지는 넓다(野雀無糧天地廣).' 라는 말이 있다. 또 '섣달에 눈이 쌓여도 참새는 굶어 죽지 않는다(臘月下雪餓不死麻雀).' 고 하는 속담처럼 참새나 물새는 적어도 배를 곯지는 않는다.

이 시를 읽으면서 착하디착한 시인이 이런 곤궁에 처해야 하는가를 자꾸 생각한다. 시인과 가난은 형제간인가? 시인은 본디(固), 원래부터 가난한가?(窮) 아니면 시인은 당연히(固) 가난해야(窮)

하는가?

본래 '가난이란 선비의 日常이다(貧者士之常).' 라고 스스로 위안하고 지내는 경우도 많다. 그러나 '젊어 가난은 가난이라 할 것도 없지만(少年受貧不算貧), 노년에 가난해지면 가난이 사람을 죽인다(老年受貧貧死人).'라고 하였다. 또 '젊은이의 고생은 지나가는 바람이지만(後生苦 風吹過), 늙은이의 고생은 진짜 고생이다(老年苦 眞個苦).' 늙은 두보의 가난이기에 가슴이 더 아프다.

우리말 '가난' 의 원말은 艱難(간난)이다. 경제적인 궁핍 이외에 질병으로 인한 고생도 가난의 한 모습이다. 시인의 흰머리는 역경의 흔적이고, 나빠진 건강으로 濁酒 잔도 끊었다는 두보의 獨白은 읽는 사람을 우울하게 한다. 중양절 이날에도 막걸리 한잔 못 마실 질병과 가난 – 登高의 감회로는 정말 회색빛이다.

〈登岳陽樓〉

昔聞洞庭水, 今上岳陽樓.
吳楚東南坼, 乾坤日夜浮.
親朋無一字, 老病有孤舟.
戎馬關山北, 憑軒涕泗流.

岳陽樓는 湖南省 岳陽市 岳陽古城의 서문 위에 자리 잡고 있는 강남 四大名樓의 하나이다. 두보는 代宗 大曆 3년(768, 죽기 2년 전)에 악양루를 찾았다.

전반의 4句는 악양루에 오른 과정과 자연경관을 묘사했다. 후반 4

구는 시인의 심경을 읊었는데 '一句一哭' 이 아닌 것이 없다.

'親朋無一字' – 아마 이 구절을 쓰면서 두보는 눈물을 흘렸을 것이다. '老病有孤舟' 늙고 병든 두보에게는 배 한 척만 있다. 無로는 그리움을, 有로는 가난을 그려내었다. 곧 無消息의 그리움과 有孤舟의 빈곤은 두보의 현실을 극명하게 나타내주고 있다.

이런 名句는 千字文만 배웠어도 읽을 수 있지만 아무나 쓸 수 있는 문장이 아니다. 이 구절에서 두보는 설움이 가슴까지 차올랐으리라!

이 시는 山水自然의 경관을 소재로 하였지만 시인이 겪은 역경이 그의 山水詩를 슬픔으로 색칠하였다. 몸에 밴 가난이고 슬픔인데, 어찌 환하게 웃고 호탕하게 큰 소리를 치며 세밀하고 끈적끈적한 묘사를 할 수 있겠는가?

'부귀와 빈천은 이미 팔자에 정해진 것(富貴貧賤 命中前定)이라지만, 사람이 가난하면 큰 뜻을 못 가진다(人貧志短).' 고 하였다. '말이 수척하면 털만 길어 보이고(馬瘦毛長), 사람은 궁하면 의지도 짧다(人窮志短).' 는 말도 있다. 그러기에 보통 사람들은 가난에 굴복한다.

두보의 시를 읽으면서 왜 이런 생각이 떠오르는 것일까? 두보의 뜻과 안목이 좁다는 뜻은 결코 아니다. 다만 두보에게 주어진 貧窮이 두보를 슬프게 했으니 시인에 대한 연민의 정이 가슴에 차오른다. 두보는 代宗 大曆 5년(770), 59세에 죽는다.

3. 두보의 文學觀

시인에게 '文章은 영원히 계속될 일(文章千古事)' 이며 인생사의 '득실은 시 한편으로 헤아릴 수 있다(得失寸心知).' 는 말이 있는데, 이는 詩와 文學의 영원한 가치와 효용성을 잘 표현한 말일 것이다.

詩人이 景物을 보면 詩情이 나오고 그런 시정을 자신의 뜻에 바탕을 두고 외부로 표출한 것이 바로 시이다. 그래서 '시는 시인의 뜻(詩言志)' 이라고 말한다.

唐代의 악부시는 악부의 옛 제목을 따라 짓거나 악부 형식으로 새로운 시를 짓는 것이 많았다. 杜甫에 이르러서는 악부 형식으로 새로 창작하는 악부시가 나왔는데 〈麗人行〉, 〈丹青引〉, 〈茅屋爲秋風所破歌〉 등은 古詩 풍격으로 창작한 악부시로 詩歌의 諷諭(풍유) 정신을 강조하면서 점차 악부의 음악적 성분은 소멸되었다.

近體詩는 今體詩, 혹은 格律詩라고 부른다. 古體詩에 대한 상대적인 의미로 붙은 이름이다. 근체시의 형태적 특성을 格律이라고 한다. 이러한 격율에 의해 창작된 시를 율시라고 하는데, 律은 用兵의 紀律(기율)이나 刑法의 法律처럼 결코 어겨서는 안 된다는 의미를 담고 있다.

近體詩는 南朝 齊나라 武帝의 연호인 永明(483 – 493) 연간의 시작되었다고 하여, 이를 永明體라고도 부른다. 이러한 율시가 唐代에 완성이 된 것은 漢代 이후 시문학 자체 발전의 결과라 할 수 있다. 唐 이전에 沈約(심약), 庾信(유신) 등이 선구자로 기초를 만들어 주었다. 初唐四傑의 시는 聲調나 對偶(대우)에서 거의 근체시에 가깝다는 평가를 받고 있는데 唐代의 沈佺期(심전기), 宋之問(송지문)에 의해 완성

된 뒤, 杜甫에 의해 꽃 피웠다.

두보의 시에서 절구는 그 작품 수가 매우 적은데 특히 오언절구는 30여 수 정도라고 한다. 칠언절구 역시 100여 수에 불과하기에 두보는 절구에 많은 관심을 갖지 않았다고 말할 수 있다.

그러나 두보의 절구를 통해서 시인의 감정을 공감할 수 있고, 또 절구의 連作詩를 통해 두보 사상의 일부를 분명히 파악할 수도 있다.

두보는 율시나 장편 서사시를 통해 자신의 신념이나 주장을 분명히 드러내었다고 말할 수 있다. 특히 정치적 혼란이 무고한 백성들에게 얼마나 심각한가를 절구를 통해서도 생생하게 묘사하였다.

4. 李白과 杜甫의 비교

盛唐 시단의 日月과 같았던 李白(701 – 762)과 杜甫(712 – 770)는 제각각 다른 개성을 가지고 서로를 걱정하는 우정을 간직했었다. 두 사람이 약 10년 차이로 태어나고 죽었다는 것도, 두 사람의 인생 역정이 비슷하면서도 차이가 나는 것도, 그리고 詩風 등 모든 면에서 서로 비교가 되기에 여기에 한번 정리를 할 필요가 있다.

우선 두 사람이 발휘한 시단에서의 광채는 韓愈(한유)가 말한 '李杜文章은 在光焰萬丈이라.' 는 말처럼 巨星(거성)이었으며, 여기에 詩佛 王維(왕유, ?700 – 761)가 근접하여 기타 群星과 함께 盛唐의 시단은 唐詩의 최전성기였음을 먼저 염두에 두어야 한다.

○ **先祖** – 이백의 선조는 뚜렷하게 내세울 것이 별로 없고, 언제 왜

入蜀하였는가도 불분명한 유랑민의 후예였으며, 이백에게는 협객의 기질이 있었다. 두보의 먼 조상은 西晉의 장수로써 손권이 세운 吳를 멸망시킨 杜預(두예, 222 – 285)였다. 두예는 평소 학문을 좋아해 左丘明(좌구명)의 《春秋左氏傳(춘추좌씨전)》을 틈만 나면 읽었고, 행군 중에도 사람을 시켜 말 앞에서 《좌전》을 읽게 하였다. 이에 사람들은 두예를 '춘추좌씨전에 푹 빠졌다' 는 뜻으로, '좌전벽(左傳癖)' 이라고 불렀다.

두보의 조부인 杜審言(두심언)은 측천무후 시대에 관료이면서 詩人으로 이름이 났었고 부친 杜閑(두한)은 지방관을 역임했다. 이렇듯 두보는 그 혈통에 儒家의 기질과 철학이 있었고 조상의 내력에 자부심을 갖고 있었다.

○ **재능** – 둘 다 타고난 재주가 있었다. 이백은 5세에 六甲을 외우고 10세에 百家書(백가서)를 보았으며, 15세에 둔갑에 관한 奇書를 읽고 司馬相如만큼 賦를 잘 지었다는 조숙한 천재였다. 두보 또한 조숙하고 문재를 타고 났었다. 이백은 그 기질이 浩蕩(호탕)하고 飄逸(표일)하여 풍류의 기질이 농후하였고, 두보는 독서와 사색 속에 진지하게 刻苦勉勵(각고면려)하는 기질이었다고 요약할 수 있다. 때문에 이백은 형식을 벗어난 古體詩에서 빛을 발하며 천재성을 발휘하였고, 두보는 律詩의 珠玉(주옥)을 가다듬었다.

○ **환경** – 이백과 두보 두 사람 모두 젊어서 각지를 유랑했다. 젊은 날의 유랑은 시인으로서의 기초 자양분을 습득할 수 있는 기회였다. 뒤에 이백은 酣飮(감음)하고 縱酒(종주)하며 傍若無人(방약무인)한듯 천상천하를 휘젓고 놀았으며 재물의 소중함을 몰랐을 정도로 豪奢(호사)하였다.

그러나 두보의 가세는 일찍부터 기울어 경제적인 어려움에 봉착했었고, 낙제의 고배를 마셔야 했고 방랑과 질병 속에서 가족을 데리고 유랑하였으며 늘 焦燥(초조)하고 懊惱(오뇌)했다.

成仙하고 싶은 방랑객 기질 속에 脫俗한 시풍을 가졌던 이백과 憂世憂民(우세우민) 속에서 침울한 哀傷(애상)의 시를 썼던 두보는 이러한 환경의 차이가 있었다.

ㅇ **사상과 성격** – 이백은 老莊(노장) 사상을 바탕으로 깔고 있으면서도 향락적인 기질이 있었고, 두보는 유가 사상에 박애주의자였다고 말할 수 있다. 이백이 이기적이고 지적이며 동적이었다면, 두보는 利他的이며 樂山(요산) 仁者의 기질을 발현하였다.

이백은 자신의 인생을 天地라는 逆旅(역여, 여관)를 잠시 들렀다가는 나그네로 보았지만, 杜甫는 조그만 분수에 만족할 수 있는 안정을 희구하며 힘들게 살아야만 했다. 때문에 자기만큼이나 고통을 받는 서민들의 애환을 자신의 애환으로 느끼며 그 아픔을 사실대로 기록하려 애를 썼다.

이백이나 두보 모두 안록산의 난을 겪었다. 이백은 방관자적 입장을 견지하였고, 두보는 어떻게든 국가를 위해 봉사할 수 있는 기회를 찾으려 노력했지만, 위대한 시인에게 관직은 어울리지 않는 옷과 같았다.

ㅇ **詩風** – 이백은 귀족들의 富華(부화)한 생활을 겪어도 보았고 玄宗이나 權貴를 위한 봉사도 경험했지만, 두보는 오로지 평민들의 삶을 소재로 시를 썼다.

이백이 낭만적이고 唯美主義的(유미주의적)이고 퇴폐적인 상상이나 주관적 감정이나 기분을 읊었다면, 두보는 인도주의적 사고와 사회의 일면을 사실적 객관적으로 기록하는 시를 썼다.

이백의 시에 술과 여인의 아름다움을, 그리고 낭만적 연애의 감정을 유감없이 표현했다면, 두보는 굶주림이나 疾苦(질고)를 시의 주제로 삼았고 여인과의 연애감정을 토로한 시는 찾아볼 수가 없다.

이백은 그 천재성을 바탕으로 단숨에 즉석에서 완성하는 一氣呵成(일기가성)의 豪邁(호매)하고 淸逸(청일)한 시를 쓴데 비해, 두보는 人力으로 彫琢(조탁)하고 공을 들여 시 한 수, 한 수를 완성했다고 말할 수 있다.

전해오는 이야기에 의하면,

杜甫의 詩作은 매우 열심이면서도 성실하여 조금도 빈틈이 없었다. 시 한 수를 지으면서도 계속 읽고 또 읽으며 마음에 흡족할 때까지 수정에 보완을 거듭하였다. 두보의 초옥이 바람에 날려 지붕이 없어졌던 그 후에도 두보는 소리 내어 외며 시 짓기에 열중이었다.

어느 날 두보가 시를 짓고 잠시 밖을 나와 보니 朱山이란 곳에 사는 친우 한 사람이 망연히 앉아 있었다. 두보가 언제 왔느냐? 왜 안 들어왔느냐고 물었을 때 그 친구가 말했다.

"시를 하도 열심히 외기에 시흥을 깰 수 없어 잠시 기다렸을 뿐이요. 그런데 兄丈께서는 讀書破萬卷하였기에 下筆如有神할 텐데 어찌 시 한 수를 위해 그리 고생을 하시오?"

그러자 두보가 웃으면서 말했다.

"陶冶性靈하여 存底物하고(성령을 도야하여 사물을 철저히 탐구하고), 新詩開罷에 自長吟(새 시를 시작하고 마치면서 오래 읊다.)해야 합니다. 또 爲人性癖이 探佳句하여(내 사람됨이 좀 괴벽하여 좋은 구절을 탐하다 보니), 語不驚人이면 死不休(시어가 사람을 놀래게 못 한다면 죽더라도 그칠 수 없다.)하는 것입니다."

'讀書破萬卷 下筆如有神' 은 杜甫의 〈贈韋左丞丈二十二韻〉에 나오는 구절이니, 이는 두보가 독서와 학문을 바탕으로 정확하면서도 神韻(신운)이 깃든 시를 지으려 노력했다는 뜻이다.

그리고 '陶冶性靈存底物 新詩開罷自長吟' 은 두보의 〈解悶, 其五〉의 구절이고 '爲人性癖探佳句, 語不驚人死不休' 는 두보의 〈江上値水如海勢, 聊短述〉의 첫 구절이다.

이를 본다면, 두보는 학문적 바탕 위에 부단한 노력으로 그의 시를 神聖의 경지에 끌어 올렸다고 볼 수 있다. 후세 사람들이 두보를 詩聖으로 존경하면서 두보의 시를 즐겨 읽는 것은 두보의 이런 성실한 과정을 거쳤기 때문일 것이다. 그리고 이러한 노력은 이백이 그의 천재성을 바탕으로 '李白一斗詩百篇' 과는 본질적으로 다른 것이다.

이러한 이백과 두보는 누가 더 어떻다는 優劣(우열)을 비교할 수가 없다. 두보가 이백만큼 그렇게 호탕할 수도 없고, 이백은 두보처럼 침울할 수 없는 기질이었으며, 이백의 〈蜀道難〉이나 〈將進酒〉 같은 시를 두보에게서 기대할 수 없으며, 이백에게 〈兵車行〉 같은 시를 써보라고 권유할 수는 없었을 것이다.

李白(701－762)은 杜甫보다 11년 年上이다. 두 사람은 天寶 3년(744)에 洛陽에서 교유했고, 또 河南과 山東의 각지를 함께 여행했다. 당시 이백은 44세로 잘 알려진 호탕한 시인이었다. 한편 두보는 33세로 초라하지만 진지한 선비 기질의 시인이었다. 그 후 두보는 이백에 대한 시를 약 40여 편이나 남겼다. 한편 기구한 삶의 길을 걸었던 이백도 두보를 회상하는 시를 5－6편 정도 남겼다. 安祿山(안록산)의 난이 일어나자, 李白은 玄宗의 16번째 아들 永王 李璘(이린)을 옹립하려는 세력에 가담했다가 반역죄로 몰려서 建元 원년(758)에 夜郎(야랑, 지금 貴州省)으로 유배되었다가 건원 2년 봄에 풀려났다.

한편 두보는 나이 48세로 진주(秦州, 今 甘肅省 동남부 天水市)로 피신해 가서 가난에 시달리고 있었다. 두보는 이백이 이미 봄에 풀려났다는 소식을 듣지 못하고, 꿈에 이백을 보고 〈夢李白〉이란 시를 지었다.

물론 오언율시 〈天末懷李白〉도 같이 감상하여야 한다. 두보의 시에서 〈春日憶李白〉, 〈贈李白〉, 〈寄李白〉, 〈冬日有懷李白〉, 〈天末懷李白〉 등은 두보가 이백을 그리워하는 시다. 한편 이백이 두보를 생각하고 지은 시로는 〈堯祠贈杜補闕(요사증두보궐)〉, 〈沙丘城下寄杜甫〉, 〈魯郡東石門送杜二甫〉, 〈戱贈杜甫(희증두보)〉 등이 있다.

二. 五言絶句

絶句(절구) 二首 (其一)

遲日江山麗, 春風花草香.
泥融飛燕子, 沙暖睡鴛鴦.

절구 (1 / 2)

봄날의 강산은 아름답고,
춘풍에 화초도 향기롭다.
진흙을 물고 온 제비가 날며,
모래밭 따사해 원앙이 졸고 있다.

| 詩意 | 이 시는 代宗 光德 2년(764)의 성도 초당에 살던 시절의 작품으로 알려졌으니 두보 만년의 작품에 속한다. 제목을 붙이지 않고 〈絶句〉라 하였으니 〈無題〉와 같다. 봄이 한창인 강가를 바라보며 연필로 풍경을 스케치하였다. 바람과 꽃을 먼저 묘사한 뒤, 진흙을 물어 나르는 제비와 강가 모래톱에 가만히 서서 햇볕을 즐기는 원앙새를 그려 넣었다.

이 시에는 시인이 느낄 수 있는 여러 감각이 다 그려져 있다. 춘풍을 느끼고 꽃향기를 맡고, 푸른 강, 흰 모래, 제비와 원앙이 한 눈에 들어온다.

遲日(지일)은 시간이 더디 간다는 뜻이 아니라 낮 시간이 긴 봄날을 말한다. 泥融(이융)은 얼었던 흙이 녹는다는 뜻보다는 '진흙을 이긴다' (물과 뒤섞는다)는 뜻이니, 제비가(燕子) 집 지을 흙을 물어 나른다는 표현으로 해석해야 한다.

絶句(절구) 二首 (其二)

江碧鳥逾白，山青花欲然.
今春看又過，何日是歸年.

절구 (2/2)

강이 파라니 물새 더욱 희고,
산이 푸르니 꽃은 타는 듯하다.
이번 봄도 또 이리 보내니,
어느 날이 돌아갈 해이겠나?

| 詩意 | 평생 역경 속에 살았던 두보, 고생에 고생을 감수해야만 했던 두보! 그런 두보에게 평온했던 시절은 〈江村〉이나, 〈客至〉를 통해서도 읽을 수 있다.

두보는 사회적으로 안정된 태평세월을 늘 그렸다. 두보의 희망이 무엇인가는 아래 시를 통해 짐작해야만 한다.

絶句(절구)

漫道春好來, 狂風太放顚.
吹花隨水去, 翻卻釣魚船.

절구

봄날이 좋다고 함부로 말하지 말라,
광풍이 너무나 제멋대로 불어온다.
꽃은 날려 물 따라 흩어지고,
낚시 배를 뒤집어 놓는다.

| 詩意 | 길고 긴 겨울을 지낸 가난한 사람에게도 새봄은 희망이다. 우선 춥지만 않아도 살 것 같으리라. 그러나 봄이 마냥 좋은 것은 아니다. 漫道는 함부로(漫은 속일 만. 함부로) 말하다(道). 좋더라도 너무 방심하지 말라는 뜻이다. 봄날의 광풍, 회오리바람은 또 다른 일면이다.

複愁(복수) 十二首 (其一)

人煙生處僻，虎跡過新蹄.
野鶻翻窺草，村船逆上溪.

또 다른 걱정거리 (1 / 12)

人家 연기는 후미진 곳에서 피고,
호랑인 새 발자국을 남기고 갔다.
들판 새매는 날며 풀밭을 엿보고,
시골 돛배는 물을 거슬러 올라간다.

| 詩意 | 鶻은 송골매 골. 翻은 나를 번. 날아다니다. 窺는 엿볼 규. 이 시의 뜻은 명확하다. 우선 인가가 거의 사라졌다. 호랑이, 풀밭을 노리는 새매가 무엇을 뜻하는가는 자명하다. – 불쌍한 민초들! 그리고 물을 거슬러 올라가야 하는 배 – 물을 따라 내려올 때와 물을 거슬러 올라갈 때 그 노동력의 차이는 백배 천배이다. 지금 농민들은 가장 힘든 나날을 보내고 있다.

《全唐詩》 230권 수록.

複愁(복수) 十二首 (其三)

萬國尙防寇，故園今若何.
昔歸相識少，早已戰場多.

또 다른 걱정거리 (3 / 12)

온 나라가 아직도 반군을 막는데,
옛 고향은 지금쯤 어떤 모습일까?
전에 갔을 때 아는 사람 적었는데,
그간 예전보다 싸움판이 많았겠지!

| 詩意 | 두보의 걱정거리는 확실하다. 安史의 난 이후 너무 많은 사람들이 죽었고 흩어졌다. 그리고 아직도 난리는 계속되는데 알고 있던 사람들은 더더욱 줄어들었을 것이다. 시인은 난리가 끝나기만을 기다리고 있다.

複愁(복수) 十二首 (其六)

胡虜何曾盛, 干戈不肯休.
閭閻聽小子, 談話覓封侯.

또 다른 걱정거리 (6 / 12)

오랑캐 무리가 언제 이리 강성했었나?
싸움이 언제나 끝날까 생각도 못한다.
마을의 젊은이 말을 들어보면,
戰功으로 제후가 되겠다고 말한다.

| 詩意 | 起句의 胡虜(호로)는 塞外(새외)의 이민족이다. 그들은 중국인이 아닌 胡이며, 사회적 지위로는 虜(포로 로. 포로, 놈)이다. 閭閻(여염)은 마을(村里). 結句의 覓封侯는 '제후가 될 길을 찾아보겠다', 곧 전공에 따라 제후에 봉해지고 봉토를 받겠다는 뜻이다.(覓은 찾을 멱. 구하다.)

노인에게는 이민족과 전쟁이 공포이지만 젊은이에게는 기회이다. 그러한 입장과 견해 차이가 바로 두보의 새로운 걱정거리였다.

複愁(복수) 十二首 (其十一)

每恨陶彭澤, 無錢對菊花.
如今九日至, 自覺酒須賒.

또 다른 걱정거리 (11 / 12)

매번 탄식하기를, 팽택령 도연명은,
국화가 피어도 술 살 돈이 없었다.
이제 구월 중양절이 다가오는데,
나도 술을 외상으로 사야만하네.

| 詩意 | 평소에 陶淵明의 가난을 한탄했었다. 그래도 도연명에게는 가끔 중양절에 맞춰 술을 보내주는 벗이 있었다.

두보는 이제 자신이 중양절에 외상(賒는 세낼 사. 외상으로 사다)으로 술을 사야할 처지라고 자신의 가난을 탓하고 있다.

歸雁(귀안)

春來萬里客, 亂定幾年歸.
腸斷江城雁, 高高向北飛.

돌아가는 기러기

봄이 왔다지만 만리 길 나그네는,
亂이 끝났어도 언제 돌아가겠나?
단장의 기러기는 강가 성 위를,
아주 높이 북쪽으로 날아간다.

| 詩意 | 이 시는 숙종 廣德 2년(764) 봄에 지은 것으로 알려졌다. 안록산의 난이 평정되었으나 돌아갈 희망이 없는 막막함을 돌아가는 기러기에 붙여 읊었다. '春來萬里客' 을 '東方萬里客' 으로 쓴 판본도 있다.

八陣圖(팔진도)

功蓋三分國, 名成八陣圖.
江流石不轉, 遺恨失呑吳.

팔진도

공적은 三分된 천하에 으뜸이고,
명성은 八陣圖로 성취 되었다.
長江의 流水에도 石陣은 남았으나,
실패한 東吳정벌 유한이 되었네.

| 詩意 | 두보는 유명한 역사 인물에 대한 소회를 묘사하여 자신의 뜻을 피력하였다. 두보가 늙어서도 고적을 둘러보고, 또 역사적 인물에 대한 시를 많이 지은 것은 다 그런 의미가 있을 것이다.

〈八陣圖〉는 杜甫의 詠史詩인데 제갈량의 공적을 매우 높이 평가하고 있다. 杜甫는 七言律詩 〈蜀相〉과 〈詠懷古跡(영회고적)〉등을 통해 제갈량에 대한 추모와 존경의 뜻을 표했다.

이 시는 두보가 代宗 大暦 원년(766)에 夔州(기주)에서 지은 작품으로 알려졌다.

1, 2구는 제갈량의 업적의 대략을 말해 높은 평가를 내렸고, 3구는 팔진도의 견고함을 말해 제갈량의 무한한 능력에 감탄하고 있다. 4구는 제갈량의 遺恨(유한)이라 하여 제갈량과 의견을 같이 하고 있는 시인의 뜻을 알 수 있다.

武侯廟(무후묘)

遺廟丹青落，空山草木長.
猶聞辭後主，不復臥南陽.

무후의 묘당

남겨진 묘당에 단청은 퇴락했고,
인적 끊긴 산에 초목만 우거졌다.
後主께 出師表를 올렸지만,
다시는 南陽郡에 돌아가지 못했다.

| 詩意 | 武侯(무후)는 蜀漢(221 – 263)의 승상이었던 諸葛亮(제갈량, 181 – 234. 字는 孔明)이다. 54세에 五丈原(오장원)에서 죽었는데, 시호는 忠武侯였다. 보통 무후, 또는 제갈무후로 통칭한다.

後主는 蜀의 後主로 劉備의 아들 劉禪(유선)이다. 아명은 阿斗(아두)인데 207년 출생하여 223년 즉위한 뒤 263년 촉이 魏에 멸망하자 위에 끌려가 살다가 271년에 천수를 다하고 죽었다. 통치자로서는 무능했지만 개인적으로 유복한 사람이었다.

南陽郡은 제갈량이 출사하기 전에 농사짓던 곳이다.

두보는 제갈량의 능력과 인품을 흠모했고, 이 시는 代宗 大歷 원년(766)에 지었다고 알려졌으니 죽기 5년 전이다.

答鄭十七郎一絶(답정십칠랑일절)

雨後過畦潤，花殘步屐遲.
把文驚小陸，好客見當時.

鄭十七郎에게 절구한 수로 답하다

비온 뒤에 젖은 밭둑을 지나는데,
꽃은 졌고 나막신 걸음은 더디다.
좋은 글로 陸雲을 놀라게 하고,
손님 좋아하기는 鄭當時와 같다.

| 詩意 | 小陸은 西晉의 시인 陸機(육기)의 동생 陸雲(육운). '好客見當時' 의 當時는 漢 武帝 때 鄭當時(정당시)란 사람이다. 시 전체의 뜻은 鄭十七郎에 대한 칭찬이다. 畦는 밭두둑 휴. 屐은 나막신 극.

三. 七言絶句

三絶句(삼절구) (其一)

前年殺幽州刺史, 今年開州殺刺史.
群盜相隨劇虎狼, 食人更肯留妻子.

절구 3수 (1 / 3)

작년에 幽州에서 자사를 죽였고,
금년에 開州에서 자사를 죽였다.
亂軍이 계속 설치며 호랑이보다 사나운데,
食人도 하며 妻子는 어찌 남겨두려 하는가?

三絶句(삼절구) (其二)

二十一家同入蜀, 惟殘一人出駱谷.
自說二女齧臂時, 廻頭卻向秦雲哭.

절구 3수 (2 / 3)

스물한 집이 함께 蜀에 이주했는데,
오직 한 집이 살아 駱谷(낙곡)을 나왔다.
딸년 둘이 팔을 깨물었다고 말하면서,
고개 돌려 關中 하늘을 보며 통곡했다.

三絶句 (삼절구) (其三)

殿前兵馬雖驍勇, 縱暴略與羌渾同.
聞道殺人漢水上, 婦女多在官軍中.

절구 3수 (3 / 3)

관청의 군사가 아무리 날쌔다지만,
횡포와 노략질 오랑캐와 마찬가지다.
들리기론 漢水 이북에서 살인하면서,
관군에는 많은 부녀자가 잡혀있단다.

| 詩意 | 이 연작의 3首 절구는 당시 代宗 廣德 연간(763 – 764) 蜀에서의 내란을 묘사한 것으로 군도들이 호랑이보다 더 사납게 백성들을 해친다고 하였다. 난민은 약탈을 피해야 했고 특히나 부녀자들은 관군이나 반군의 약탈 대상이었다. 관군 또한 羌族(강족)이나 吐谷渾(토욕혼) 등 이민족만큼이나 백성들을 죽이고 부녀자를 겁탈, 약탈한다는 현실을 예리하게 묘사하고 있다.

戲爲六絶句(희위육절구) (其一)

庾信文章老更成, 凌雲健筆意縱橫.
今人嗤點流傳賦, 不覺前賢畏後生.

장난삼아 절구 6수를 짓다 (1 / 6)

庾信(유신)의 글은 늙어 더욱 좋아졌으니,
구름도 뚫을 건필에 기세가 당당했다.
요즈음 사람 유신의 文賦를 비웃지만,
前賢의 後生可畏의 뜻을 알지 못한다.

| 詩意 | 두보는 오언이나 칠언의 絶句를 통해서 단편적인 감회나 즉흥적인 기분을 가볍게 묘사하였다. 특히 두보는 〈戲爲六絶句〉를 통해서 前代 시인에 대한 평가나 자신의 文學論을 드러내었다.

庾信(유신, 513 – 581)은 南朝 梁에서 관직에 있으면서, 北周에 사신으로 갔다가 억류되어 북주에서 활동한 문장가인데, 남북조 문학의 집대성자라는 평가를 받고 있다. 유신은 騈麗文(변려문, 騈儷)의 대가로 〈哀江南賦〉는 그의 대표작이다.

두보는 유신의 문장을 높이 평가하였는데, 위 시에 나오는 '凌雲健筆(능운건필)'은 성어가 되어 널리 쓰이고 있다. 두보는 지금 사람들이 남북조 시대 변려문체 문장을 비웃지만 그 문장은 뛰어났다면서 지금 사람들은 '後生可畏(후생가외)'의 참뜻을 모르는 것 같다고 일침을 가하고 있다. 이 말은 詩文은 시대에 따라 변화 발전한다는 뜻이다.

戱爲六絶句(희위육절구) (其二)

楊王盧駱當時體, 輕薄爲文哂未休.
爾曹身與名俱滅, 不廢江河萬古流.

장난삼아 절구 6수를 짓다 (2/6)

양형, 왕발, 노조린, 낙빈왕 그들의 詩가,
경박하다며 글로 비웃기를 그치지 않는다.
그대들 몸과 명성은 함께 없어지겠지만,
長江과 黃河는 그침 없이 만고에 흐르리라!

| 詩意 | 楊炯(양형)과 王勃(왕발), 盧照隣(노조린)과 駱賓王(낙빈왕)은 '初唐四傑(초당사걸)'로 불리는데, 이들의 시를 律詩의 측면에서 보면 부족할 수 있으나, 이들의 성과는 江河처럼 흐를 것이라고 그 시대적 의의를 평가하고 있다. 본문의 爾曹(이조, 너희들)는 위 四傑을 비웃는 사람들을 지칭한다.

두보의 이러한 연작시에 의한 문학론은 〈解悶十二首〉에서도 읽을 수 있다.

戲爲六絶句(희위육절구) (其六)

未及前賢更勿疑, 遞相祖述復先誰.
別裁僞體親風雅, 轉益多師是汝師.

장난삼아 절구 6수를 짓다 (6 / 6)

선현을 따라갈 수 없다고 괴이하다 생각 말라,
번갈아 본받아 조술하니 누구가 앞선 것인가?
거짓된 문체를 찾아내버리면 風雅에 가깝고,
오히려 더 많은 스승이 바로 너의 스승이니라.

| 詩意 | 스승의 학문을 일단 배우고 따라야 한다. 그러나 무조건 답습이 아니라 자신이 나름대로 노력하여 새로운 길을 분별하고 개척해야 한다.

그러면서 詩의 전범이며 근원인 《詩經》의 典雅에 가까울 수 있다. 선현의 장점을 스승으로 삼아 자신의 길을 개척하면 어느 새 자신이 남의 스승이 되었음을 알 수 있다.

두보는 시인으로서 自彊不息(자강불식)의 노력을 강조했다.

解悶(해민) 十二首 (其一)

草閣柴扉星散居, 浪翻江黑雨飛初.
山禽引子哺紅果, 溪女得錢留白魚.

걱정을 풀어 버리기 (1 / 12)

초가집 사립문은 별자리마냥 열려졌고,
파도가 치며 어둑한 강에 비가 내린다.
산새는 붉은 열매 물어다 새끼를 먹이고,
산골의 여인 돈을 받고 은어를 놓고 간다.

| 詩意 | 이 연작시는 일관된 주제가 없이 시인의 머리에 떠오르는 대로 여러가지 경물이나 詩想, 感慨(감개) 등을 이야기로 번민을 풀 듯 써내려갔다.

柴扉(시비)는 사립문. 柴는 땔나무 시. 扉는 문짝 비. 翻은 날 번. 날아가다. 뒤집다. 哺는 먹을 포. 먹다. 먹이다.

解悶(해민) 十二首 (其六)

復憶襄陽孟浩然, 清詩句句盡堪傳.
即今耆舊無新語, 慢釣槎頭縮頂鯿.

걱정을 풀어 버리기 (6 / 12)

襄陽의 孟浩然을 다시 생각해 보면,
청신한 시문 구절은 모두 전할 만했다.
지금의 노인들은 새로운 언어도 없고,
실없이 앉아 고개숙이고 방어나 낚는다.

| 詩意 | 두보는 맹호연의 시는 청신하여 후세에 전할 만한데, 요즈음 나이든 사람한테서는 청신한 시어를 찾을 수 없다고 걱정하고 있다. 그러면서 한가히 어쩌다 걸리는 물고기나 낚으려 한다며 참신한 시어를 찾으려 노력하지 않는 세태를 지적하고 있다. 慢은 게으를 만. 槎는 나무 벨 차. 뗏목 사. 槎頭(차두)는 나무를 벤 그루터기. 鯿은 방어 편. 《全唐詩》 159권.

※ 참고 – 孟浩然의 시 〈峴潭作〉에 '~. 試垂竹竿釣, 果得槎頭鯿. ~' 하는 구절이 있다.

解悶(해민) 十二首 (其八)

不見高人王右丞，藍田丘壑蔓寒藤.
最傳秀句寰區滿，未絶風流相國能.

걱정을 풀어 버리기 (8 / 12)

지조 높은 王右丞을 뵙지 못했지만,
藍田 옛터에 등나무 덩굴만 외롭다.
뛰어난 詩句는 세상에 널리 전해졌고,
풍류가 이어져 相國도 시를 잘 지었다.

| 詩意 | 王維와 두보는 조정에서 서로 만났고 교류도 있었다. 왕유의 시는 세상에 널리 알려졌다는 사실을 두보도 잘 알고 있었다. 寰區(환구)는 天下. 天子의 직할 구역.

왕유가 안록산의 치하에서 僞職에 있었다 하여 조사를 받고 곤경에 처했을 때, 왕유의 동생 王縉(왕진)의 적극적인 변호로 사면을 받았다.

結句 '未絶風流相國能' 의 相國은 왕유의 동생 왕진이고, 왕진도 시를 잘 지었다.

解悶(해민) 十二首 (其九)

先帝貴妃今寂寞, 荔枝還復入長安.
炎方每續朱櫻獻, 玉座應悲白露團.

걱정을 풀어 버리기 (9 / 12)

현종과 귀비는 이미 죽고 없는데,
여지는 여전히 다시 장안에 들어온다.
남방서 해마다 붉은 앵두를 헌상하나,
황제는 죽음을 응당 슬퍼해야 한다.

| 詩意 | 荔枝(여지)는, 지금의 廣東省 일대에서 산출되는 곧 남방의 과일인데, 이를 싱싱한 채 長安에 도착할 수 있도록 특별한 운송 체제를 마련했고, 이에 따른 백성의 고통이 많았다.

현종이 죽고 없지만 다시 종묘 제사용으로 남방의 붉은 앵두를 헌상케 하였다고 한다.

玉座(皇帝)는 흰 이슬이 맺히는(白露團)을 것을 보아, 곧 누구나 다 죽어야 한다는 사실을 알아 슬퍼해야 한다. 곧 백성을 괴롭히면서 굳이 남방 과일을 징발하지 말라는 두보의 탄식이며 諷刺(풍자)이다.

絶句(절구) 四首 (其一)

堂西長筍別開門，塹北行椒卻背村.
梅熟許同朱老喫，松高擬對阮生論.

절구 (1 / 4)

초당 서쪽에 죽순이 크자 출입문을 따로 만들었고,
북쪽 땅 파고 산초를 심으니 마을을 등진 것 같다.
매실이 익으면 朱氏 노인과 함께 먹기로 약조했고,
청송이 자라면 벗인 阮氏와 세상 이야기를 하련다.

| 詩意 | 두보의 田園樂을 서술하였다. 초당 서쪽 대밭에 죽순이 자라니 돌보려고 쪽문을 내었으며 산초나무도 줄지어 심었다. 매실이 익으면 술을 담가 주씨 노인과 마시기로 약속했으며, 소나무 그늘이 시원하면 벗이 阮氏(완씨)를 불러 세상 돌아가는 이야기나 나누겠다고 하였다.

시인은 부귀공명에 대한 꿈을 접었다. 그냥 초당에 약초나 심어 가꾸면서 무탈하게 여생을 마치겠다는 소망을 표현했다.

絶句(절구) 四首 (其三)

兩箇黃鸝鳴翠柳，一行白鷺上靑天.
窓含西嶺千秋雪，門泊東吳萬里船.

절구 (3 / 4)

두 마리 꾀꼬리는 푸른 버들서 울고,
줄지은 백로들은 파란 하늘을 난다.
창밖에 서쪽 산마루 千年雪이 보이고,
문밖엔 동쪽 吳땅의 萬里船이 매였다.

| 詩意 | 정교하고 세밀하게 짜인 절구이다.

1, 2구는 하늘을 3, 4구는 땅을 묘사하였다. 1, 2구의 兩箇와 一行의 숫자, 黃鸝와 白露의 색채, 翠柳와 靑天의 색조가 아름답게 대비된다.

그리고 3, 4구의 窓과 門, 西嶺과 東吳, 그리고 千秋雪과 萬里船이 짝을 맞춘다. 천년설의 靜과 만리선의 動이 또한 대조가 된다.

江畔獨步尋花(강반독보심화) 七絶句 (其一)

江上被花惱不徹, 無處告訴只顚狂.
走覓南鄰愛酒伴, 經旬出飮獨空牀.

강둑을 홀로 걸으며 꽃을 찾다 7절구 (1 / 7)

강가의 꽃 때문에 번뇌를 끊을 수 없으니,
어디에 하소연할 사람도 없어 마음만 어지럽다.
남쪽 마을의 술 좋아하는 벗을 찾아 나섰지만,
그도 술 찾아 나선지 열흘 넘어 빈 침상이었다.

| 詩意 | 꽃을 찾아 나서기 – 이 또한 멋이다. 꽃이 피고 지는 줄도 모르고 봄을 지냈다면 그 사람은 정말 힘들게 사는 사람일 것이다.

이른 봄날 추위 속에 핀 매화를 보고 반가워하고, 추위를 이긴 매화가 장하고 고마워 짧은 한순간, 눈물을 뿌렸다면, 봄을 느끼고 즐긴 것이다. 두보 또한 마음의 여유가 약간은 남아있어 꽃을 찾아 나섰다.

두보는 매 연작시에 꽃을 언급하였다. 젊은 날에 대한 – 다시 올 수 없는 젊은 날에 대한 – 늙은 시인의 그리움이고 추억이 아니겠는가?

江畔獨步尋花(강반독보심화) 七絶句 (其三)

江深竹静兩三家，多事紅花映白花.
報答春光知有處，應須美酒送生涯.

강둑을 홀로 걸으며 꽃을 찾다 7절구 (3 / 7)

깊은 강가 조용한 대밭 곁의 두 세집,
붉게 한데 핀 꽃들이 흰 꽃을 물들였다.
봄날 風光에 보답할 방법을 알고 있나니,
응당 美酒를 마시며 평생을 살아야 하지.

| 詩意 | 강가 한적한 작은 마을, 붉은 꽃과 흰 꽃이 어울려 피었다. 봄날의 멋진 풍광을 가장 잘 즐기는 방법을 두보도 알고 있었다. 다름 아닌 좋은 술을 마시기!

그러나 고관이 아니라면, 부호나 富商이 아니라면, 술을 마음 놓고 마실 경제적 여유가 없었다.

계절에 맞춰, 행사에 맞춰 함께 즐기기 – 아마 이것도 인생에서 중요한 行樂이 아니겠는가?

江畔獨步尋花(강반독보심화) 七絶句 (其五)

黃師塔前江水東，春光懶困倚微風.
桃花一簇開無主，可哀深紅愛淺紅.

강둑을 홀로 걸으며 꽃을 찾다 7절구 (5 / 7)

黃師塔 앞 강물은 동쪽으로 흐르고,
봄빛에 나른하여 미풍을 마주한다.
복사꽃 한 떨기 주인 없이 피었는데,
진하고 또 옅은 붉은 색이 아름답다.

江畔獨步尋花(강반독보심화) 七絶句 (其六)

黃四娘家花滿蹊，千朵万朵壓枝低.
留連戲蝶時時舞，自在嬌鶯恰恰啼.

강둑을 홀로 걸으며 꽃을 찾다 7절구 (6 / 7)

황사랑의 집엔 꽃이 길을 덮었고,
천만송이 무거워 가지가 늘어졌다.
오가며 노는 나비가 때때로 춤추고,
제멋에 겨운 꾀꼬리 꾀꼴꾈 지저귄다.

| 詩意 | 肅宗 上元 2년(761), 만년의 두보에게 잠시 잠깐이지만 이렇듯 평화롭고 한가한 나날이 있었다.

그러나 두보의 봄날은 평온하지만, 어딘지 또 왜 그런지 모르겠지만 쓸쓸하다.

황사랑은 황씨 집 넷째 딸로 歌妓이고, 黃師塔은 황씨 성을 가진 고승이 죽은 뒤에 만든 浮屠(부도)란 뜻이다.

漫興(만흥) 九首 (其一)

眼見客愁愁不醒，無賴春色到江亭．
卽遣花開深造次，便覺鶯語太丁寧．

홍이 나는 대로 (1 / 9)

나그네 설움은 눈에 보여도 지울 수 없나니,
무심한 봄날의 경치, 강가 정자에 자리 잡았다.
갑자기 꽃들을 피게 하니 너무 갑작스럽고,
곧바로 꾀꼬리 울게 하니 정말 놀랄 뿐이다.

| 詩意 | 이는 두보가 숙종 上元 2년(761)에 지은 연작시이다.

제목의 漫興(만흥)은 '흥이 나는 그대로'의 뜻이다. 비교적 평온한 나날을 보냈지만 나그네의 객지 생활은 여전했다. 그런 객지생활의 여러 가지 느낌을 자연스럽게 묘사하고 서술하였다.

사실 나그네에게 서럽지 않은 계절이 어느 계절이겠나? 봄이면 봄대로, 가을이면 가을대로 나그네의 심사는 복잡하다. 객지에 찾아온 봄, 그래서 꽃이 피고 꾀꼬리가 울어도 나그네의 수심은 그칠 수 없다. 〈漫興〉의 첫 수는 연작시의 大義를 요약했다.

漫興(만흥) 九首 (其二)

手種桃李非無主, 野老牆低還似家.
恰似春風相欺得, 夜來吹折數枝花.

홍이 나는 대로 (2 / 9)

내가 복숭아를 심었으니 주인이 없지 않거늘,
시골 늙은이네 담장이 낮지만 그래도 집이다.
그런데 마침 봄날 바람이 나를 업신여기듯,
밤들어 바람 불어 꽃가지 몇갤 부러트렸다.

| 詩意 | 밤새 꽃가지가 부러진 것을 보고 興이라 할 수는 없을 것이다. 그러나 興이 있다면 울적한 기분도 있을 것이다.

興과 불쾌 모두 心思의 변형이 아닌가? 그렇다면 꽃가지가 부러졌다고 누구에겐가 화를 내야 하는가?

시인은 이조차 그대로 – 마치 남의 집일인 양 이야기하고 있다.

漫興(만흥) 九首 (其四)

二月已破三月來, 漸老逢春能幾回.
莫思身外無窮事, 且盡生前有限杯.

홍이 나는 대로 (4 / 9)

이월은 이미 지났고 삼월이 왔는데,
점점 늙으니 몇 번쯤 봄을 보겠는가?
상관도 없는 많은 일 생각지 말고,
생전에 조금 남은 술 모두 마시리라.

| 詩意 | 無關心도 興인가?

길에 갈림길이 있는 것처럼 관심과 무관심의 갈림길에서 무관심을 택하는 것도 늙은이의 흥이다.

세상이 어떻든, 누가 뭐라 하든, 나는 내 술이나 마시고, 내가 만든 외나무다리를 건너, 내 생각대로 간다!

일종이 주체선언이고, 이것이 바로 興이다.

漫興(만흥) 九首 (其五)

腸斷春江欲盡頭，杖藜徐步立芳洲.
顚狂柳絮隨風去，輕薄桃花逐水流.

홍이 나는 대로 (5 / 9)

강변에 서러운 봄이 마저 지려하는데,
지팡이 짚고 천천히 꽃핀 물가에 섰다.
멋대로 버들개지 바람 따라 흔들리고,
사뿐히 지는 복사꽃 물을 따라 흐른다.

| 詩意 | 제목처럼 따스한 봄날에 되는 대로, 마음 내키는 대로 걸으면서 이런저런 생각을 해 보았을 것이다.

이런 봄을 몇 번이나 더 볼 수 있을까? 홍이 다하면 슬픔이 오는가?

남에게 보여주는 송별의 시도 아니고 그저 자신의 속내를 매임없이 그냥 풀어내었다.

이런 봄날을 즐길 수 있는 두보는 가난했어도 즐거웠을 것이다.

漫興(만흥) 九首 (其八)

舍西柔桑葉可拈，江畔細麥復纖纖.
人生幾何春已夏，不放香醪如蜜甛.

흥이 나는 대로 (8 / 9)

초당 서편 보드란 뽕잎은 딸 때가 되었고,
강변 밭의 연한 보리 이삭은 길게 나왔다.
인생이 그 얼마인가? 봄이 가고 여름이니,
향긋한 막걸리 달콤한 꿀이니 놓을 수 없네.

| 詩意 | 보리 이삭이 패고 뽕잎을 따야 한다면, 우리나라 5월 초이다. 한때 보릿고개를 넘어야 했지만, 양식만 해결된다면 그보다 더 좋은 날이 없을 것이다.

거기다가 좋아하는 꿀처럼 달콤한〔蜜甛(밀첨)〕 막걸리〔香醪(향료), 醪는 막걸리 료〕까지 준비되었다면 '인생이 그 얼마련가?' 하면서 기꺼이 흥을 내어 즐길만 했을 것이다.

貧交行(빈교행)

翻手作雲覆手雨, 紛紛輕薄何須數?
君不見管鮑貧時交, 此道今人棄如土.

가난한 우정을 노래하다

손을 뒤집어 구름을, 다시 엎어 비를 만드니,
이런 저러한 경박한 짓을 어찌 다 세겠는가?
그댄 관중과 포숙의 가난했던 사귐을 모르는가?
그런 우정의 도리를 사람들은 흙처럼 내버린다.

| 詩意 | 너무 유명한 시라서 더 이상 설명이 필요 없을 것이다. 管仲(관중, 前 725 – 645)과 鮑叔牙(포숙아, ? – 前 644)의 우정은 신뢰이다.

人當貧賤語聲低(사람이 빈천하면 목소리가 낮아진다.)라 하고, 貧極無君子(아주 가난한 집에 군자 없다.)라고 하지만, 身貧志不貧(몸은 가난하더라도 뜻은 가난할 수 없다.)이다.

결론은 貧賤識眞交(빈천할 때 참된 교제를 알 수 있고), 患難見眞情(환난에 참된 정을 볼 수 있다.)일 것이다.

蕭八明府實處覓桃栽(소팔명부실처멱도재)

奉乞桃栽一百根，春前爲送浣花村.
河陽縣裏雖無數，濯錦江邊未滿園.

蕭實 현령에게 그곳 복숭아 묘목을 구하다

삼가 복숭아 묘목 일백 주를 구하니,
봄이 되기 전, 완화촌에 보내 주시오.
河陽縣 거기에는 수 없이 많겠지만,
濯錦江 주변은 정원을 채우지도 못합니다.

| 詩意 | 제목의 '蕭八明府實~' 의 八은 그 형제의 항렬이고, 明府는 지방관(현령)에 대한 존칭, 實은 이름이다. 桃栽는 재배할 복숭아 나무, 곧 복숭아 묘목이다.

浣花村은 두보가 사는 마을 이름이고, 河陽縣은 옛날 潘岳(반악, 247－300, 字는 安仁, 後人多稱 潘安. 美男의 대명사)이 다스리던 현 이름인데, 반악은 하양현에 많은 복숭아나무를 심게 했다.

이 시에서는 蕭實(소실)이 다스리는 현을 지칭한다. 濯錦江(탁금강)은 '비단을 세탁하는 강' , 곧 四川의 錦江이니 완화촌이 있는 금강이다.

詣徐卿覓果栽(예서경멱과재)

草堂少花今欲栽，不問綠李與黃梅.
石笋街中却歸去，果園坊裏爲求來.

徐卿을 찾아가 묘목을 구하다

草堂에 꽃이 적어, 이제 좀 심으려 하니,
녹색의 자두나 黃梅든 상관없다오.
石笋街(석순가)에서 빈손으로 돌아왔기에,
果園坊(과원방)에 얻으러 왔다오.

| 詩意 | 이 작품은 숙종 上元 2년(761)의 작품으로 알려졌다. 과일과 꽃나무를 가꾸려는 두보의 염원을 느낄 수 있다. 이는《全唐詩》226권에 수록되었다.

綠李의 李는 '오얏 이' 인데, 오얏이 무엇이냐고 물으면 제대로 아는 사람이 많지 않다. 보통 桃李라 표기하는데, 桃는 복숭아이고 李는 자두이다. 지금이야 자두도 품종 개량으로 복숭아 못지 않게 달고 크지만, 그래도 桃만은 못하다.

黃梅는 매화꽃이 황색이 아니라 시큼한 매실이 파랗게 열려 익을 때면 노랗게 되기에 黃梅라 한다.

春水生(춘수생) 二絶

一夜水高二尺強, 數日不可更禁當.
南市津頭有船賣, 無錢卽買繫籬傍.

봄 강물이 불다

하룻밤 사이에 강물이 두 자나 불어나니,
며칠 있으면 더욱 어찌할 수 없으리라.
남쪽 시장 나루에 판다는 배가 있지만,
곧장 사다 울타리 곁에 매어 둘 돈이 없다.

| 詩意 | 두보는 강물이 불어나 초당이 잠길 것을 걱정하고 있다. 家長으로서 얼마나 불안했겠나?

江南逢李龜年(강남봉이귀년)

岐王宅裏尋常見，崔九堂前幾度聞.
正是江南好風景，落花時節又逢君.

강남에서 이구년을 만나다

岐王의 저택에서 자주 만나보았고,
崔九의 집에서도 몇 번 들렀었지요.
지금 막 강남의 멋진 풍경 속에서,
꽃 지는 시절에 다시 그대를 만났소.

| 詩意 | 李龜年(이구년)은 현종 때의 樂工으로, 춤을 잘 추었던 李彭年(이팽년), 노래를 잘했던 李鶴年(이학년)과 삼형제가 함께 명성을 떨쳤었다.

이구년은 어린 나이에 梨園에 들어가 노래도 잘하고 각종 악기를 다루어 玄宗의 인정을 받았으며, 이구년 형제는 장안에 큰 저택을 짓고 살았다. 이구년은 安史의 亂 이후 각지를 유랑하다가 代宗 大歷 연간(766 – 779)에 湘潭(상담)에서 병사한 것으로 알려졌다.

岐王(기왕)은 睿宗의 四子인 李隆範(현종은 예종의 三子. 현종과는 생모가 다르다.)인데, 신분을 가리지 않고 文士들을 좋아했다. 王維(왕유)는 진사에 급제하기 전부터 기왕 저택에 출입하였다.

崔九는 현종과 가까웠던 殿中監 崔滌(최척)인데, 기록에 의하면 岐王과 崔九는 開元 14년(726)에 죽었고, 이때는 梨園이 없었다고 한다. 따라서 두보가 말한 岐王은 그 후손이고, 崔九 또한 그 아들의 집일 것이라고 한다.

落花時節(낙화시절)은 경치에 대한 서술이며, 또한 情感어린 묘사로 두 가지 뜻으로 새길 수 있는 雙關語이다. 곧 계절적으로 '꽃이 질 때' 라는 뜻과 함께 이구년도 늙고 시절이 난리를 겪는 때라는 뜻이 있다.

두 사람이 만났을 때 강남은 호시절이었지만, 지금의 두 사람은 호시절이 아니었다. 이구년이나 두보 모두 전성기가 아닌 桑楡之年(상유지년, 만년)에 유랑하다가 정말 우연히 만났으니 기쁨은 잠시였고 슬픈 감정이 넘쳤을 것이라 짐작할 수 있다.

詩句에 처량하거나 슬픈 언사는 없지만 평담한 이야기 속에 전체적으로 悲感이 충만하다. 이 또한 두보 시의 특징이긴 하지만 인생의 繁榮(번영)과 零落(영락), 盛世(성세)와 衰期(쇠기)를 생각하게 한다.

두보와 이구년이 만난 해는 大曆 5년(770) 봄이었고, 두보는 그 몇 달 뒤에 죽었다. 따라서 이 시는 두보 시의 마지막이라 볼 수도 있다.

본 작품은 《唐詩三百首》와 《全唐詩》 232권에 실려 널리 알려졌다.

四. 五言律詩

月夜(월야)

今夜鄜州月，閨中只獨看.
遙憐小兒女，未解憶長安.
香霧雲鬟濕，清輝玉臂寒.
何時倚虛幌，雙照淚痕乾.

달밤

오늘 밤 鄜州(부주)의 달을,
아내는 혼자 보고 있으리라.
멀리서 그리는 어린 자식들은,
아직은 長安을 생각 못하리라.
밤안개에 구름머리가 눅눅하고,
달빛 아래 고운 팔이 차가우리라.
어느 날에나 창가에 기대어서,
눈물 자국 없이 둘이 달을 보겠나?

| 註釋 | ㅇ 〈月夜〉 - 〈달밤〉.

두보의 역경과 역경 속에서도 애틋한 가족 사랑을 느낄 수 있는 시. 숙종 至德 원년(756) 가을에 지은 것으로 알려졌다.

ㅇ 今夜鄜州月 - 鄜는 고을 이름 부. 鄜州(부주)는, 今 陝西省 북부 延安市 黃陵縣(황릉현). 安祿山의 난이 일어나기 바로 직전에 두보는 奉先縣으로 가서 가족을 만났다. 그러자 난이 일어났고, 지덕 원년 5월 안녹산이 장안에 가까이 쳐들어오자 두보는 다시 봉선현으로 가서 가족을 데리고 白水縣으로 피난했다가, 6월에는 다시 부주로 가족을 피난시켰다.

그리고 肅宗이 즉위했다는 소리를 들은 두보는 혼자서 蘆子關(노자관)을 지나서 숙종이 있는 靈武(영무)로 가려다가 도중에서 반군에 잡히어 장안으로 끌려왔다. 요행히 지위가 낮았으므로 별로 해를 입지 않고 연금 상태로 지낼 수가 있었다. 그러나 두보의 마음은 몹시 괴로웠다. 이 시는 장안에서 부주에 있는 처자를 생각하며 지은 것이다. 당시 두보는 45세였다.

ㅇ 閨中只獨看 - 閨中(규중) 규방. 內室. 곧 아내. 只는 다만 지.

ㅇ 遙憐小兒女 - 遙는 멀 요. 憐은 불쌍히 여길 련. 小兒女는 어린 사내아이와 여자아이.

ㅇ 未解憶長安 - 憶長安은 長安에 있는 아버지를 생각하다. 내가 이리 억류되어 있는 줄을 모를 것이다.

ㅇ 香霧雲鬟濕 - 香霧(향무)는 밤안개의 詩的 표현. 鬟은 쪽진 머리 환. 雲鬟濕(운환습)은 구름처럼 말아 올린 머리가 축축하다.

ㅇ 淸輝玉臂寒 - 淸輝(청휘)는 달빛. 臂는 팔 비.

ㅇ 何時倚虛幌 - 倚는 기댈 의. 幌은 휘장 황. 훤히 들여다보이는

휘장. 커튼. 창문.

ㅇ 雙照淚痕乾 – 雙照(쌍조)는 둘이 같이 달빛을 쬐다. 달이 두 사람을 같이 비추다. 痕은 흉터 흔. 자취. 淚痕乾(누흔건)은 눈물 마른 자국.

| 詩意 | 가족애를 착실하고 온화한 필치로 그렸다. 아름다운 부인에 대한 사랑과 어린 자식들을 안타까워하는 아버지의 정이 섬세하게 나타나기도 했다. 또한 가족과 헤어져 울고 있는 두보의 눈물이 선명하게 그려지기도 한 시다.

이 시에서는 두보가 달을 보는 묘사가 없다. 아내는 혼자 달을 보고 있을 것이지만, 아버지가 고생하고 있으리라 생각도 못하는 아이들은 잠들었을지도 모른다. 그러니 그 아이들이 더 가엽고 그리울 것이다.

수련에서는 달을 '獨看' 하지만, 尾聯에서는 '雙照' 하는 모습을 그리고 있다. 이는 首尾相應(수미상응)이다. 부부의 마음은 이런 것이다.

여기서 頷聯(함련)의 '遙憐小兒女 未解憶長安' 를 주의해서 봐야 한다. 아버지는 '어린아이들을(小兒女) 멀리서 가엽게 생각한다(遙憐).' 어린아이들은 '장안에 있는 아버지에 대한 생각을(憶長安) 아직은 알지 못한다(未解).' 두 구절은 그 뜻과 구조에서 遙憐과 未解가 서로 對가 되고 小兒女와 憶長安이 대가 되는 것이다. 이처럼 한뜻에 이어 다음의 뜻으로 흐르는 물처럼 일관되게 흘러가면서 구절의 성분이나 대상이 서로 짝을 이루는 對句를 특별히 '流水對(유수대)' 라고 한다.

春望(춘망)

國破山河在，城春草木深.
感時花濺淚，恨別鳥驚心.
烽火連三月，家書抵萬金.
白頭搔更短，渾欲不勝簪.

봄날의 조망

나라는 깨어져도 산천은 그대로니,
성안에 봄이 드니 초목은 우거졌다.
시절을 알아 꽃에도 눈물을 뿌리고,
이별의 恨은 새가 울어도 가슴이 뛴다.
봉화가 연이어 석 달을 계속하니,
집안의 편지는 萬金만큼 소중하다.
흰머리 긁어대니 더 많이 빠져서,
아무리 묶어도 동곳잠을 못 끼겠다.

| 註釋 | ○〈春望〉-〈봄날 높은 곳에서 멀리 바라보다〉. 이 시는 아주 유명한 오언율시로 두보가 안록산의 난 기간 중, 장안에 억류되어 있던 肅宗 至德 2년(757), 두보 46세 때의 작품이다. 杜甫의 憂國衷情(우국충정)이 봄날의 경관과 대비되어 비감을 배가하는 시이다. 《全唐詩》 224권 및 《唐詩三百首》에 수록되었고, 웬만한

사람 모두가 외우는 시이다.

○ 國破山河在 – 國破는 나라가 전란으로 부서지다.

○ 城春草木深 – 겨울이 가고 봄이 오면 삶과 기쁨이 소생하는 계절이다. 그러나 山河만 남아 있고 그 밖의 것은 없으며 草木만 무성하니 사람은 없다는 뜻이 된다. 이것이 바로 言語之外의 본뜻이다.

○ 感時花濺淚 – 感時는 시대 상황에 대해 느끼다. 안록산의 난에 따른 고초가 심하다. 花는 꽃에도, 꽃을 보아도. 濺은 흩뿌릴 천. 濺淚(천루)는 灑淚(쇄루)와 同. 눈물을 뿌리다.

○ 恨別鳥驚心 – 恨別은 痛恨(통한)의 離別. 鳥는 새가 지저귀는 소리. 驚心은 마음이 놀라다. 괜히 두근거리다.

○ 家書抵萬金 – 家書는 안부 편지. 抵는 거스를 저. 부딪다. ~상당하다. ~와 비슷하다.

○ 白頭搔更短 – 搔는 긁을 소. 更短(경단)은 더 짧아지다. 머리카락이 빠져 많지 않다.

○ 渾欲不勝簪 – 渾은 흐릴 혼. 전부, 온통, 거의, 전혀, 실로, 그야말로(簡直 – 과장이 있는 말투). 渾欲(혼욕)은 아무리 ~하려 해도. 簪은 비녀 잠. 꽂다. 찌르다. 不勝簪(불승잠)은 머리를 묶고 동곳을 꽂으려 해도 안 된다는 뜻.

| 詩意 | 이 시는 律詩의 표본으로 인용되는 걸작이다.

首聯에서는 國破와 城春으로 시대 상황과 계절을 언급하여 題目의 뜻을 말하고 있다. 인간들의 作爲(작위)로 나라는 부서졌으니 山河는 그대로 있다. 난리에 시달린 사람에게 새봄의 정경은 슬픔만을 안겨준다.

그리고 연이은 頷聯(함련)과 頸聯(경련)은 높은 곳에서 처자식이 있는 곳을 바라보며 느낀 감상이니, 시인은 지금 지치고 불안하며 전투에 놀랐고 고향 소식에 애를 태우고 있음을 알 수 있다. 끝으로 尾聯은 이런 상황에서 늙어가는 시인의 모습을 그대로 묘사하고 있다. 미련에 묘사된 시인의 모습은, 곧 首聯의 '國破山河在' 의 실상으로 오버랩 된다.

시인의 言辭는 매우 평범하나 한 글자 한 구절이 고통이고 진실이기에 이보다 더 절실한 묘사가 있을 수 없다는 생각을 하게 된다. 시인이 겪는 고통이 정말로 극심하기에 그 언사가 읽는 이의 심금을 울리고 있다.

春宿左省(춘숙좌성)

花隱掖垣暮, 啾啾棲鳥過.
星臨萬户動, 月傍九霄多.
不寢聽金鑰, 因風想玉珂.
明朝有封事, 數問夜如何.

봄날, 左省에서 숙직하다

꽃이 숨는듯 궁궐 담에 어둠이 내리고,
새는 찍찍찍 울며 둥지로 날아든다.
별은 수많은 궁궐 위에 반짝이고,
달빛은 높다란 正殿 위로 쏟아진다.
잠을 못 이뤄 자물쇠 소리 들으며,
바람결에 말방울 소리라 생각해본다.
내일 아침 上奏할 일이 있기에,
밤이 얼마 지났나 자주 묻는다.

| 註釋 | ○ 〈春宿左省〉 - 〈봄날, 左省에서 숙직하다〉. 宿은 잘 숙. 宿直하다. 左省은 門下省. 당시 두보는 문하성 소속 左拾遺(좌습유)로 근무했다.

○ 花隱掖垣暮 - 花隱(화은)은 꽃이 잘 안 보인다. 掖은 겨드랑이 액. 끼다. 돕다. 正殿에 딸린 궁. 궁궐안의 뜰. 궁궐의 문. 垣은 담 원. 暮는 날 저물 모.

○ 啾啾棲鳥過 – 啾는 시끄러운 소리 추. 새소리의 音寫. 棲는 살 서. 깃들다.

○ 星臨萬戶動 – 星이 ~에서 動하다. 臨은 내려다 보다. 낮은 데로 향하다. ~에 임하여, 그 자리에 나아가다. 萬戶는 長安의 민가. 궁궐의 여러 門. 千門萬戶. 動은 반짝이다.

○ 月傍九霄多 – 月(月光)이 ~에서 多하다. 傍은 곁 방. 霄는 하늘 소. 九霄는 九天. 여기서는 황제의 크고 높은 正殿. 多는 많이 비추다. 더 밝다.

○ 不寢聽金鑰 – 不寢(불침)은 잠을 못 자다. 鑰은 자물쇠 약. 빗장. 金鑰(금약)은 자물쇠, 쇠 빗장. 이를 '황금 자물쇠' 라고 번역하는 사람이 있다면 그는 금은방에서 파는 행운의 열쇠를 부러워하는 사람일 것이다.

○ 因風想玉珂 – 因風(인풍)은 바람결에. 想은 생각하다. 珂는 흰 옥돌 가. 玉珂(옥가)는 말의 장식물. 달랑대며 소리가 난다. 여기서는 관리들이 말을 타고 '출근할 시간인가?' 라고 생각하다.

○ 明朝有封事 – 封事(봉사)는 밀봉해서 올리는 上奏하는 글.

○ 數問夜如何 – 數問(삭문)은 자주 묻다. 夜如何(야여하)는 밤이 얼마나 지났는지.

| 詩意 | 본래 숙직을 하면 잠자리도 바뀌고 긴장으로 잠을 못 이루고 여러 생각하게 된다. 지금부터 1300여 년 전에 두보 역시 그러했다. 숙직을 하는 초저녁부터 별과 달이 쏟아지는 한밤, 그리고 새벽이 가까워 오는 시간까지 눈앞에 차례로 그려진다.

首聯의 花隱(화은)은 제목의 春을 묘사하였고, 頷聯의 星~動과 月~多로 밤을, 그리고 頸聯의 不寢은 바로 제목의 宿을 설명하는데 金鑰(금약) 소리가 들리고 玉珂(옥가)일 것이라 생각하는 곳은 左省의 어느 곳이다.

從八品은 우리나라 8급 공무원 – 拾遺(습유)가 걱정하는 우국충정이 눈물겹다. 밤을 하얗게 새면서 두보는 내일 아침의 封事를 생각하는 것으로 尾聯을 끝내지만 두보의 이런 衷情(충정)에도 불구하고 관운은 그를 따라오지 않았다.

至德二載甫自京金光門出間道~

(지덕이재보자경금광문출간도)

此道昔歸順, 西郊胡正繁.
至今猶破膽, 應有未招魂.
近侍歸京邑, 移官豈至尊.
無才日衰老, 駐馬望千門.

至德 2년, 두보는 장안의 金光門을 나서서~

이 길로 전날 천자를 뵈러 갈 때,
西郊에는 胡人이 마구 설쳐댔었다.
지금까지도 간담이 서늘하니,
응당 죽은 사람이 있었으리라.
가까이 모시고 장안으로 돌아왔는데,
바뀌는 자리가 어찌 임금 뜻인가?
재주도 없고 날마나 쇠약하고 늙으니,
가는 말 멈추고 궁궐을 돌아본다.

| 註釋 | ○ 〈至德二載甫自京金光門出~〉 – '지덕 2년, 두보는 장안의 금광문을 나서서 ~'. 정식 제목은 '至德二載甫自京金光門出間道歸鳳翔, 乾元初從左拾遺移華州掾, 與親故別 因出此門, 有悲往事' 39자의 長文이다. 왜 이렇게 긴 제목을 달았는지는 여러 가지로 생각할 수 있다. 이 뜻은 '至德 2년에(757), 두보는 장안성

의 金光門을 나서서 샛길을 따라 鳳翔(봉상)으로 돌아갔었다. 乾元 초년(758) 左拾遺에서 華州의 하급 관리로 이동되어 지인들과 헤어지며 이 문(金光門)을 나서니 지난 일이 서글펐다.' 이다.

鳳翔(봉상, 今 陝西省 서부의 寶鷄市 부근)은 지명. 靈武에서 즉위한 숙종이 정부군을 이끌고 주둔하던 곳이다. 두보는 그곳에 가서 충성을 인정받아서 좌습유가 되었다. 移는 이동하다. 사실은 貶職(폄직)되었다. 華州는, 今 陝西省의 지명. 掾은 도울 연. 掾은 하급 관리의 총칭. 정확하게 華州 司功參軍이었다. 親故(친고)는 친척이나 지인. 此門은 金光門.

○ 此道昔歸順 – 歸順(귀순)은 반군이 있는 곳에서 황제가 있는 곳으로 찾아가다.
○ 西郊胡正繁 – 胡는 안록산의 반군. 繁은 많을 번. 正繁 – 한창 세력을 떨치다.
○ 至今猶破膽 – 破膽(파담)은 쓸개가 찢어지는 것 같다. 크게 놀라다.
○ 應有未招魂 – 未招魂(미초혼)은 도망가는 혼을 부르지 못하다. 혼백을 부르지 못한 사람, 곧 그때 죽은 사람도 있을 것이라는 뜻.
○ 移官豈至尊 – 移官(이관)은 두보가 좌천당한 일. 豈至尊(기지존) – 어찌 폐하 때문이겠는가?
○ 無才日衰老 – 日衰老(일쇠노)는 하루하루 쇠약해지고 늙다.
○ 駐馬望千門 – 駐馬(주마)는 말을 멈추다. 千門은 도성의 궁전. 千門萬戶의 궁궐.

| 詩意 | 房琯(방관, 696 – 763)은 玄宗의 명을 받아 옥새를 가지고 가서 숙종에게 전한 사람이다. 숙종은 그를 재상으로 임명했다. 전에 招討節度使인 방관은 진도야란 곳에서 소가 끄는 수레를 이용한 전투를 벌였지만 안록산 군에게 대패했었다. 그 패전 사실이 다시 논쟁거리가 되었고 두보는 패전한 房琯(방관)을 변호했다 하여, 곧 房琯의 黨人으로 지목받게 되었고 숙종의 미움을 받아 華州 司功參軍으로 좌천된다.

이 시는 좌천되어 떠나는 과정을 서술하였지만 이는 두보 인생의 전환점이 되어 궁핍 속에 각지를 떠돌아야만 했다.

| 參考 | 두보의 정의감

솔직히 말해서 從八品의 하위직에서 재상을 위해 변호한다는 사실을 지금 사람으로서는 이해가 어려울 것이다. 요즈음 8급 공무원이 국무총리나 부총리 아니면 장관의 일에 왈가왈부하는 것과 비슷한 상황이다.

그러나 司馬遷이 史官으로서 정의감 때문에 흉노에 투항했던 李陵(이릉, 飛將軍 李廣의 손자)을 변호하다가 武帝의 미움을 받아 宮刑을 받은 것과 비슷하게 볼 수도 있다.

사마천은 이능과 그저 얼굴을 알 정도였으나 개인적인 친분이 있는 것은 아니었다. 그러나 사마천은 평소 이릉의 인품을 알고 있었기에 그가 패전하여 투항하였지만 이능이 언젠가는 漢을 위해 공적을 쌓으려 했을 것이라고 변호를 해주었다 그것은 史官으로서의 의무감이었고 정의감이었다.

杜甫와 房琯의 관계는 同鄕이며 두보를 추천한 사람이 방관이었기에 그 의리가 남달랐다고 볼 수 있다. 그렇다면 두보는 비록 미관말직이지만 자기의 지인을 위한 의리와 정의감에서 나서야만 했을 것이다. 그렇다 하여도 그때 두보가 방관을 변호하지 않았다 하여 두보가 비겁한 사람이라고 평가될 그런 위치는 아니었다. 그만큼 두보는 낮은 지위였었다.

두보의 좌천은 賀蘭進明(하란진명)이란 자의 참소가 있었고 숙종이 결재한 일이었다. 그래도 두보는 자신의 좌천이 '移官豈至尊' 라고 표현했다. 華州로 좌천된 이후 두보는 다시 장안으로 돌아오지 못했다. 두보는 화주로 가면서 안록산 난의 참상을 묘사한 〈三吏〉와 〈三別〉이라는 명작을 남기게 된다.

칠월에 杜甫는 관직을 버리고 秦州(진주, 今 甘肅省 동남부 天水市 관할 秦安縣)로 옮겨가는데, 이때부터 동북풍에 휘날리는 먼지 속에서 가족을 데리고 중국의 서남 각지를 떠돌아다니는 유랑생활을 시작한다. 먹을 것을 해결할 수 없던 두보는 秦州에서 南쪽으로 同谷(今 甘肅省 남부 隴南詩 관할 禮縣 일대)으로 갔지만 거기서도 춥고 배고픈 설움만 겪어야 했다.

一室(일실)

一室他鄉遠，空林暮景懸.
正愁聞塞笛，獨立見江船.
巴蜀來多病，荊蠻去幾年.
應同王粲宅，留井峴山前.

집 한 채

먼 타향의 집 한 채,
낙엽진 숲에 저녁 햇살 비춘다.
울적한 지금 처량한 피리 소리,
외로이 서서 떠나는 배를 본다.
巴蜀에 옮겨 와서는 병치레만 늘었고,
남쪽 형주로 떠날 그날은 언제쯤일까?
응당 王粲(왕찬)의 집처럼,
峴山의 남쪽에 우물을 남겨 두리라.

| 詩意 | 이는 두보가 肅宗 上元 2년(761)에 지은 시로 알려졌다. 《全唐詩》 226권에 수록.

巴蜀(파촉)은 파군과 촉군, 곧 지금의 四川省을 지칭한다. 荊蠻(형만)은 荊州. 두보가 머물고 있는 촉에서 우선 형주까지 배를 타고 간 뒤에 형주에서 장안이나 낙양으로 갈 수 있다. 그 형주의 중심이 襄陽(양양)이다. 양양은 맹호연의 고향이다. 양양의 峴山(현산)에 후한 말 王粲(왕찬, 177 – 217, 字는 仲宣)의 옛집에 옛날 우물이 남아있는데, 사람들은 그 우물을 仲宣井(중선정)이라고 불렀다. 왕찬은 후한 말에 문장과 시로 이름을 남겼는데, '建安七子'의 한사람이며 그 대표자로 알려졌다.

月夜憶舍弟(월야억사제)

戍鼓斷人行，邊秋一雁聲.
露從今夜白，月是故鄉明.
有弟皆分散，無家問死生.
寄書長不達，況乃未休兵.

달밤에 동생들을 생각하다

군진의 북소리 사람의 발길 끊겼고,
변방의 가을에 외기러기 울고 간다.
이슬은 오늘 밤 이후 차게 된다는데,
그래도 달은 고향달이 더 밝으리라.
아우가 있으나 모두 흩어져 있으니,
생사를 물어볼 형제조차 없도다.
보내는 편지는 늘 도착하지 않고,
거기다 전투도 또 그칠 날 없도다.

| 註釋 | ○ 〈月夜憶舍弟〉 – 〈달밤에 동생들을 생각하다〉. 舍弟(사제)는 한 집에 살던 아우. 두보에게는 杜穎(두영), 杜觀, 杜豊, 杜占의 네 아우가 있었다고 한다. 안록산의 난중에 헤어진 뒤, 소식을 몰랐다. 두보가 759년에 秦州를 유랑하면서 지은 것으로 알려졌다.

○ 戍鼓斷人行 – 戍鼓(수고)는 防戍(방수)하는 軍陣에서 치는 북소리.

ㅇ 邊秋一雁聲 – 邊秋(변추)는 변방의 가을.

ㅇ 露從今夜白 – 이슬은 오늘 밤부터 차가워진다. 24절기 중 白露(양력 9월 7일 전후)가 되었다는 뜻.

ㅇ 月是故鄕明 – 중국인의 속담에 '明月不常圓(밝은 달도 늘 둥굴지 않지만), 月是故鄕明(달은 고향의 달이 더 밝다).' 라 하였는데, 이는 두보의 시에서 따온 것 같다.

ㅇ 有弟皆分散 – 동생들이 모두 흩어져 있다. 두보는 장남이었고 막내아우는 함께 살았지만 다른 아우들은 산동, 하남, 장안에 흩어져 있었다.

ㅇ 無家問死生 – 생사를 물어볼 집이 없다. 형제들의 생활도 모두 곤궁했을 것이다.

ㅇ 寄書長不達 – 서신을 보내도 늘 가지 못한다. 소식 전할 길이 없다는 뜻.

ㅇ 況乃未休兵 – 況은 하물며 황.

| 詩意 | 이때 안록산은 그 아들 안경서에게 피살당했었고 안록산의 부장이던 史思明이 반군을 이끌고 낙양에 이르렀는데 관군을 이끈 이광필은 그들에게 대패했었다. 그런 불안한 시대 상황이었기에 형제 그리움이 더했을 것이다.

이 시의 주제는 '憶' 이다. 사람 발길이 끊겨도 동생들을 생각한다. 기러기 소리, 白露, 明月, 分散, 生死, 寄書 모두가 '憶' 이며 마음을 아프게 한다. 이 시는 各 聯의 주제를 전두에 이어 고향의 달, 그리고 소식 모르는 형제들을 묘사한 뒤에 마지막으로 소식도 전할 수 없는 답답한 마음으로 시를 맺었다.

遣興(견흥)

干戈猶未定, 弟妹各何之.
拭淚霑襟血, 梳頭滿面絲.
地卑荒野大, 天遠暮江遲.
衰疾那能久, 應無見汝時.

마음 달래기

전쟁은 아직도 끝나지 않았지만,
아우와 누이는 제각각 어디로 갔는가?
눈물은 훔치니 핏물이 소매를 적시듯,
머리를 빗으면 얼굴 가득 흰머리뿐.
저지대 거친 들판은 넓기만 하고,
하늘이 멀어 강에 내린 어둠이 늦다.
병치레 지친 몸이 어찌 오래 살리오?
다시는 너희를 만날 기약노 못하리라.

| 詩意 | 이 시는 숙종 上元 원년(760)에 成都에서 지은 작품으로 알려졌다. 뿔뿔이 흩어진 형제, 서로 간의 소식도 모른 채, 아마 이대로 죽을 것 같은 예감이 들고, 비통한 마음을 스스로 달래보려〔遣興(견흥)〕 지었으리라. 그러나 어둠이 천천히 내리는 강가에서 시인의 슬픔은 더욱 깊어만 간다.

垂白(수백)

垂白馮唐老，清秋宋玉悲.
江喧長少睡，樓逈獨移時.
多難身何補，無家病不辭.
甘從千日醉，未許七哀詩.

백발이 되다

馮唐(풍당)은 늙으며 백발이 되었고,
宋玉(송옥)은 해맑은 가을을 슬퍼했다.
강물이 시끄러워 잠을 설치고,
누각에 올라 홀로 시간을 보낸다.
어려움 많은 나는 어찌 보신해야하나?
살집도 없고 병도 뿌리치지 못한다.
기꺼이 千日을 취해 살지언정,
서러움 많은 七哀詩는 읊지 않으리라.

| 註釋 | ㅇ 〈垂白〉 - 〈백발이 되다〉. 垂는 드리울 수. 一作 〈白首〉.

ㅇ 垂白馮唐老 - 馮唐(풍당)은 前漢 文帝 때 사람. 문인들은 늙어서도 뜻을 이루지 못한 사람으로 풍당을 꼽는다.

ㅇ 清秋宋玉悲 - 宋玉(송옥)은 전국 시대 楚人. 그의 楚辭 작품으로 〈九辯〉이 있다. 여기서는 두보가 자신을 송옥에 비유하였다.

○ 甘從千日醉 – 甘從은 기꺼이 따르다. 한번 취하면 1千日을 계속한다는 술. 술에 취하듯 시름이 깊다는 뜻을 표현.

○ 未許七哀詩 – 七哀詩는 樂府題. 曹植(조식)과 王粲(왕찬) 등도 〈七哀詩〉를 지었다는 주석이 있다. 여기서는 두보의 시름이 많아 이루 다 말할 수 없다는 뜻으로 쓰였다.

| 詩意 | 두보는 백발이 다 된 자신의 모습을 보면서 이제 자신의 뜻을 이룰 수 없음을 서러워하였다. 두보는 뜻을 얻지 못한 前漢의 馮唐(풍당)과 전국시대 宋玉(송옥)에 자신을 비유하였다.

사실 得志 이전에 保身해야 하고 保身만큼이나 保養(보양) 곧 補身(보신)도 중요하다. 몸이 쇠약해진 자신이 무엇을 할 수 있겠느냐는 두보의 탄식을 들을 수 있다.

遊龍門奉先寺(유용문봉선사)

已從招提遊, 更宿招提境.
陰壑生虛籟, 月林散淸影.
天闕象緯逼, 雲臥衣裳冷.
欲覺聞晨鐘, 令人發深省.

용문산 봉선사를 유람하다

그간 스님을 따라 유람했었고,
다시 스님의 처소에 묵었다.
북쪽 골짜기에 신묘한 바람이 불었고,
달빛 비친 수풀엔 그림자가 흔들렸다.
산봉우리는 하늘의 별자리에 닿았고,
구름낀 처소에는 옷도 냉랭해졌다.
잠에서 깨어 새벽 종소리를 들으니,
나그네를 깊은 상념에 잠기게 한다.

| 註釋 | ○ 〈遊龍門奉先寺〉 – 今 河南省 洛陽市 龍門 석굴은 우리나라에도 잘 알려진 관광지이다. 龍門山은 河南府 북쪽 40리 소재. 이 시는 《全唐詩》 216권 수록.

○ 已從招提遊 – 招提(초제)는 범어의 번역인데, '四方의 僧房' 이란 의미. 더 나아가 사방의 승려는 '招提僧' 이라 하였다.

○ 陰壑生虛籟 – 陰壑(음학)은 산의 북쪽 골짜기. 虛籟(허뢰)는 골

짜기에 울리는 바람소리. 壑은 골짜기 학. 籟는 소리 뇌(뢰). 울림.

○ 天闕象緯逼 – 天闕(천궐)은 용문산의 산봉우리 이름인데, 하늘의 궐문이란 뜻. 緯逼(위핍)은 씨줄의 성좌. 곧 봉우리가 높아 하늘의 별자리에 닿으려 한다는 뜻.

| 詩意 | 두보가 스님을 따라 유람도 하고 스님의 처소에서 하룻밤을 지낸 홍취를 묘사하였다. 산이 높고 골짜기가 깊어 신묘한 바람소리가 나는 것 같다 하여 깊은 산중의 분위기를 그려내었다.

봉선사 처소가 높은 곳이라서 옷에 차가운 기운이 밴 것 같고, 새벽 종소리에 깊은 상념에 젖어들게 한다는 표현은 나그네의 속마음을 잘 그려내었다.

春日憶李白(춘일억이백)

白也詩無敵, 飄然思不群.
清新庾開府, 俊逸鮑參軍.
渭北春天樹, 江東日暮雲.
何時一樽酒, 重與細論文.

봄날 李白을 생각하다

李白은 詩에서 맞설 상대가 없으며,
초연한 생각은 보통 사람과 달랐다.
청신하기는 庾開府(庾信)와 같고,
뛰어나기는 鮑參軍(鮑照)과 같았다.
渭水 북쪽엔 봄 맞은 나무가 무성하고,
長江 동쪽엔 해질녘 구름이 아름답다.
언제 어느 날 술 한통 옆에다 두고서,
함께 더불어 시문을 논할 수 있을까?

| 註釋 | ○ 〈春日憶李白〉 - 〈봄날 이백을 생각하다〉. 이는 현종 천보 5년(746)에 지은 시로 알려졌다.

○ 清新庾開府 - 庾開府는 庾信(유신, 513 - 581. 字는 子山) - 본래 梁 元帝의 명을 받아 北周에 사신으로 나갔다가 억류되었다. 北周의 驃騎大將軍, 開府儀同三司를 역임하여 '庾開府'라 통칭한다. 徐陵(서릉)과 함께 詩名을 날려 徐庾(서유)라 병칭하며,

대표작으로 〈哀江南賦〉가 있다.

○ 俊逸鮑參軍 – 鮑參軍은 鮑照(포조, 414 – 466, 字는 明遠). 南朝 宋의 詩人으로 보통 '鮑參軍'으로 통칭. 謝靈運(사령운), 顔延之(안연지)와 함께 元嘉(원가) 3대 시인으로 꼽힌다.

| 詩意 | 당시에 두보는 渭水의 북쪽에 머물고, 이백은 江東에 머물렀으리라 추정할 수 있다. 후배로서 두보가 선배를 그리는 솔직한 심정이 잘 나타나 있다.

天末懷李白(천말회이백)

涼風起天末, 君子意如何?
鴻鴈幾時到? 江湖秋水多.
文章憎命達, 魑魅喜人過.
應共冤魂語, 投詩贈汨羅.

하늘 끝에서 李白을 그리워하다

凉風은 하늘 끝에서 불어오는데,
그대의 감회 어떠하신지요?
소식은 언제쯤 도착하려는지?
江湖엔 가을 물이 넘치네요.
文章은 팔자 핀 사람 싫어하고,
도깨비는 행인을 좋아한다지요.
그러니 한 많은 넋을 위로하려,
시를 지어 멱라수에 던지렵니다.

| 註釋 | ○ 〈天末懷李白〉 - 〈하늘 끝에서 이백을 그리워하다〉.

天末은 天際, 하늘과 땅이 닿는 곳. 이 시는 두보가 건원 2년 (759)에 秦州(진주)에서 지은 시로 알려졌다. 〈夢李白〉 (一, 二) 참고.

○ 涼風起天末 - 涼은 서늘할 양(량). 涼이 本字. 凉은 俗字.

○ 君子意如何 - 君子 여기서는 李白. 意는 感懷(감회).

○ 鴻鴈幾時到 – 鴻은 큰 기러기 안. 鴈은 기러기 안. 雁과 同. 鴻鴈(홍안)은 편지. 幾時(기시)는 언제?

○ 文章憎命達 – 문장은 이름나고 높은 벼슬에 오르는 것을 미워한다. → 훌륭한 글을 짓는 사람은 운명이 좋지 않다. 유명인이나 高官의 詩文은 별로 뛰어난 것이 없다. → 시나 문장을 잘하는 사람은 팔자가 고생하고 가난하게 살게 마련이라며 이백을 위로하지만 이는 곧 自慰의 뜻을 갖고 있다.

○ 魑魅喜人過 – 魑는 도깨비 이(리). 魅는 도깨비 매. 魑魅(이매) – 사람을 잡아먹는다는 도깨비. 喜人過(희인과)는 사람이 지나가기를 좋아하다. 지나가는 사람을 좋아하다.

○ 應共冤魂語 – 冤魂(원혼)은 원통한 혼령. 여기서는 戰國시대 楚의 屈原(굴원).

○ 投詩贈汨羅 – 汨은 물에 빠질 골, 강 이름 멱. 汨은 삼수 변(氵) + 日. 湘江(상강). 汨羅(멱라)는 屈原이 투신한 강물. '멱라' 로 읽어야 한다. 삼수 변(氵) + 가로 왈(曰)은 汩(물 흐를 율). 삼수 변(氵) + 눈 목(目) = 泪(눈물 누, 루).

| 詩意 | 두보는 이백을 좋아하고 존경하였기에 이백을 위한 시를 많이 지었다. 대개가 이백을 회상하거나 혹은 이백을 염려하는 시다. 〈贈李白〉, 〈春日憶李白〉은 30대의 젊은 두보가 洛陽 일원에서 이백과 어울려 술 마시고 교유하다가 헤어진 다음에 지은 시다. 그러므로 젊은 시인들의 패기와 호탕한 기상이 가득 넘친다. '白也詩無敵, 飄然思不群' 이나 '痛飮狂歌空度日, 飛揚跋扈爲誰雄' 와 같은 구절이 바로 그러한 예이다.

그러나 〈夢李白〉과 이 시는 국가적 혼란 시기에 서로 흩어져 생사조차 알 길 없는 옛날의 벗을 걱정하고 있다. 이때의 두보 나이는 50세이다. 전란을 피해, 헐벗고 굶주린 처자식들을 이끌고, 먹을 것과 안주할 자리를 찾아 변경지대를 방랑하고 있었다.

이때에 이백이 억울한 누명을 쓰고 남쪽으로 유배되었다는 소식을 들었으니, 두보의 심정은 어떠했으랴? 극한의 절망감 속에서 하늘이 준 숙명은 문학하는 사람의 길을 막고, 도깨비 같은 못난 인간들은 착한 사람을 벌주기를 좋아한다며 이백을 위로하고 있다.

앞의 4句는 찬바람이 불어온다면서 안부를 묻고 있다. 후반의 4구는 사람의 팔자를 이야기 하면서 굴원을 위로하기 위해 시를 지어 멱라수에 던지고 싶다는 뜻을 표했는데, 이는 이백과 자신의 기구한 운명에 대한 同病相憐(동병상련)이라 할 수 있다.

奉濟驛重送嚴公(봉제역중송엄공) 四韻(4운)

遠送從此別, 青山空復情.
幾時杯重把? 昨夜月同行.
列郡謳歌惜, 三朝出入榮.
江村獨歸處, 寂寞養殘生.

奉濟驛에서 嚴公을 다시 전송하는 四韻

먼 길을 보내면서 이제 헤어지는데,
청산도 공연히 석별의 정을 보태네.
언제 다시 잔을 잡을 수 있을지?
어제 달밤을 같이 걸어왔었네.
여러 고을서 칭송하며 아쉬워하고,
三朝를 섬기는 영광을 누리셨네.
江村에 외로이 돌아가 그곳에서,
쓸쓸히 남은 인생 보내야만 하네.

| 註釋 | ○ 〈奉濟驛重送嚴公 四韻〉 - 〈奉濟驛에서 嚴公을 다시 전송하는 四韻(律詩)〉.

奉濟驛은, 지금의 四川省 중북부의 成都 평원에 자리한 綿竹市(면죽시)에 해당한다. 釀造業(양조업)이 발달하여 이곳에서 생산되는 '綿竹大曲'과 특히 '劍南春(검남춘)'은 아주 유명한 술이다. 2008년에 대지진이 일어났던 곳이다.

重送은 거듭 전송하다. 두보는 嚴武와 이별하면서 증별시를 한 번 지었었는데, 다시 이별의 시를 지었기에 '重別' 이라 했다. 嚴公은 嚴武(엄무). 劍南西川節度使로 있으면서 두보를 적극 후원해 주었기에 두보가 잠시 안정된 생활을 했었다. 엄무는 토번을 무찌른 공으로 중앙으로 승진하여 장안으로 돌아갔다.

四韻(사운)은 律詩와 같다. 율시는 2구마다 4번 압운한다. 운자를 10개 썼으면 十韻이니 20句가 된다. 본 詩에서는 情 · 行 · 榮 · 生이 韻字이다.

○ 遠送從此別 – 遠送(원송)은 成都에서 이곳 綿竹까지 전송 차 동행하였다. 從此는 奉濟驛.

○ 青山空復情 – 復情(부정)은 이별의 정을 보태준다. 푸른 산을 보며 이별한다는 의미.

○ 幾時杯重把 – 幾時(기시)는 어느 시기. 언제. 杯重把(배중파)는 다시 술잔을 기울일 수 있을까?

○ 列郡謳歌惜 – 列郡은 嚴武가 관할하던 여러 郡. 謳는 노래할 구. 謳歌(구가)는 칭송하다. 惜은 아낄 석. 이별을 아까워하다.

○ 三朝出入榮 – 三朝는 현종, 숙종 그리고 762년에 즉위한 황제(代宗).

○ 江村獨歸處 – 江村은 成都의 杜甫草堂이 있는 곳.

○ 寂寞養殘生 – 殘生(잔생)은 나머지 인생, 죽을 때까지의 생활.

| 詩意 | 이별의 장소에서 두보는 '幾時杯重把' 라면서 미래를 기대해본다. 그러면서 '昨夜月同行' 라면서 어젯밤 달빛 아래를 같이 걸어 왔던 지난 일을 서술했다. 결국 이는 首聯의 '青山空復情'

의 情意를 다시 강조한 것이라 볼 수 있다. 頸聯(경련)은 보내는 사람에 대한 칭송의 말이다. 그러고 나면 결국 자신에게로 돌아온다. 두보는 嚴武의 도움을 받았던 그 초당에서 혼자 살아야 한다는 적막한 심정으로 그간의 도움에 감사를 표했다.

別房太尉墓(별방태위묘)

他鄕復行役, 駐馬別孤墳.
近淚無乾土, 低空有斷雲.
對棋陪謝傅, 把劍覓徐君.
惟見林花落, 鶯啼送客聞.

房太尉의 묘를 떠나며

타향에서 또 떠도는 몸이지만,
말을 멈춰 봉분을 홀로 둘러본다.
눈물 젖어 메마른 땅이 없고,
낮게 드린 조각구름만 떠돈다.
바둑 두던 謝安처럼 침착했었고,
칼을 죽은 徐君에 주는 의리를 지켰다.
보이는 것은 수풀에서 지는 꽃,
꾀꼬리는 손님을 보내듯 울어댄다.

| 註釋 | ㅇ 〈別房太尉墓〉 - 〈방태위의 묘를 떠나며〉. 房太尉는 房琯(방관, 696 - 763). 안록산의 난 중 陳濤斜(진도사)에서 관군은 대패했고, 그 패전의 책임은 방관에게도 있었다. 그래도 肅宗이 장안으로 돌아온 뒤 방관은 승진하고 淸河郡公에 봉해지기도 했다. 그는 문객 董廷蘭(동정난)의 彈琴을 좋아하였는데, 董廷蘭이 뇌물을 받았다 하여 방관은 太子少師로 폄직되었다가 다시 지방관으

로 폄직되었다. 두보는 그러한 방관을 변호하였지만 숙종의 미움으로 華州로 폄직되었다. 방관은 代宗이 즉위하면서 다시 特進刑部尙書가 되었는데, 장안으로 돌아오던 도중에 병으로 죽었고 사후에 太尉로 추증되었다. 房琯은 杜甫와 오랫동안 긴밀한 관계를 유지하였는데 杜甫가 長安에서 鳳翔으로 가서 左拾遺에 임명될 때 방관의 추천이 있었다.

○ 他鄕復行役 – 他鄕, 두보는 그 무렵 成都 일대를 유랑했다. 行役(행역)은 유랑하는 苦役.

○ 駐馬別孤墳 – 孤墳(고분) – 방관은 특진되어 장안으로 부임하러 가다가(763년 4월) 병이 들어 閬州(낭주)의 절에서 죽었다(같은 해 8월, 67세). 그래서 객지에 있기에 孤墳이라 하였다.

○ 近淚無乾土 – 눈물을 흘려 마른 땅이 없다. 좀 과장이지만 크게 슬퍼했다는 뜻.

○ 低空有斷雲 – 斷雲은 孤雲.

○ 對棋陪謝傅 – 對棋(대기)는 바둑판을 대하다. 바둑을 두다. 棋는 바둑 기. 陪는 쌓아올릴 배. 거들다. 모시다. 謝傅(사부) – 東晋의 謝安(320 – 385). 자기 관리가 철저했던 사안과 같은 풍모를 지닌 방관이었다고 칭송하는 구절이다.

한때 화북을 통일했었고 고구려에 불교를 전해 주기도 했던 5호16국 시대 前秦의 왕 付堅(부견)이 대군으로 東晋에 침입하자(淝水의 싸움) 朝野가 모두 두려워 떨었지만, 사안은 태평하게 별장에서 손님과 바둑 내기를 하고 있었다. 승리했다는 서신이 왔을 때, 사안은 아무 표정도 없이 읽은 뒤에 자리 옆으로 치워 놓았다. 바둑이 끝나고 손님이 묻자 천천히 말했다.

"어린애들이 적을 이제야 격파했답니다."

그러나 손님이 나가자 사안은 방에 뛰어 들어오면서 매우 기뻐했는데 나막신의 굽이 떨어져 나가는 줄도 몰랐다고 한다. 그의 표정 꾸밈과 감정 억제가 이와 같았다.

○ 把劍覓徐君 – 覓은 찾을 멱. 徐君(서군)은 춘추시대 徐라는 나라의 임금. 춘추시대 吳의 왕자 延陵季子(연릉계자)가 보검을 차고 晉(진)에 가는 도중에 徐君의 환대를 받았다. 서군은 연릉계자의 보검을 부러워했고, 이를 연릉계자도 알았다. 연릉계자가 晉에 가서 일을 마치고 돌아올 때 徐君은 죽고 없었다. 연릉계자는 그 보검을 徐君의 무덤 나무에 걸어두고 떠나갔다. 두보는 연릉계자의 의리를 지켜 여기를 찾았다는 뜻을 말했다.

○ 惟見林花落 – 꽃이 지는 것만 보인다. 여기에는 나의 生도 끝날 것 같다는 두보의 탄식이 들어 있다.

○ 鶯啼送客聞 – 鶯은 꾀꼬리 앵. 啼는 울 제. 送客聞(송객문)은 나그네를 전송하듯 울어대다.

| 詩意 | 낭주에서 成都로 돌아가는 도중에 두보는 房琯(방관)의 무덤을 찾는다. 출생 연도를 따진다면 방관은 두보보다 15살 이상 나이가 많았다. 때문에 두보와 방관의 朋友之情이란 표현은 옳지 않다고 본다. 다만 두보가 벼슬도 없는 布衣였지만 끝까지 알아주고 믿어 주었기에 두보도 그를 따르고 변호했을 것이다.

首聯에서는 제목 그대로 묘를 찾은 사유를 말했고, 頷聯(함련)에서는 슬피 통곡했다. 頸聯(경련)에서는 죽은 방관은 謝安같은 풍모를 지녔고, 살아 있는 자신은 연릉계자처럼 의리를 켰다고 고인과 자신을 묘사하였다. 그리고 尾聯에서는 외로운 무덤 주변에 떠도는 슬픈 정서를 그렸다. 결국 首聯의 표현처럼 또 떠돌아야 하는 두보였다.

旅夜書懷(여야서회)

細草微風岸，危檣獨夜舟.
星垂平野闊，月湧大江流.
名豈文章著，官因老病休.
飄飄何所似，天地一沙鷗.

떠도는 밤에 회포를 쓰다

작은 풀이 미풍에 흔들리는 강 언덕에,
높은 돛대 세우고 홀로 밤배를 대었다.
별이 드리우는 들판은 끝없이 넓고,
달이 떠오르며 큰강은 그대로 흐른다.
명성이 어찌 문장이 좋아야만 하는가?
벼슬은 늙고 병들어 그만두었노라.
떠도는 이 몸 무엇과 닮았겠나?
하늘과 땅 사이 한 마리 물새로다.

| 註釋 | ○ 〈旅夜書懷〉 - 〈여행하는 밤에 소회를 쓰다〉.

이 시는 대략 代宗 永泰 元年(765)에 가족을 거느리고 성도 초당을 떠나 배를 타고 동으로 흘러가며 雲安(지금의 重慶市 동부 雲陽縣)에서 지은 것이라고 알려졌다.

○ 細草微風岸 - 細草(세초)는 금방 돋아난 풀. 微는 작을 미.

○ 危檣獨夜舟 - 危는 두려울 위. 높은. 檣은 돛대 장. 危檣(위장)

높다란 기둥. 首聯은 두보의 배를 중심으로 한 近景을 묘사하였다.

○ 星垂平野闊 – 星垂(성수)는 별빛이 쏟아지다. 별이 드리우다. 곧 별이 땅과 닿다. 垂 대신 臨으로 된 판본도 있다. 闊은 넓을 활.

○ 月湧大江流 – 湧은 샘솟을 용. 힘차게 솟아오르다. 大江은 長江. 頷聯은 배에서 바라보는 遠景을 묘사하였다.

○ 名豈文章著 – 名은 명성. 著는 분명할 저. 뛰어나다.

○ 官因老病休 – 休는 休官, 사직했다. 星垂와 月湧이 느낌이 자신과는 아무런 상관도 없는 것처럼 느껴질 때 시인은 한없이 서글펐을 것이다.

○ 飄飄何所似 – 飄는 회오리바람 표. 飄飄(표표)는 바람에 펄럭이는 모양, 정처도 없이 떠도는 모양. 何所似(하소사)는 무엇과 비슷한가?

○ 天地一沙鷗 – 鷗는 갈매기 구. 沙鷗(사구)는 물새. 孤 또는 白, 大나 小가 아니라 一沙鷗라 표현한 것은 首聯의 '獨' 과 相應한다.

| 詩意 | 곤궁과 실의에 찬 두보의 한숨에 읽는 사람도 가슴이 미어지는 것 같다. 두보는 자기의 신세가 강가에 홀로 된 물새와 같다고 했는데, 어쩌면 자신이 물새보다 더 불쌍하다고 느꼈을 것이다. 직업도 재산도 없는 두보에게 하루하루 끼니 때우기는 고통의 연속이었을 것이다.

중국 속담에 '들판의 참새가 쌓아둔 양식이 없지만 천지는 넓다(野雀無糧天地廣).' 라는 말이 있다. 또 '섣달에 아무리 눈이 쌓여도 참새는 굶어 죽지 않는다(臘月下雪餓不死麻雀).' 라는 속담처럼 참새나 물새는 적어도 굶지는 않는다. 이 시를 읽으면서 착하디착한 시인이 이런 곤궁에 처해야 하는가를 자꾸 생각한다. 시인과 가난은 형제간인가?

본래 가난이란 선비의 日常이다(貧者士之常)라고 스스로 위안하고 지내는 경우도 많다. 그러나 '젊어 가난은 가난이라 할 것도 없지만(少年受貧不算貧), 노년에 가난해지면 가난이 사람을 죽인다(老年受貧貧死人).' 라고 하였다. 또 '젊은이 고생은 지나가는 바람이지만(後生苦風吹過), 늙은이의 고생은 진짜 고생이다(老年苦眞個苦).' 늙은 두보의 가난이기에 가슴이 더 아프다.

이 시는 이백의 〈夜泊牛渚懷古(야박우저회고)〉와 분위기가 매우 비슷하다. 둘 다 강가에 배를 대고 일박을 한다. 그러나 나그네와 떠돌이의 차이라고 할 수 있는 분위가 있다. 젊은 이백은 옛일을 회고하면서도 스케일이 크고 또 희망에 차있다. 그렇지만 마지막 尾聯에는 슬픔이 배어 있다.

그리고 두보의 밤배에도 근심과 걱정이 가득하다. 노년의 작품이라 생각하니 더욱 슬프기만 하다. 편의를 위하여 여기서 두 편의 詩를 나란히 써 놓고 읽어보면 느낌이 온다.

〈夜泊牛渚懷古〉	〈旅夜書懷〉
牛渚西江夜,	細草微風岸,
青天無片雲.	危檣獨夜舟.

登舟望秋月, 星垂平野闊,
空憶謝將軍. 月湧大江流.
余亦能高詠, 名豈文章著,
斯人不可聞. 官因老病休.
明朝挂帆席, 飄飄何所似,
楓葉落紛紛. 天地一沙鷗.

詩仙이고 詩聖이니, 두 시인의 광채와 불꽃이 萬丈만큼 치솟지만 그 느낌이 이렇듯 차이가 나는 것은 이백은 젊었을 때였고 두보는 늙어 이 시를 읊었다는 차이이다. 그래서 '세월 앞에 장사 없다.' 는 말이 나오는 것이다. 천재 시인 중에 누가 더 뛰어났는가의 비교가 아니라 '누구의 분위기가 어떠한가?' 의 차이이다.

登岳陽樓(등악양루)

昔聞洞庭水，今上岳陽樓.
吳楚東南坼，乾坤日夜浮.
親朋無一字，老病有孤舟.
戎馬關山北，憑軒涕泗流.

악양루에 올라

옛날 동정호 소문을 들었는데,
오늘 처음 악양루에 올랐도다.
吳楚의 땅은 동남쪽으로 트였고,
天地의 낮과 밤은 여기서 떠오른다.
친척 친구에게선 아무 소식 없고,
늙고 병들어 배 한 척에 의지한다.
戰馬는 관산의 북으로 간다는데,
난간에 기대서 눈물 콧물만 흘린다.

| 註釋 | ○ 〈登岳陽樓〉 – 〈악양루에 올라〉.

岳陽樓는 湖南省 동북부의 岳陽市 岳陽古城의 西門 위에 자리 잡고 있다. 아래로는 洞庭湖를 굽어보고 앞의 君山을 바라보며 북쪽으로는 長江이 흐른다. 江南 四大名樓의 하나로, '洞庭는 天下水요, 岳陽은 天下樓이다.' 라는 칭송을 듣는다.

전해오기로는 삼국시대 東吳의 大將 魯肅(노숙)이 閱軍樓(열군

루)가 그 시작이라고 하는데, 唐朝부터 악양루로 불리었다고 한다.

唐 開元 4년(716), 중서령이던 張說(장열)이 이곳 岳州로 관직이 폄직되어 와서 늘 文人들과 이곳에 올라 시를 지었다고 한다. 이후 張九齡, 孟浩然, 李白, 杜甫, 韓愈, 劉禹錫, 白居易, 李商隱 등이 연이어 악양루에 올라 시를 읊었는데 그중에서도 杜甫의 〈登岳陽樓〉는 千秋의 絶唱이라 하겠다. 현재의 건물은 1983년에 원재료의 53%를 활용하며 개축한 것이라고 한다.

○ 昔聞洞庭水 – 洞庭水는 동정호. 옛날에는 '八百里洞庭'라 하였으나 토사가 쌓이고 개간으로 인해 면적이 크게 줄고 호수도 3개로 분리되었다.

○ 今上岳陽樓 – 두보는 代宗 大曆 3년(768)에 악양루를 찾았다.

○ 吳楚東南坼 – 吳楚는 옛 吳와 楚나라를 말하지만 옛 그 나라가 있던 땅, 지금의 長江의 남북을 포함하는 華中 지방을 지칭한다. 坼은 터질 탁. 갈라지다. 트였다. '갈라졌다(분리)'의 뜻으로 해석한 번역서가 많으나 '막히었던 것이 트였다'로 해석해야 맞을 것이다. 그래야 다음의 乾坤과 호응이 된다.

사실 어느 시대의 吳와 楚의 영역을 동정호를 기준으로 東과 南으로 구분할 수가 없다. 吳楚는 화북 사람들이 생각할 때 '남쪽의 땅' 일뿐, 나라(國家)라는 개념으로 인식되지 않는다.

○ 乾坤日夜浮 – 乾은 하늘 건. 坤은 땅 곤. 乾坤은 하늘과 땅(天地). 본래 하늘을 의미하는 《周易》의 乾卦(☰를 上下로 2개 겹친 것)와 땅을 의미하는 坤卦(☷를 상하로 2개 겹친 것)에서 건곤이라 하였다. '別乾坤'이라는 말은 '別天地'와 같다. 浮는

뜰 부. 해와 달이 떠오르다. 해와 달이 뜨면 곧 낮과 밤이다.

악양루에 오른 시인은 '동정호는 광대하여 그곳에서 해와 달이 뜨고 진다.' 는 천지의 광대함과 운행과 순환의 자연법칙을 절감했을 것이다.

○ 親朋無一字 – 親朋은 친척과 붕우. 無一字는 소식이 없다.

○ 老病有孤舟 – 有孤舟는 배 한 척만 있다. 아마도 악양루에 올라 가족과 같이 점심 먹을 路資도 없었을 것 같다는 생각이 든다. 이 구절에서 두보는 설움이 가슴까지 차올랐으리라!

○ 戎馬關山北 – 戎馬(융마)는 戰馬, 전쟁. 당시 당과 토번은 전쟁 중이었고 그 유명한 郭子儀(곽자의)가 唐軍을 지휘하고 있었다. 關山은 關中의 땅. 北은 북으로 가다. 북으로 향하다. 다음 句의 流에 호응하니 동사로 풀이해야 한다. '관산 북쪽' 은 아니다.

여기서 두보는 큰 한숨을 내 쉬며 눈앞이 캄캄하다는 생각을 했을 것이다. 여기서는 北과 流로 전쟁과 고난을 사실대로 묘사하였다. 그리고 마지막 구절 '憑軒涕泗流' 에서는 두보가 울음을 참고 있는 모습이 눈에 보이는 것 같다.

○ 憑軒涕泗流 – 憑은 기댈 빙. 軒은 추녀 헌. 涕는 눈물 체. 泗는 물 이름 사(孔子의 고향 근처), 콧물 사. 눈물과 함께 나오는 콧물. 두보가 울음을 참고 있는 모습이 눈에 보이는 것 같다.

| 詩意 | 전반의 4句는 악양루에 오른 과정과 자연경관을 묘사했다. 후반 4구는 시인의 심경을 읊었는데 '一句一哭' 이 아닌 것이 없다.

首聯에서는 昔과 今으로 동정호를 보고 싶었던 오랜 희망이 오늘에야 이루어졌다는 아쉬움이 담겨 있다. 頷聯에서는 坼과 浮로 대지는 광활하게 트였고 日月이 여기서 떠오른다는 광대함을 묘사하고 있다. 그리고 頸聯에서는 無로는 그리움을, 有로는 가난을 그려내었다. 곧 無消息의 그리움과 有孤舟의 빈곤은 두보의 현실을 극명하게 나타내주고 있다. 그리고 尾聯의 北과 流로 전쟁과 고난을 사실대로 묘사하였다.

이 시는 山水自然의 경관을 소재로 하였지만 시인이 겪은 역경이 그의 山水詩를 슬픔으로 색칠하였다. 몸에 밴 가난이고 슬픔인데, 어찌 환하게 웃고 호탕하게 큰 소리를 치며 세밀하고 끈적끈적한 묘사를 할 수 있겠는가?

| 參考 | 四大 名樓

중국 사람들은 최고의 경지에 오른 것을 손가락으로 꼽아 열거하기를 좋아한다. 예를 들면 '四大奇書' 라는 말은 흔히 쓰는 말이다. 四大發明이라면서 중국인들이 자부심을 갖는 것은 일반적으로 제지술, 나침반, 화약, 그리고 활자 인쇄술을 말한다.

이 시에 나온 악양시의 岳陽樓는 武漢의 黃鶴樓, 滕王閣(등왕각, 江西省 南昌市), 鸛雀樓(관작루, 山西省 永濟市)와 함께 중국 4대 명루로 꼽힌다.

그리고 四大美人이라면 西施(서시), 王昭君(왕소군), 趙飛燕〔조비연, 대신 貂蟬(초선)을 넣기도 한다〕, 楊玉環(양옥환, 양귀비)을 지칭하다. 古代 四大名妓로 蘇小小, 李師師, 梁紅玉, 陳圓圓을 꼽는가 하면, 古代의 四大淫女로 夏姬, 孝文幽皇后, 胡太后, 潘金蓮(반금련)을 든다. 그런가 하면 四大 美男으로 嵇康(혜강), 周瑜(주유), 楊華(양화), 蘭陵王(난릉왕)을 지칭

한다.

또 중국 역사상 四大 奸臣(간신)으로 《수호전》에 등장하는 北宋 蔡京(채경)을 필두로 하여 南宋의 秦檜(진회), 明나라의 嚴嵩(엄숭), 淸나라의 和珅(화신)을 꼽는다. 無病長壽를 기원하는 중국인들은 古代 四大名醫로 扁鵲(편작), 華佗(화타), 張仲景(장경중), 李時珍(이시진)을 꼽는다.

가까운 시기에는 '文革四大' 라 하여 '大鳴, 大放, 大辯論, 大字報' 를 꼽았다. 이 이외에도 '四大 ○○' 는 무지하게 많이 있다. 하여튼 중국인들은 손가락 꼽기를 좋아한다.

江漢(강한)

江漢思歸客, 乾坤一腐儒.
片雲天共遠, 永夜月同孤.
落日心猶壯, 秋風病欲疏.
古來存老馬, 不必取長途.

長江과 漢水

江漢을 지나며 고향 그린 나그네,
天地를 떠도는 못난 유생이로다.
조각구름은 하늘 따라 멀어졌고,
긴 밤 중천의 달과 같은 외로움.
落日에 마음을 굳게 다지지만,
秋風에 고향 생각이 많아진다.
예부터 갈길 아는 老馬가 있으면,
기어이 먼길 돌아가지 않았으리라.

| 詩意 | 〈江漢〉은 長江과 漢水 유역이다. 두보는 그의 시에는 '乾坤' 이란 표현을 자주 썼다. '吳楚東南坼, 乾坤日夜浮.' 라는 聯이나 '日月低秦樹, 乾坤繞漢宮.' 또는 '日月籠中鳥, 乾坤水上萍.' 등의 구절은 乾坤(天地)을 떠도는 자신에 대한 한탄이었다. 시인은 왜 정주하고 보통 사람과 같은 생업을 갖지 못했을까?

밤하늘에 뜬 달도 혼자라서 외롭다. 또 지는 해를 보며 나그네의 처지를 생각 안할 수 없다. 가을이면 날은 추워지고, 마음 편히 쉴 수 있는 고향이 그립다. 그런 고향 가는 길을 몰라서 못가는 것이 아니다.

老馬는 자신이 다니던 길을 잘 안다. 노마가 없어 먼 타향 객지를 떠도는 것이 아니지만, 두보는 노마가 없다며 애써 자기 위안을 찾고 있다.

春夜喜雨(춘야희우)

好雨知時節, 當春乃發生.
隨風潛入夜, 潤物細無聲.
野徑雲俱黑, 江船火獨明.
曉看紅溼處, 花重錦官城.

봄밤에 내리는 반가운 비

반가운 비는 좋은 시절을 아나니,
봄날을 맞아 바로 새싹을 틔운다.
봄바람 따라 한밤 은밀히 내리며,
만물을 적신 실비는 소리도 없다.
들판의 샛길 비구름에 어두워지고,
강물의 돛배 등불만이 홀로 밝도다.
새벽녘 길에 떨어진 붉은 꽃잎들은,
금관성 안의 꽃보다 더욱 아깝도다.

| 詩意 | 시 전체의 結構(결구)와 내용, 모든 것이 짜 맞춘 듯 빈틈이 보이지 않는다. 표현도 정확하고 정밀하다.

紅溼處(홍습처)는 길바닥에 붉은 물이 있는 것이 아니라 붉은 꽃잎이 떨어졌다는 표현이다.

마지막 구절의 '花重錦官城' 을 '꽃이 錦官城(成都) 내의 꽃보다 무겁다.' 고 글자 그대로 직역하면 사리에 맞지 않는다. 물에 젖은 꽃잎이라 무겁다? 이는 시인의 깊은 뜻을 제대로 파악하지 못한 말이다. 제목의 喜雨는 농사에 소중한 단비란 뜻이다. 그런 단비에 진 꽃잎이다. 그래서 그렇게 진 꽃잎이지만 단비만큼 소중하다는 뜻일 것이다.

《全唐詩》 226권에 수록.

南征(남정)

春岸桃花水，雲帆楓樹林.
偸生長避地，適遠更霑襟.
老病南征日，君恩北望心.
百年歌自苦，未見有知音.

남쪽을 떠돌며

봄날 강둑에는 桃花가 떠내려가고,
바람 안의 돛은 단풍 숲을 지난다.
목숨 부지하려 살 곳 찾아 헤매고,
멀리 떠나가며 눈물로 옷깃 적신다.
늙고 병든 몸이 남쪽으로 가는 날에,
君恩을 그리며 북쪽을 바라보는 마음.
오랜 세월 힘들게 나날을 보냈지만,
나는 아직 知人을 만나지 못했도다.

| 詩意 | 이 시는 代宗 大曆 4년(769)에 지은 시로 알려졌으니 죽기 1년 전이었다. 두보는 각지를 떠돌며 많은 경치를 보았다. 남쪽 지방을 떠돌면서도 아쉬움이 미련처럼 남은 관직의 꿈을 자꾸만 회상하게 된다. 힘들게 살아온 나날들, 그리고 자신은 성실하게 생활하며 시를 지었지만 知人을 아직도 만나지 못했다는 말로 詩를 마무리했다.

樓上(누상)

天地空搔首，頻抽白玉簪.
皇輿三極北，身事五湖南.
戀闕勞肝肺，掄材愧杞楠.
亂離難自救，終是老湘潭.

누각에서

세상 살며 부질없이 머리나 긁었고,
백옥 머리꽂이를 자주 빼고 끼웠다.
조정은 동서남 三極의 북쪽에 있으나,
이몸은 五湖의 남쪽에서 헤매고 있다.
궁궐을 연모하며 육신을 고생시켰고,
목재를 고르면서 구기자, 녹나무에 부끄러웠다.
난리를 당해 나도 구제하지 못하고,
결국은 湘水 땅에서 생을 마치리라.

| 詩意 | 세상 살면서 부질없는 일도 많았고, 時流에 맞추지도, 또 사람을 잘못 보았으며 자신도 잘 지켜내지 못했다는 감회를 서술하였다.

五. 七言律詩

曲江(곡강) 二首 (其一)

一片花飛減卻春, 風飄萬點正愁人.
且看欲盡花經眼, 莫厭傷多酒入脣.
江上小堂巢翡翠, 花邊高塚臥麒麟.
細推物理須行樂, 何用浮名絆此身.

곡강 (1 / 2)

날아가는 꽃잎 하나에도 봄은 지나가는데,
온갖 꽃이 바람에 지니 딱히 나를 시름케 한다.
마침 지는 꽃잎이 앞에 나는 것을 보면서,
술을 너무 많이 마신다며 나를 싫어 마오.
강가의 작은 집에 비취새가 둥지를 틀었고,
높다란 언덕 꽃그늘에 기린 石物이 누웠다.
세상 이치를 곰곰 따져도 오직 행락뿐이니,
어찌 헛 명성에 이 몸을 얽어매야 하는가?

曲江(곡강) 二首 (其二)

朝回日日典春衣，每日江頭盡醉歸．
酒債尋常行處有，人生七十古來稀．
穿花蛺蝶深深見，點水蜻蜓款款飛．
傳語風光共流轉，暫時相賞莫相違．

곡강 (2 / 2)

조정서 돌아오면 날마다 봄옷을 저당 잡혀,
매일 곡강 가 술집서 흠뻑 취해 돌아온다.
술 외상값은 언제나 가는 곳마다 있지만,
인생에 나이 칠십은 예로부터 드물었다.
꽃을 찾는 나비들은 어디서든 날아다니고,
꼬리에 물 적시는 잠자리는 천천히 나른다.
봄날 풍광에 전하나니 함께 세월을 보내며,
잠깐 서로 칭송하며 서로 어긋나지 않기를!

| 詩意 | 이 시는 두보가 肅宗 建元 元年(758), 47세 때, 左拾遺(좌습유)로 조정에 출사할 때 지었다고 알려졌다. 曲江은 장안 동남쪽의 名勝으로 장안 사람들의 행락지로 유명하였다. 두보는 꽃잎 하나 질 때마다, 봄이 조금씩 줄어든다고 생각하였다.

덧없이 흘러가는 세월이 아쉽고, 아무렇게나 지나가버리는 봄날이 아쉬워 술을 마시나니, 그렇다고 나보고 술을 많이 마시니 싫어하지 말라고 당부한다.

이 봄날 물총새가 집을 짓고, 옛 무덤의 버려진 石物옆에도 꽃이 피나니, 인생이 이렇듯 허무한데 굳이 虛名(허명)에 매이거나 쫓길 수 없다고 말한다.

二首에서는 아주 유명한 말이 등장한다. 술꾼이 가는 곳마다, 술 외상값은 그냥 보통의〔尋常(심상)〕 일이다. 그러나 예부터 인생 칠십은 아주 드문 일(古稀)이었다.

외상 술 – 우리 말 속담에도 '外上(외상)이면 소도 잡아먹는다.' 고 했다. 현금이 없어도 욕구를 충족시킬 수 있는 방법이 외상이다. 지금 봄이 지났으니, 봄옷을 저당잡히고 외상 술을 마신다! 뭐라고, 어떻게 표현할 수 없는 슬픔이 느껴진다.

필자의 경험으로도 1980년대 초까지 단골 술집에서 외상 술을 가끔 마셨다. 외상 술값(酒債)이야 술꾼에게는 보통의 일이었다.

두보는 이 보통의 세상사를 인생 칠십이라는 인생사와 비교하였다. 그래서 尋常(심상)과 古稀(고희)의 對를 만들었다.

꽃밭의 나비, 물가의 잠자리 모두 제각각 자기 나름대로 살아가고 있다. 우리 인생도 서로 다르지만, 그래도 인정할 것은 인정해주면서 어긋나지 않게 살아가자고 당부한다.

자연의 流轉(유전)처럼 인생도 유전하거늘, 인생과 자연의 共存(공존)을 바라는 두보였다.

秋雨歎(추우탄) 三首 (其一)

雨中百草秋爛死，階下決明顔色鮮.
著葉滿枝翠羽蓋，開花無數黃金錢.
涼風蕭蕭吹汝急，恐汝後時難獨立.
堂上書生空白頭，臨風三嗅馨香泣.

가을장마를 탄식하다 (1 / 3)

장맛비에 온갖 풀이 가을 들어 시드는데,
섬돌아래 決明草만 그 색이 선명하다.
가지에 많이 붙은 잎은 푸른 깃 덮개 같고,
수없이 많은 꽃잎은 황금색 돈과 같다.
차가운 소슬바람이 매섭게 불어오면,
혹시나 이후에 홀로 버티지 못할까 걱정된다.
초당의 書生은 쓸모없이 백발이 되었으니,
그 향기 바람결에 자주 맡으며 눈물짓는다.

| 詩意 | 천보 13년(754) – 안록산의 난이 일어나기 전 해에, 가을장마가 60여 일이나 계속되었다고 한다. 현종이 농사 추수를 걱정하자, 양귀비 사촌 楊國忠은 잘 자란 벼이삭만을 골라 현종에게 보이며 농사에는 피해가 없다고 말했다.

이 말을 들은 두보가 이 시를 지었다고 한다.

여기서 시인이 읊은 決明草는 약초인데, 간신으로 비유되는 잡초와 달리, 가을장마 빗속에서도 굳굳하게 본래의 모습(지조)을 보여주었다. 시인은 결명초가 강한 비바람에 꺾일까 걱정하고 있는데, 이는 충직한 신하가 간신의 모함을 받을까 염려하는 뜻과 같다.

《全唐詩》216권에 수록.

客至(객지)

舍南舍北皆春水, 但見群鷗日日來.
花徑不曾緣客掃, 蓬門今始爲君開.
盤飧市遠無兼味, 樽酒家貧只舊醅.
肯與鄰翁相對飮, 隔籬呼取盡餘杯.

손님이 오다

집의 앞과 뒤 모두 봄물이 가득한데,
다만 뵈나니 물새 떼만 매일 날아온다.
꽃핀 작은 길은 손님 온다고 쓸지 않았고,
오늘 사립문은 손님 때문에 처음 열었다.
시장이 멀어 저녁에 좋은 반찬이 없고,
가난한 술독엔 다만 묵은 술뿐이다.
이웃 노인과 합석해도 괜찮다 하시면,
울타리 너머 불러서 남은 술 마시렵니다.

| 註釋 | ㅇ 〈客至〉 - 〈손님이 오다〉. 이 시는 두보가 761년에 成都 浣花溪(완화계)의 초당에서 생활할 때, 비교적 평온했던 시절의 시이다. 두보는 安史의 난을 피하여 759년에 성도로 흘러 들어와 760년 완화계에 초당을 짓고 安住하였다.

原註에는 崔明府가 들려주어 기뻤다(喜崔明府見過)는 註가 있다. 최명부는 두보의 외삼촌이다.

○ 舍南舍北皆春水 – 舍는 집 사. 春水 봄비에 불어난 물. 도연명의 '春水滿四澤'을 연상하면 된다.

○ 但見群鷗日日來 – 鷗는 갈매기 구. 바다의 갈매기는 아니다. 群鷗는 물새 떼.

○ 花徑不曾緣客掃 – 花徑은 꽃길. 꽃이 피어있는 小路. 徑은 지름길 경. 緣은 옷 가장자리 연. ~때문에.

○ 蓬門今始爲君開 – 蓬은 쑥 봉. 蓬門(봉문)은 사립문.

○ 盤飧市遠無兼味 – 飧은 저녁밥 손. 盤飧(반손)은 저녁상. 兼味(겸미)는 두 종류 이상의 반찬. 肉類나 魚類 같은 특별한 반찬.

○ 樽酒家貧只舊醅 – 樽酒는 家貧하여 다만 舊醅뿐이다. 醅는 거르지 않은 술 배.

○ 肯與鄰翁相對飮 – 肯은 옳다고 여길 긍. 기꺼이 ~하려 하다. 곧 잘 ~하다. 相對飮은 같이 마시다.

○ 隔籬呼取盡餘杯 – 隔籬(격리)는 울타리 너머. 呼取(호취)는 불러 모으다. 盡餘杯는 남은 술을 다 마시다.

| 詩意 | 首聯은 봄날 강가의 풍경이다. 물새들을 벗 삼아 詩를 생각하는 평화로운 정경이다. 頷聯은 손님맞이 준비이다. 頸聯은 가난 때문에 많은 준비를 못한다는 아쉬움을, 그리고 尾聯에서는 이웃과 함께 하는 기쁨을 그렸다. 함련과 경련은 완벽한 대구를 이루고 있다.

野望(야망)

西山白雪三城戍, 南浦淸江萬里橋.
海內風塵諸弟隔, 天涯涕淚一身遙.
唯將遲暮供多病, 未有涓埃答聖朝.
跨馬出郊時極目, 不堪人事日蕭條.

벌판에서 보다

서산 白雪 아래 3개의 성이 지키고,
남포 맑은 강엔 萬里橋 교량이 있다.
海內 전란 속에 여러 형제와 떨어졌고,
하늘 끝에서 눈물 흘리니, 나 혼자 멀리 왔다.
늙은 몸은 오로지 병치레만 많고,
티끌만큼 나라에 보답한 게 없도다.
말 타고 멀리 나와 때로 먼 저쪽을 바라보나,
세상사 날마다 쓸쓸해지니 견디기 어려워라.

| 註釋 | ○ 〈野望〉 - 〈들에서 바라보다〉.
두보가 50세인 숙종 上元 2년(761) 지은 詩로 알려졌다.

○ 西山白雪三城戍 - 西山은 成都의 서쪽 산, 一名 雪嶺. 三城戍 - 3개 성의 보루. 이 지역은 토번과의 接敵(접적) 지역이라 보루가 많았다. 松城, 維城 保城이 있었다.

○ 南浦淸江萬里橋 - 淸江은 장강의 지류, 錦江. 萬里橋는 成都

南門 밖의 교량.

○ 海內風塵諸弟隔 – 海內는 全 中國. 風塵(풍진)은 戰亂. 隔은 사이 뜰 격. 떨어져 지내다.

○ 天涯涕淚一身遙 – 天涯(천애)는 하늘 끝. 天涯地角의 줄임. 涕는 눈물 체. 遙는 멀 요.

○ 唯將遲暮供多病 – 唯는 오직 유. 將 ~을 가지고. 遲暮(지모)는 늙다. 供은 이바지할 공. 供多病 – 병치레가 많다.

○ 未有涓埃答聖朝 – 涓은 물방울 연. 埃는 티끌 애. 涓埃(연애)는 아주 적은 양. 나라에 보답한 것이 아주 적다는 의미.

○ 跨馬出郊時極目 – 跨는 타넘을 과. 時는 때때로. 極目(극목)은 아주 먼 곳까지 보다.

○ 不堪人事日蕭條 – 不堪(불감)은 견디지 못하다. 人事는 세상사. 蕭條(소조)는 적막하고 쓸쓸하다.

| 詩意 | 1, 2句는 성도 외곽의 경관을 노래했고, 3, 4구는 전란으로 인한 형제 이별과 설움 속의 그리움을 토로했다. 5, 6구는 늙고 병든 몸에 대한 自嘆(자탄)이고, 7, 8句는 세목에 부응하는 자신의 술회로 적막과 失意를 견디기 어렵다는 솔직한 탄식이다. 7구의 出郊가 '野' 이고, 極目은 바로 '望' 으로 7구에서 제목을 설명하고 이어 8구에서 감회를 묘사하였다.

聖朝에 대한 보답이 없다는 6구를 가지고 杜甫의 '憂國衷情(우국충정)이 눈물겹다.' 고 말한다면? 물론 시에는 그렇게 쓰여 있지만 그 우국충정이란 것이 관직생활에 대한 아쉬움의 또 다른 표현이 아니겠는가?

江上値水如海勢(강상치수여해세), 聊短述(요단술)

爲人性僻耽佳句, 語不驚人死不休.
老去詩篇渾漫興, 春來花鳥莫深愁.
新添水檻供垂釣, 故著浮槎替入舟.
焉得思如陶謝手, 令渠述作與同遊.

강에서 바다의 파도 같은 물결을 만나, 그냥 짧게 쓰다

타고난 성벽이 아름다운 구절만 욕심내나니,
詩語가 남을 아니 놀랜다면 그만둘 수 없다.
늙으며 시 짓기를 대충 되는 대로 하나니,
봄되어 꽃과 새에도 깊이 고심하지 않는다.
새로 물가에 턱을 만들어 낚시를 드리우고,
배를 매어 놓고서 뗏목을 타는 셈 친다.
어찌 淵明, 사령운의 재주와 생각을 얻어서,
함께 시를 지으면서 같이 즐길 수 있을까?

| 詩意 | 강에 큰 물결이 일어나는 것을 보고 시를 지으려 생각하면서 제목을 썼지만 詩想이 제대로 떠오르지 않자 자신의 시 짓기에 관한 생각을 서술하였다.

이 詩의 첫 구절은 아주 유명하여 杜甫의 詩를 언급할 때 꼭 인용된다. 시인이라면 아름다운 구절을 얻으려고 누구나 노력한다. 그러면서 자신의 새로운 표현이 남을 놀라게 하기를 바란다. 그러나 두보는 이러한 노력이 남보다 특별히 더 많았다.

시 속에서는 늙으면서 시를 대충 짓고 봄날의 꽃과 새소리를 듣고도 깊이 거듭 생각하지 않는다고 하였지만, 이는 어디까지나 두보의 겸사일 것이다.

이 시는 肅宗 上元 2년, 成都에서 지은 작품이라 알려졌다. 《全唐詩》 226권 수록.

聞官軍收河南河北(문관군수하남하북)

劍外忽傳收薊北，初聞涕淚滿衣裳.
卻看妻子愁何在？漫卷詩書喜欲狂.
白日放歌須縱酒，青春作伴好還鄉.
卽從巴峽穿巫峽，便下襄陽向洛陽.

官軍이 河南과 河北을 수복했다는 말을 듣고

검각에서 계주 이북을 수복한 소식이 와서,
처음 듣고 눈물을 흘려 옷을 다 적시었지.
돌아보니 처자식도 무슨 걱정을 하겠나?
詩書를 대충 챙기며 기뻐 미칠 지경이었지.
대낮에도 노래하며 술을 마셨으니,
봄날이면 짝을 지어 고향으로 가야지!
바로 파협으로부터 무협을 뚫고 나가,
곧장 양양에서 낙양으로 향해야지!

| 註釋 | ○ 〈聞官軍收河南河北〉 - 〈官軍이 河南과 河北을 수복했다는 말을 듣고〉. 이 시는 하남과 하북이 평정되었으니 고향으로 돌아갈 수 있다는 희망을 토로한 시이다.

○ 劍外忽傳收薊北 - 劍外는 劍閣 밖에서. 검각은 長安에서 촉 땅으로 들어가려면 반드시 검각을 거쳐야 한다. 촉 땅에서 보면 장안으로 통하는 교통요지이다. 지금의 四川省 北部의 동쪽 끝

인 廣元市 劍閣縣. 薊는 삽주 계. 지역 이름. 지금의 북경시 일대. 安史의 난에서 반군들의 최초 최후의 근거지.

○ 初聞涕淚滿衣裳 – 涕는 눈물 체. 淚는 눈물 루.

○ 卻看妻子愁何在 – 卻은 물리칠 각. 도리어. 卻看(각간)은 고개를 돌려 바라보다.

○ 漫卷詩書喜欲狂 – 漫은 질펀할 만. 어지럽다. 卷은 책 권. 두루마리로 말다. 漫卷(만권)은 대충 챙기다. 喜欲狂은 기쁨으로 미치려 한다.

○ 白日放歌須縱酒 – 縱酒(종주)는 술을 맘껏 마시다.

○ 青春作伴好還鄕 – 青春은 푸르른 봄, 싱그러운 봄. 봄날에. 作伴(작반)은 짝을 지어, 무리를 지어.

○ 卽從巴峽穿巫峽 – 卽從(즉종)은 곧바로, 곧장. 巴峽(파협)으로부터 巫峽(무협)을 지나가다

○ 便下襄陽向洛陽 – 便(편)은 곧바로. 下襄陽(하양양) – 성도에서 형주를 거쳐 양양까지는 배로 내려가야 한다. 向洛陽은 양양에서 낙양은 육로로 가야 한다. 두보의 원 고향 鞏縣(공현)은 낙양의 동쪽이다.

| 詩意 | 代宗 廣德 원년(763)년에, 만 8년을 끌어온 安史의 난이 끝난다. 安祿山 – 안경서(안록산 아들) – 史思明(안록산의 部將) – 사조의(사사명의 아들)로 이어지는 반란이었다. 大燕(대연)의 황제라 자칭했던 안록산은 아들에게 피살되었고 안경서는 그 부장 史思明에게, 사사명은 다시 그 아들 사조의에게 피살당했었다. 제 아비를 죽이면서 권력을 쥐고 싶었던 사조의는 그 부장 이회

선에게 피살되고 사조의의 목이 唐의 조정에 바쳐지는 것으로 반란은 끝이 난다.

이 반란은 叛軍(반군)의 힘이 강해서 평정하지 못한 것이 아니라 官軍이 너무 무능했기에 평정에 시간이 걸린 것이라고 평가된다. 여하튼 이 난으로 唐은 확연하게 쇠퇴의 내리막길을 간다. 이 전란은 杜甫에게 절망과 좌절을 안겨 주었을 뿐이다.

이런 전란이 완전히 끝났다니 그 기쁨이 어떠했겠는가? 우선 이 시는 기쁜 소식을 듣고 그 자리에서 단숨에 써내려간 시라고 생각할 수 있다. 두보는 너무 좋아서 눈물을 흘렸다니 그 다음은 미친 듯 웃고 싶었을 것이고, 다시 그간의 고생을 생각하면 울음이 터져 나올 것 같았으리라!

1 – 4구는 반란이 평정되어 기뻐하는 모습을 서술하였다. 그리고 5 – 8구에서는 앞으로의 희망을 묘사하며 고향으로 돌아갈 일정까지 그려내었다.

두보는 5구에서 '縱酒(종주)' 라고 했다. 술을 마구 – 마음껏 먹겠다는 뜻이다. 두보의 환희를 짐작할 수 있다! 두보는 실제로 꼭 그렇게 해보고 싶었을 것이다.

더군다나 그때의 50세는 지금의 70세이다. 그런 나이에 술을 마음껏 마시고 싶다고 읊었다.

그것이 기쁨인지 슬픔인지는 시인만이 알 수 있다. 杜甫는 끝내 고향으로 돌아가지 못하고 강가 조그만 배 안에서 그 일생을 마감해야만 했다. 그래서 슬프다.

登高(등고)

風急天高猿嘯哀，渚清沙白鳥飛回.
無邊落木蕭蕭下，不盡長江滾滾來.
萬里悲秋常作客，百年多病獨登臺.
艱難苦恨繁霜鬢，潦倒新停濁酒杯.

산에 올라서

빠른 바람 높은 하늘, 원숭이 울음 애닮고,
파란 강가 흰 모래에 새들은 돌며 나른다.
가없이 먼 곳에 낙엽은 쓸쓸히 지고,
끝없는 長江은 넘실대며 흘러내린다.
일만 리 객지에 서러운 가을, 늘 나그네니,
한평생 병치레, 혼자서 높은 산에 올랐다.
가난에 고통 번민으로 흰머리만 많아졌고,
지치고 힘든 요즈음엔 탁주잔도 끊었노라.

| 註釋 | ○ 〈登高〉 – 重陽節에 높은 곳에 올라 茱萸(수유)나무 가지를 꼽고 액운을 피한다는 풍습이 있다.

○ 風急天高猿嘯哀 – 嘯는 휘파람불 소. 울부짖다. 울부짖는 소리.

○ 渚清沙白鳥飛回 – 渚는 물가 저. 猿嘯와 鳥飛는 서로 對偶이다.

○ 無邊落木蕭蕭下 – 無邊은 끝이 없다, 끝이 보이지 않다. 蕭蕭(소소)는 쓸쓸한 모양. 바람소리. 낙엽 지는 소리. 나무가 흔들

리는 모양.

- 不盡長江滾滾來 – 滾은 흐를 곤. 물이 크게 넘실대며 흐르는 모양. 登高하여 내려다 본 長江의 웅장한 모습. 3, 4구도 완벽한 對偶를 이루었다.
- 萬里悲秋常作客 – 萬里에 悲秋하나 常作客이니.
- 百年多病獨登臺 – 獨登臺는 다른 형제와 함께 있지 못하는 서글픔을 표현했다.
- 艱難苦恨繁霜鬢 – 艱은 어려울 간. 艱難(간난)은 몹시 어렵고 곤란함. 가난. 苦恨 – 고통과 痛恨(통한). 繁은 많을 번. 霜鬢(상빈)은 서리 내린 것 같은 귀밑 털. 흰머리.
- 潦倒新停濁酒杯 – 潦는 큰 비 요(료). 장마. 潦倒(요도)는 초라하게 되다. 영락하다. 의욕을 상실하다. 停은 머무를 정. 新停은 요즈음에 그만두다.

| 詩意 | 登高하여 소회를 읊었는데 기세가 호탕하면서도 마치 산수를 손바닥에 올려놓고 내려다보는 것 같은 느낌이 든다.

首聯에서는 風急, 天高, 猿嘯哀와 渚淸, 沙白, 鳥飛回의 6건의 景物을 단순히 나열만 했는데도 경치가 눈에 선하며 마치 빨리 지나가는 동영상과도 같다.

다음의 頷聯은 움직임의 속도가 갑자기 느려진다. 여기서는 슬로우 비디오로 遠景을 조망하듯 너른 들과 넘실대는 長江만을 묘사하였다. 시를 읽는 사람도 여기서는 천천히 읽을 것이다. 이상의 4구로 경치를 묘사한 다음에 登高의 감회가 이어진다.

頸聯에서는 나그네 설움이 화면에 가득하다. 늙고 수척해진 시인의 구부러진 등이 보이는 것 같다.

尾聯의 슬픔은 역시 가난이다. '艱難(간난)'은 우리말 '가난'의 원말이다. 경제적인 궁핍 이외에 질병으로 인한 고생도 가난의 한 모습이다. 시인의 흰머리는 역경의 흔적이고, 나빠진 건강으로 탁주잔도 끊었다는 獨白은 읽는 사람을 우울하게 한다. 중양절 이날에도 막걸리 한잔 못 마실 질병과 가난 – 登高의 감회로는 정말 회색빛이다.

唐나라의 한 시대뿐만 아니라 '七言律詩로는 역대 최고'라는 찬사가 조금도 과장이 아닐 것이다.

登樓(등루)

花近高樓傷客心, 萬方多難此登臨.
錦江春色來天地, 玉壘浮雲變古今.
北極朝庭終不改, 西山寇盜莫相侵.
可憐後主還祠廟, 日暮聊爲梁父吟.

누각에 올라

高樓 근처 핀 꽃에 나그네 마음 아프고,
나라가 어지럽지만 이곳에 올라 둘러본다.
錦江의 봄빛은 하늘과 땅에서 오고,
옥루산 浮雲은 예와 지금이 다르다.
北極星 같은 조정은 끝내 변할 순 없고,
西山의 도적 무리 쳐들어올 수 없으리라.
가련한 後主조차 묘당에서 제사를 받는데,
날이 저물녘에 그냥 〈양보음〉을 읊어본다.

| 註釋 | ㅇ 〈登樓〉 - 〈누각에 올라〉. 代宗 廣德 2년(764)에 지은 것이라 알려졌다. 《全唐詩》 228권에 수록.

ㅇ 花近高樓傷客心 - 傷客心은 客(杜甫)이 傷心하다.

ㅇ 萬方多難此登臨 - 多難은, 763년 겨울에 토번이 장안까지 쳐들어왔고 곽자의가 이를 격퇴하였다. 登臨 - 1句의 高樓와 연계되어 '登樓' 의 뜻을 확실히 하였다.

○ 錦江春色來天地 – 錦江은 長江의 지류인 岷江(민강)으로 흘러드는 지류. 이곳에 비단을 빨면 색이 더욱 선명해지기에 '비단금' 을 써서 錦江이라고 부른다.

○ 玉壘浮雲變古今 – 玉壘(옥루)는, 今 四川省의 산 이름. 變古今 – 古今變, 글자를 도치하였다. '傷客心' , '來天地' 도 마찬가지이다.

○ 北極朝庭終不改 – 北極은 하늘의 중앙에 있는 북극성. '爲政以德 譬如北辰 居其所 而重星共之'《論語 爲政》. 終不改는 끝까지 바뀔 수 없다. 唐의 조정은 萬邦의 중심으로, 그 지위는 끝까지 바뀔 수 없다는 뜻.

○ 西山寇盜莫相侵 – 寇는 도적 구. 寇盜는 침입한 이민족. 西山寇盜는 토번족.

○ 可憐後主還祠廟 – 可憐(가련)은 애틋하게 동정심이 가다. 祠廟(사묘)는 廟堂(묘당)에 모셔져 제사를 받는다는 뜻.

後主는 蜀의 後主. 유비의 아들 劉禪(유선), 아명은 阿斗(아두). 207년 출생 – 223년 즉위 – 263년 멸망 퇴위 – 271년 사망. 後土 같은 어리석은 인물도 황제였다고 제사를 받는다면서 자신의 재능을 바칠 기회가 없었던 아쉬움을 토로한 것이다.

○ 日暮聊爲梁甫吟 – 梁甫吟(양보음)은 山東 일대의 民謠, 춘추시대 齊國의 宰相인 晏嬰(안영, 안자)이 齊 景公을 도운 정치적 치적을 노래했다. 삼국시대 諸葛亮은 와룡강에서 耕讀할 때 〈梁甫吟〉을 즐겨 읊었다고 한다. 梁甫는 泰山에 붙은 작은 산 이름이고, 이곳에 공동묘지가 있기에 〈양보음〉은 輓歌(만가)였다고 한다. 이는 제갈량에 대한 추모의 정을 나타낸 것이다.

| 詩意 | 시인이 高樓에 올라 春色을 보며 萬感이 교차하는 감회를 묘사하였다.

수련에서는 高樓에 登臨한 나그네의 傷心을 말했다. 함련에서는 錦江과 玉壘의 春色과 浮雲은 언제나 변화한다고 읊었다. 그러나 경련에서는 북극성과 같이 唐 조정의 위치나 권위는 변하지 않는다면서 토번족의 내침을 걱정하였다.

末聯에서는 後主처럼 우매한 인물도 제사를 받는다면서 〈양보음〉을 읊는 것으로 제갈량의 충성심에 경의를 표현하였다.

이 시에서의 key point는 1구의 '近' 과 8구의 '暮' 이다. '花는 近高樓' 이지만 錦江과 玉壘, 그리고 北極과 西山, 또 祠廟까지가 모두 遠景이다. 다시 말해 가까운 곳에서부터 원거리까지 공간의 확대가 이루어졌다.

그리고 '日暮' 는 시인이 高樓에서 상당히 장시간 머물렀다는 시간적 길이이다. 즉 시간과 공간의 확대가 이루어졌으니 이로써 입체감과 함께 활달하고 웅혼한 감정을 연출하였다.

시의 格律(격률)도 엄격하고 對偶(대우)가 확실하니 매우 공을 들인 시라는 것을 알 수 있다.

宿府(숙부)

清秋幕府井梧寒，獨宿江城蠟炬殘.
永夜角聲悲自語，中天月色好誰看.
風塵荏苒音書絶，關塞蕭條行陸難.
已忍伶俜十年事，强移棲息一枝安.

막부에서 숙직하다

깊은 가을 幕府의 우물가 한 그루 오동,
홀로 자는 江城에 촛불도 꺼져간다.
긴긴 밤 호각소리는 슬프게 홀로 울고,
중천 월색이 좋아도 보는 사람 없다.
풍진 세상 긴긴 세월에 소식도 끊겼고,
변방 요새 쓸쓸하니 길을 가기도 어렵다.
이미 견딘 십여 년간의 외로운 생활,
애써 옮겨 한 가지 차지하여 편히 쉬고 있다.

| 註釋 | ㅇ 〈宿府〉 – 〈막부에서 숙직하다〉. 代宗 光德 2년(764), 두보는 전 가족을 데리고 成都로 이주했다. 6월에는, 두보의 友人 劍南節度使 嚴武에 의해 절도사의 참모라 할 수 있는 檢校工部員外郞에 임명된다. 두보의 생활은 일시적이나마 안정되었지만 다른 吏屬들의 시기와 투기로 마음은 울적했었다. 이 시는 엄무의 막부에서 숙직하면서 지은 시이다.

- 淸秋幕府井梧寒 – 淸秋는 深秋. 幕府는 野戰에 임하는 武官의 지휘소. 梧는 오동나무 오.
- 獨宿江城蠟炬殘 – 江城은 錦江의 城, 成都. 蠟은 밀 납. 꿀벌의 집을 녹여 만든 기름. 炬는 횃불 거. 蠟炬(엽거)는 촛불. 殘은 해칠 잔. 꺼지다.
- 永夜角聲悲自語 – 角聲은 군졸의 호루라기 소리.
- 中天月色好誰看 – 好誰看(호수간)은 보는 사람은 누구인가? 누가 보는가?
- 風塵荏苒音書絶 – 風塵(풍진)은 戰亂의 바람과 먼지. 荏은 들깨 임. 苒은 풀 우거질 염. 荏苒(임염)은 많은 시간이 흐르다. 音書絶은 편지나 傳言. 소식이 끊기다.
- 關塞蕭條行陸難 – 關塞(관새)는 변방의 요새. 蕭條(소조)는 쓸쓸하고 쇠락하다. 行陸難(행륙난)은 육지로 여행하는 것이 어렵다.
- 已忍伶俜十年事 – 已忍(이인)은 여태껏 견뎌왔다. 伶은 영리할 영. 俜은 비틀거릴 빙. 伶俜(영빙)은 고독한 모양. 十年事 – 안록산의 난이 일어난 이후 오늘까지 10년의 사건들.
- 强移棲息一枝安 – 强移(강이)는 억지로 옮겨오다. 자신이 성도까지 온 것은 본인의 의지와 무관하게 어쩔 수 없이 그렇게 되었다는 의미. 棲息(서식)은 살다. 임시로 거주하다.

| 詩意 | 1구와 2구는 깊은 밤에 시인은 잠을 이루질 못하고, 3구와 4구에서는 호각소리도 들리고 달은 밝으니 고향생각을 하고, 5구와 6구에서는 그 많은 떠돌이 생활에 고향에 가기가 쉽지는 않을

것이다. 마지막 7, 8구에서는 10년 동안의 고독한 생활 끝에 겨우 안정을 얻었다고 스스로를 위안하고 있다.

이 시에서는 2句의 '獨宿' 이 主題이다.

幕僚로서 친우를 上官으로 모셔야 하고 동료 吏屬들의 이런 말 저런 말을 다 듣고 참아야 했다. 그러니 獨宿하면서 얼마나 많은 생각이 들겠는가?

머리에 든 것이 없으면 肉身으로 뛰다가 피곤하여 코 골며 잠을 잘 시간에, 두보는 군졸들의 호각소리를 듣고 또 中天에 月色이 좋은 것을 혼자 쳐다만 보았다. 그러면서 그런 생각을 시로 적은 것이 이 詩가 아니겠는가! 詩人에게 밤은 괴로운 시간이고 그러기에 創作의 시간일 것이다.

그리고 또 한 글자 - '獨宿' 은, 곧 3구의 '悲' 에 연결된다. 主題의 느낌은 '슬픔(悲)' 이다. 자신의 인생이 서럽고, 지금의 처지가 서럽다. 앞으로도 아무런 희망이 보이지 않기에 더 서러운 것이다.

사내가 - 그것도 50이 넘어 白髮이 성성한 사람이 - 아마 30대 吏屬의 이런 저런 말을 듣고도 모른 척 해야만 했을 것이다.

그것이 관직이고 그것은 오늘의 설움이다. 지나간 날이 서럽고 오늘도 서럽다. 늙은 이 한 몸이 처자식 때문에 여기서 '獨宿' 해야 한다. 그러니 그 서러움이 1200여 년이 지난 오늘에도 눈에 보이는 것이다.

閣夜(각야)

歲暮陰陽催短景，天涯霜雪霽寒宵.
五更鼓角聲悲壯，三峽星河影動搖.
野哭千家聞戰伐，夷歌數處起漁樵.
臥龍躍馬終黃土，人事音書漫寂寥.

西閣의 밤

세밑 日月은 짧은 하루를 재촉하는데,
외진 이곳 눈은 그쳤지만 차가운 밤이다.
오경 북과 피리소리는 비장하게 들리고,
長江 三峽에는 은하의 빛도 흔들린다.
野哭하는 몇몇 집들은 戰死 소식을 들었고,
夷歌는 곳곳에서 어부나 나무꾼이 부른다.
제갈량과 公孫述도 모두 한 줌 흙이 되었고,
세상사나 벗의 소식도 없으니 적막할 뿐이다.

| 註釋 | ○〈閣夜〉-〈西閣의 밤〉.

두보가 夔州〔기주, 조심할 기. 今 重慶市(충칭시) 奉節縣의 동쪽 長江 상류의 교통요지〕의 서각에 머물던 代宗 大曆 원년(766)의 작품으로 알려졌다. 이때 역사에 특별히 기록되지는 않았지만 지역 절도사의 부장들이 제멋대로 반기를 들었고 그 때문에 일반 백성들은 고통을 겪어야만 했다. 고래싸움에 새우등 터진다고 늙고 병든 두보로서는 참으로 암담한 세월이었다.

○ 歲暮陰陽催短景 – 陰陽은 해와 달. 催는 재촉할 최. 短景(단영)은 짧은 해. 겨울철 해가 짧다는 뜻.

○ 天涯霜雪霽寒霄 – 霽는 개일 제. 비나 눈이 그치다. 霜雪霽(상설제)는 눈이 개다. 사실 서리 내리는 것은 보이지 않는다. '서리가 내렸다' 라고 말하지, '서리가 내린다' 라는 말은 없다. 여기서는 서리보다 더 차가운 '눈이 개다'. 霄는 하늘 소. 寒霄는 추운 날.

○ 五更鼓角聲悲壯 – 五更은 새벽 3시 – 5시 사이. 날이 밝기 전. 鼓角은 북이나 호각 소리.

○ 三峽星河影動搖 – 三峽은 長江의 삼협. 무협, 구당협, 서릉협. 四川省(重慶市)과 湖北省 사이 강폭이 좁고 흐름이 빠른 곳. 星河는 銀河. 搖는 흔들릴 요. 星河影動搖 – 전란이 진행되고 있다는 뜻.

○ 野哭幾家聞戰伐 – 野哭(야곡)은 들판에 들리는 통곡 소리. 戰伐(전벌)은 전투. 싸움. 代宗 永泰 원년(765)에 成都에 兵變(병변)이 있었다. 병마사의 부장인 崔旰(최간)이란 자가 成都尹 郭英義를 죽였는데, 이후 부장들이 계속 죽이고 죽이는 싸움이 있었다.

○ 夷歌數處起漁樵 – 夷歌(이가)는 소수민족의 노래. 山歌. 數處는 곳곳에서. 起漁樵(기어초)는 어부나 나무꾼들이 부르기 시작하다.

○ 臥龍躍馬終黃土 – 臥龍(와룡)은 제갈량. 충신. 躍은 뛸 약. 公孫述(공손술)은 후한 건국무렵, 蜀을 중심으로 '白帝' 라고 稱帝하

면서 光武帝와 대항했던 사람. 終黃土는 끝내 황토가 되다. 죽었다. 夔州(기주)에 제갈량과 공손술의 사당이 있었다.

○ 人事音書漫寂寥 – 音書(음서)는 소식. 漫은 질펀할 만. 부질없다. 멋대로. 게으르다(慢과 通). 寥는 쓸쓸할 요(료). 寂寥(적료)는 아무 소리도 없다. 적막하다. 그때 李白, 嚴武, 高適 등 두보의 友人들은 모두 죽고 없었다.

| 詩意 | 歲暮의 감회를 사실대로 그려내었으니, 首聯에서는 시간적 공간으로서 세모의 차가운 밤을 묘사했다. 물론 두보도 적막한 인생의 말년으로 가고 있었다.

頷聯에서는 자신이 듣고 보아온 한밤의 풍경으로 삼협의 은하도 흔들린다는 표현으로 세상이 요동치는 혼란의 시기임을 묘사하였다. 이 함련의 묘사는 후대의 많은 사람들이 名句라 일컫는다. 이상의 4구는 敍景을 통해 주제를 살려 놓았다.

그리고 頸聯에서는 보통 백성들의 고달픈 현실을 그렸으니 들판에서 들려오는 통곡소리에서 전란의 슬픔을, 이어서 산에서 일하는 농부들이 부르는 夷歌 소리에서 생활의 고달픔을 묘사했다.

尾聯에서는 諸葛亮 같은 賢人도 公孫述 같은 愚人도 지금은 모두 죽고 없다면서 자신을 위로해 보지만 세상 소식이나 友人들의 소식조차 없어 적막하다는 憂愁(우수)로 마무리를 하였다. 후반 4구는 비장한 감회를 읊어 西閣의 밤을 비애로 채웠고, 시대에 대한 우려와 홍망에 대한 깊은 생각을 對偶(대우)로 표현하였다.

蜀相(촉상)

丞相祠堂何處尋，錦官城外柏森森.
映階碧草自春色，隔葉黃鸝空好音.
三顧頻煩天下計，兩朝開濟老臣心.
出師未捷身先死，長使英雄淚滿襟.

촉한의 승상

丞相의 사당을 어디에서 찾을 수 있나?
錦官城 밖 측백나무가 빽빽한 곳이로다.
햇빛 비친 계단에 봄풀은 절로 푸르고,
나뭇잎 사이 꾀꼬리는 혼자 지저귄다.
三顧하자 늘 天下計를 위해 번민했으니,
兩朝에서 開國, 治國에 老臣은 충성했다.
出師하여 이기지 못하고 몸이 먼저 가니,
영웅에게 언제나 눈물로 옷깃을 젖게 한다.

| 註釋 | ○ 〈蜀相〉 – 〈蜀漢의 승상〉.

諸葛亮(181 – 234) – 諸葛은 복성. 亮은 밝을 량. 字는 孔明, 三國 蜀漢 丞相, 諸葛亮 青年時 荊州의 襄陽(양양) 교외에서 耕讀할 때는 臥龍이라 불렀다. 제갈량이 劉備의 삼고초려 후 臥龍岡(와룡강)을 나설 때는 서기 207년, 그의 나이 27세였다. 221년 유비가 蜀漢을 건국 稱帝할 때 제갈량은 41세로 승상이 되었고,

223년 유비가 백제성에서 죽을 때 제갈량은 43세로 아둔한 後主를 도와 촉한을 다스렸다. 227년 47세 때 〈出師表〉를 올리고 북벌에 나섰다가, 234년 54세로 五丈原(오장원)에서 죽었다. 死後 시호가 忠武侯이기에 보통 武侯 또는 諸葛武侯로 불린다.

○ 丞相祠堂何處尋 – 尋은 찾을 심. 제갈량의 사당은 中國 본토에 9개소가 있는데 四川 成都 남쪽 교외의 사당이 가장 유명하다.

○ 錦官城外柏森森 – 錦官城은 錦城(금성), 成都의 다른 이름. 柏은 측백나무 백. 잣나무. 森은 나무 빽빽할 삼.

○ 映階碧草自春色 – 映은 비출 영. 自春色 – 저 혼자 春色이다. 춘색이 아름답다. 감상하는 사람이 없다는 뜻도 포함한다. 이 구절은 1구의 '堂' 에 해당하는 묘사이다.

○ 隔葉黃鸝空好音 – 隔葉(격엽)은 잎을 사이에 두다. 나뭇잎 속에서. 黃鸝(황리)는 꾀꼬리. 이 구절은 2구의 '柏' 에 해당하는 묘사이다.

○ 三顧頻煩天下計 – 三顧하며 자주 天下計로 번민하다. 三顧는 三顧茅廬(삼고모려). 煩은 괴로워할 번. 제갈량의 구상인 '隆中對(융중대)' 의 기본은 北은 天時를 얻은 曹操라 不可取하고, 동남에서 地利를 얻은 孫權을 후원세력으로 만들면서, 三分天下하되 人和를 바탕으로 세력을 키우면서 漢室 중흥을 도모하는 것이었다.

○ 兩朝開濟老臣心 – 兩朝는 촉한의 先主(昭烈帝)와 後主. 開濟는 開國과 濟世.

○ 出師未捷身先死 – 出師는 군사를 출동시키다. 제갈량의 출사표와 북벌. 捷은 이길 첩.

○ 長使英雄淚滿襟 – 長은 언제나. 길이. 襟은 옷깃 금. 옷자락.

| 詩意 | 중국인들에게 제갈량은 가히 슈퍼맨으로 인식되고 있다. 전략, 정치, 치국과 문학은 물론 비를 내리고 바람을 불게 하였고 饅頭(만두)를 처음으로 만든 사람이었다. 제갈량에 대한 神話는 지금도 계속 창작되며 윤색되고 있다.

어려서 또는 젊었을 때 읽었던 《삼국지 – 三國演義》에 그려진 제갈량의 초상은 어른들의 머릿속에서 지워지지 않는다. 그리고 제갈량을 생각하면 늘 杜甫의 이 시를 생각하게 된다.

이 시는 두보가 숙종 上元 원년(760)에 지은 시로 알려졌다.

수련에서는 멀리서 본 무후의 사당에 대한 묘사인데 자문자답하였다.

함련은 가까이 사당에 도착하여 본 외관이다. 수련의 祠堂을 묘사한 것은 3구이고, 4구는 '柏森森'을 묘사하였다. 이처럼 경치를 묘사하였는데도 쓸쓸한 기분이 드는 것은 '自春色'과 '空好音'의 '自와 空'의 효과이다.

頸聯에서는 제갈량의 업적이다. 5, 6구에는 三顧草廬 – 隆中對策 – 三分天下 – 蜀漢 開國 – 臨終 託孤(임종 탁고) – 後主 輔弼(보필) – 爲國忠誠의 그 일생을 불과 14자에 다 담겨져 있다. 축약이 이렇게 많은데도 부자연스러운 리듬이 조금도 없다.

그리고 마지막 聯에서는 出師表 – 北伐〔六出祁山(육출기산)〕– 五丈原의 죽음을 말하였는데, 사당을 참배하는 영웅만이 아니라 詩를 읽는 이의 마음까지 아프게 한다. 아마 이것이 시의 功力이 아니겠는가?

두보는 〈詠懷古蹟(영회고적)〉의 4首와 5首에서, 그리고 5언절구 〈八陣圖〉에서도 제갈량의 공적을 아주 높이 평가하였다. 그러나 제갈량도 결국은 인간이었다. 형주를 바탕으로 劉備가 홍성했지만, 유비는 결국 형주에서 망했다. 이는 제갈량도 예측하지 못한 부분이었다.

그리고 삼국의 쟁패가 결국 司馬氏의 晉으로 통일될 것은 曹操는 물론 諸葛亮도 예측하지 못했다.

그래서 '지혜로운 사람의 온갖 사려에도 실수가 있고(智者千慮 必有一失), 어리석은 사람도 많이 생각하면 성취하는 것이 있다(愚者千慮 必有一得).' 라는 말이 있다.

詠懷古跡(영회고적) 五首 (其一)

支離東北風塵際, 漂泊西南天地間.
三峽樓臺淹日月, 五溪衣服共雲山.
羯胡事主終無賴, 詞客哀時且未還.
庾信平生最蕭瑟, 暮年詩賦動江關.

고적의 감회를 읊다 (1 / 5)

東北서 전란이 일어날 때 흩어져서,
서남쪽 천지간을 떠돌며 살아 왔다.
三峽의 누대에서 세월을 보내야 했고,
五溪의 사람들과 어울려 다함께 살았다.
갈족의 충성은 끝까지 믿을 수 없었고,
시인은 때를 놓쳐서 끝내 못 돌아왔다.
庾信의 일생은 너무나 쓸쓸하였지만,
노년의 詩賦는 천하에 감동을 주었다.

| 註釋 | ㅇ 〈詠懷古跡〉 – 〈고적의 감회를 읊다〉. 두보가 代宗 大曆 원년(766) 가을에 夔州(기주)에서 읊은 시로, 〈秋興〉 8수와 함께 千古 불후의 명편으로 알려졌다. 두보의 詩學의 성취와 함께 만년 風格의 변화를 알 수 있는 주요한 작품이다. 이들 작품은 唐詩에서 七言律詩의 위치를 공고히 했다는 문학사적 의의가 있다.

一首의 庾信(유신, 513 – 581)은 南北朝 시대의 대문호인데, 남

조 梁의 신하로 元帝의 명을 받고 北周에 사신으로 갔다가 억류되었다. 나중에 梁이 멸망하자(557) 북주에서 관직을 역임하였다. 유신은 南北朝 문학의 집대성자라 할 수 있는데 그의 騈文(변문)은 鮑照(포조)와 함께 南北朝 변문의 최고봉이라 할 수 있다. 대표작은 〈哀江南賦〉이다. 杜甫는 〈戲爲六絶句〉에서 '庾信文章老更成, 凌雲健筆意縱橫' 이라 칭송하였는데, 여기서 '凌雲健筆(능운건필)' 이라는 成語가 나왔다.

○ 支離東北風塵際 – 支離(지리)는 流離, 흩어지다. 東北은 중국의 동북방, 지금의 북경 일대. 안록산 난의 근거지. 風塵(풍진)은 바람에 일어나는 먼지. 전쟁. 난리. 安史의 亂을 지칭.

○ 漂泊西南天地間 – 漂는 떠돌 표. 漂泊(표박)은 떠돌며 살아가다. 西南은 四川省 일대. '漂泊西南' 은 이 시의 주제라 할 수 있다.

○ 三峽樓臺淹日月 – 三峽은 長江 삼협. 樓臺(누대) – 西閣 일대. 淹은 담글 엄. 적시다. 머물다. 淹日月은 오래 머물다.

○ 五溪衣服共雲山 – 五溪는 삼협 일대의 雄溪 등 작은 강. 衣服 – 五溪 일대의 소수민족은 오색의 의복을 입었다고 한다. 共雲山은 운산을 같이하다. 오계의 소수민족과 같이 어울려 살다.

○ 羯胡事主終無賴 – 羯(갈)은 중국 북방 오호족의 한 갈래. 갈족. 羯胡는 갈족. 위에 언급한 유신이 북주에 갔을 때 南朝 梁에서는 '候景(후경)의 난' 이 있었다. 후경은 갈족의 후예라고 한다. 여기서는 이민족 출신인 安祿山과 史思明 등을 지칭. 終無賴(종무뢰)는 끝내 신뢰할 수 없다.

○ 詞客哀時且未還 – 詞客은 문인. 庾信. 哀時는 시대를 슬퍼하

다. 유신은 자신의 고국으로 돌아가지 못하였기에 그의 작품에는 망국의 슬픔과 고향이 대한 그리움이 가득하다.

○ 庾信平生最蕭瑟 – 蕭瑟(소슬)은 쓸쓸하다. 두보는 유신의 슬픔을 자신의 것으로 내면화시켰다.

○ 暮年詩賦動江關 – 暮年(모년)는 말년. 江關은 江山. 전국.

| 詩意 | 두보의 이 〈詠懷古跡〉 5수에서는 江陵, 歸州, 夔州(기주)는 일대의 庾信(유신)의 故居, 宋玉의 家, 明妃(王昭君)의 고향, 永安宮, 先主廟와 武后祠 등의 고적에서의 감회를 서술하였다.

수련에서는 남조의 梁에서 북으로 간 유신을 전제로 하면서 두보 자신을 경력을 약술하였다.

함련의 三峽과 五溪는 2구의 漂泊西南을 이은 것으로 자신의 떠돌이 생활을 언급하였다.

경련에서는 이민족은 믿을 수 없다면서 庾信(유신)이 겪은 '候景(후경)의 난' 은 자신이 겪은 '안사의 난' 과 같아, 유신은 북에서 20여 년을 얽매어 고향으로 돌아올 수 없었고, 자신은 '안사의 난' 때문에 10여 년을 객지에 떠도는 것을 비교하였다. 물론 그런 유사점의 공통분모는 '문학을 하는 사람(詞客)' 이며 다 같이 '시대를 잘못타고 났음(哀時)' 을 강조하였다.

尾聯에서는 유신의 일생에 대한 동정과 그의 문학적 성과가 전 중국에 감동을 주었다는 찬사로 끝을 맺었다.

詠懷古跡(영회고적) 五首 (其二)

搖落深知宋玉悲, 風流儒雅亦吾師.
悵望千秋一灑淚, 蕭條異代不同時.
江山故宅空文藻, 雲雨荒臺豈夢思.
最是楚宮俱泯滅, 舟人指點到今疑.

고적의 감회를 읊다 (2 / 5)

지는 낙엽에 宋玉의 슬픔을 잘 알겠나니,
그의 풍류와 文雅가 또한 나의 스승이다.
슬피 천년의 세월을 보며 눈물을 뿌리나니,
살던 시대가 다르나 항상 쓸쓸하기만 하다.
강산 옛집엔 문장만 부질없이 남았고,
雲雨 즐기던 누각은 사라진 꿈이 아닌가?
정말 서글픈 사실은 모두 사라진 楚宮이니,
지금 사공의 손짓은 부질없는 일이로다.

| 註釋 | ○ 〈詠懷古跡〉 – 이 시는 楚辭 문학의 大家인 宋玉(송옥)의 古宅을 읊었다. 宋玉(前 298? – 222?)은 戰國시대 후기 楚의 辭賦 작가인데, 그의 예술적 성취가 매우 커서 屈原(굴원) 이후 가장 뛰어난 楚辭作家로 알려진 사람이다. 후세 사람들은 굴원과 송옥을 '屈宋(굴송)' 이라 나란히 부른다.

宋玉의 작품으로 《漢書 · 藝文志》에 '宋玉賦十六篇' 이라는 기

록이 있다. 王逸(왕일)의 《楚辭章句》에는 '송옥은 굴원의 제자' 라 하였고 〈九辯〉과 〈招魂〉의 2편이 수록되어 있다. 이중에서도 송옥의 작품으로 논란의 여지가 없는 것은 〈九辯〉뿐이다. 〈구변〉은 소슬한 秋景을 읊은 9편의 시로 짜여 있는데, 情調가 같은 것과 다른 것이 섞여 있어 一時 작품이라 인정되지는 않는다.

○ 搖落深知宋玉悲 – 搖落(요락)은 零落하다. 草木의 영락. 宋玉悲는 貧士의 불우와 실직을 노래한 송옥의 슬픔.

○ 風流儒雅亦吾師 – 儒雅(유아)는 文雅하다.

○ 悵望千秋一灑淚 – 悵은 슬퍼할 창. 悵望(창망)은 슬피 바라보다. 千秋는 千年. 灑는 뿌릴 새.

○ 蕭條異代不同時 – 蕭條(소조)는 쓸쓸하다. 不同時는 시대가 같지 않다. 송옥과 두보 사이 1000년 가까운 시차가 있다는 뜻.

○ 江山故宅空文藻 – 江山故宅 – 송옥의 고택은 江陵과 歸州〔今 湖北省 秭歸縣(자귀현)〕에 있다고 한다. 藻는 말 조. 해조류. 무늬. 文藻(문조)는 文彩, 문장.

○ 雲雨荒臺豈夢思 – 荒臺(황대)는, 今 重慶市 관할의 巫山縣에 있는 陽雲臺. 楚王이 巫山의 神女를 만났다는 곳. 宋玉은 〈高唐賦〉에서 '旦爲行雲, 暮爲行雨, 朝朝暮暮 陽臺之下' 라 하였다. 豈夢思(기몽사)는 어찌 꿈이 아니겠는가? 이는 宋玉이 당시 楚襄王의 음탕한 생활을 풍자하기 위한 글이었다.

○ 最是楚宮俱泯滅 – 楚宮 전국시대 楚의 도읍 郢(영)은 지금의 湖北省 남부 江陵市였다. 泯은 망할 민. 滅은 멸망할 멸.

○ 舟人指點到今疑 – 舟人은 사공(船夫). 指點(지점)은 손가락으로 가리키다.

| 詩意 | 宋玉은 뛰어난 풍류와 문채가 있었지만 제대로 알아주는 사람이 없어 자신의 뜻을 펴지 못하고 불우한 삶을 살아야만 했다. 두보는 송옥에 대한 추모를 통해 송옥과 자신을 同一視하였다.

1구에서 4구까지는 송옥의 슬픔을 노래하였다. 부단한 노력으로 성취하였으나 그 뜻을 펼 수 없을 때 슬프기만 하다. 이는 천년의 시공을 둔 두보의 同病相憐(동병상련)이라 할 수 있다.

5구에서 8구는 초왕의 음행을 바로잡으려는 宋玉의 뜻이 채택되지 않았고, 결국 송옥의 불우가 楚의 멸망으로 이어졌음을 말하면서 그 궁터가 '여기저기'라 하면서 가리켜 주는 어부의 손짓은 부질없다며 한탄하고 있다. 역사의 흐름 앞에 인간은 미약하다지만 바른 뜻이 받아들여지지 않은 현실을 두보는 슬퍼하였다.

詠懷古跡(영회고적) 五首 (其三)

羣山萬壑赴荊門，生長明妃尙有村.
一去紫臺連朔漠，獨留靑塚向黃昏.
畫圖省識春風面，環珮空歸月夜魂.
千載琵琶作胡語，分明怨恨曲中論.

고적의 감회를 읊다 (3 / 5)

수많은 산과 계곡 지나서 형문에 도착하니,
明妃가 낳고 자란 마을이 아직 있다고 한다.
궁중을 떠나서 북쪽 사막에 가야만 했으니,
외로운 靑塚에 저녁 햇살이 지고 있으리라.
화공의 그림에 남은 미모의 왕소군은,
패물을 걸치고 月下의 혼령으로 돌아왔다.
천년간 비파의 슬픈 곡조로 남았으니,
또렷한 원한은 대신 가락이 말하리라.

| 註釋 | ○〈詠懷古跡〉- 여기서는 王昭君이 자랐다는 마을에서의 감회를 읊었다. 王昭君은 前漢 元帝의 후궁이었는데 흉노와의 화친책으로 흉노 單于(선우)에게 和親婚을 약속하였다. 왕소군의 名은 嬙(장), 昭君은 그녀의 字이다.

고대 四大美人의 한사람으로 落雁(낙안)의 미인이라 불린다. 西晉에서는 司馬昭(司馬懿의 아들, 西晉 武帝 司馬炎의 아버지)

의 이름을 諱(휘)하여 明妃라 고쳐 부르게 하였다.

前漢 元帝는 평소 후궁들의 그림을 보고 은총을 주었는데 미모에 자신 있던 왕소군은 화공 毛延壽(모연수)에게 뇌물을 주지 않았다. 모연수는 왕소군의 모습을 실제보다 덜 예쁘게 그려 바쳤기에 왕소군은 원제를 만날 수가 없었다. 흉노 선우가 후궁을 데리고 가는 날, 원제에게 인사를 올리는 그 얼굴을 보고서는 아름다움에 크게 놀랐다. 흉노 선우에게 실언을 할 수 없어 그냥 보내긴 했지만 원제는 화가 나서 모연수를 처형했다고 한다.(기원전 33년).

왕소군은 흉노의 선우인 呼韓邪(호한야)의 연지(왕비)가 되었다가 호한야가 죽은 뒤에는 그들의 풍습대로 다시 그 아들의 아내가 되어야만 했었다. 죽은 뒤에 青塚으로 남았다.

○ 群山萬壑赴荊門 – 赴는 나아갈 부. 荊門(형문)은 지금의 湖北省 荊門縣의 山名.

○ 生長明妃尙有村 – 明妃村은 前漢 南郡 秭歸(자귀, 今 湖北省 興山縣). 白居易(백거이)의 詩 〈王昭君 二首〉외 많은 시인은 이를 읊었다. 元代 馬致遠(마치원)의 잡극 〈漢宮秋〉의 기본 줄거리가 되었다.

○ 一去紫臺連朔漠 – 紫臺(자대)는 紫宮. 황제의 궁궐. 朔漠(삭막)은 북방의 사막.

○ 獨留青塚向黃昏 – 青塚(청총)은 왕소군의 묘. 내몽고 지방의 풀은 가을이 되면 모두 하얗게 말라 죽지만 왕소군 묘의 풀은 여전히 파랗다고 하였다. 묘는 內蒙古 呼和浩特市 玉泉區 남쪽 呼和浩特市 박물관 경내에 있다.

○ 畫圖省識春風面 – 省識(성식)은 살펴 알아보다. 畫圖省識(화도성식)은 그림으로만 대충 알아보다. 春風面은 미모의 얼굴.

○ 環珮空歸月下魂 – 環珮(환패)는 왕소군의 각종 패물. 空歸月下魂는 月下의 魂으로 空歸하였다. 살아서는 돌아오지 못했다.

○ 千載琵琶作胡語 – 琵琶(비파)는 왕소군이 연주했다는 노래인 〈昭君怨〉. 胡語는 북방 민족의 가락.

○ 分明怨恨曲中論 – 曲中論(곡중론)은 가락에서 말하는 듯하다.

| 詩意 | 두보가 왕소군의 마을을 찾기까지는 群山萬壑(군산만학)을 지나야만 했다.

왕소군은 고향을 떠나 후궁으로 들어갔지만 황제의 은총을 받지 못하였다. 그림으로 대충 골라 은총을 주었기에 그런 미모에도 불구하고 결국 궁을 떠나(一去) 사막으로 가야만 했다. 왕소군은 그리움에 또 한많은 생을 살다가 青塚으로 홀로 남았다(獨留). 여기서는 一去와 獨留로 이어지는 왕소군의 生이었다. 3, 4구는 완벽한 대구를 이루는데, 다만 글자만의 對句 이상으로 의미가 심장하다.

경련에서 왕소군의 진면목인 '春風面'은 결국 '月夜魂'으로 떠돌게 된다. 두보의 학식과 열정과 충성심도 결국 '群山萬壑' 사이를 떠돌아야만 했다. 두보는 왕소군의 불행이 꼭 자신의 불행과 같다고 생각하였다.

왕소군의 비파로 말하는 것은 왕소군의 '怨恨'이다. 두보의 시에 담겨진 뜻도 결국 '懷才不遇(회재불우)'의 원한일 것이다.

| 參考 | 왕소군이 漢을 그리워했던 情은 '胡地無花草라, 春來不似春이요. 自然衣帶緩은 非是爲腰身이라.' 는 名句로 표현된다.〔唐 東方虯(동방규)의 〈昭君怨〉〕

詠懷古跡(영회고적) 五首 (其四)

蜀主窺吳幸三峽, 崩年亦在永安宮.
翠華想像空山裏, 玉殿虛無野寺中.
古廟杉松巢水鶴, 歲時伏臘走村翁.
武侯祠屋常鄰近, 一體君臣祭祀同.

고적의 감회를 읊다 (4 / 5)

蜀主는 吳를 정벌하러 三峽을 나와서,
죽는 해에 永安宮에 있어야만 했었네.
푸른 깃발은 空山에 여전히 휘날리듯,
멋진 전각은 허무히 들판의 절이 되었다.
낡은 묘당의 송림에 물새가 둥지를 틀고,
매년 복날과 섣달엔 村老들만 바쁘겠네.
武侯 사당이 언제나 이웃에 있기에,
君臣 一體로 제사를 같이 받는다네.

| 註釋 | ○ 〈詠懷古跡〉 – 여기서는 蜀漢 昭烈帝(소열제)의 사당을 읊었다. 여기서 주안점은 '君臣一體' 이다.

○ 蜀主征吳幸三峽 – 蜀主는 蜀漢 昭烈帝. 征吳는 吳나라를 원정하다. 關羽의 죽음에 대한 복수의 일념으로 원정에 나섰다. 幸은 황제의 거동. 외출. 유비는 221년 칭제하고, 222년 吳를 정벌하러 나갔다가 실패하고 병석에 눕는다.

○ 崩年亦在永安宮 – 崩年은 章武 3년(223). 崩은 무너질 붕. 國君之死曰 崩. 永安宮은 白帝城. 今 重慶市 관할 奉節縣.

○ 翠華想像空山裡 – 翠華(취화)는 황제의 儀仗(의장).

○ 玉殿虛無野寺中 – 玉殿은 당시 유비가 죽음을 기다리던 永安宮.

○ 古廟杉松巢水鶴 – 杉松(삼송)은 삼나무. 巢는 둥지 소. 水鶴(수학)은 해오라기.

○ 歲時伏臘走村翁 – 歲時(세시)는 매년 사계절. 伏臘(복랍) – 6월의 伏이나 12월(납월)의 제사. 走村翁(주촌옹)은 시골 노인들이 분주하다.

○ 武侯祠屋常鄰近 – 武侯는 제갈량. 諸葛武侯. 祠屋(사옥)은 사당.

○ 一體君臣祭祀同 – 祭祀同(제사동)은 같이 제사를 받는다.

| 詩意 | 前 4구는 永安宮의 고적으로 유비의 吳 원정의 실패와 永安宮에서의 죽음을 읊었고, 후반 4구는 유비와 무후사의 현재를 묘사한 것으로, 아직도 村老의 존경을 받고 있다는 뜻과 君臣이 한마음으로 제사를 받는다는 그 참뜻을 강조하면서 다음 首를 위한 伏筆(복필)을 깔았다.

| 參考 | 상황 판단 착오가 부른 패망

劉備는 關羽의 죽음(서기 119년)을 분하게 여기며 몸소 孫權을 치려했고, 손권이 화해를 청해도 허락하지 않았다. 유비의 죽음을 불러온 이릉 · 효정의 전투는 조조와 손권의 협공으로 전사한 관우를 위한 유비의 복수전이었다. 유비는 10만 대군을 이끌고 吳를 공격하며 1년간 소규모 전투에서 번번이 전과를 올렸다. 그러나 유비는 開戰 외교에 실패했고, 전략적 판단 없이 東征을 감행했다.

거기에다가 전술상의 실수도 범했다. 숲속에 진을 치면 화공을 당하기 쉽고, 700리 영채라면 우군 간의 연락도 어렵다. 10만 병력으로 수천 리 밖의 적지에서 1년간 원정했다는 것은 촉한의 경제력과 병참 현실을 무시한 일이었다.

유비가 오나라 원정에 나선 지 이미 1년이 되었지만, 오의 대도독 陸遜(육손, 183-245)은 以逸待勞(이일대로)의 전략으로 여러 달을 대치했다.

서기 222년 여름, 유비가 거느린 10만 대군은 무더위에 지쳐 있었다. 유비의 대군은 그늘이면서도 물을 얻기 쉬운 숲속 골짜기로 영채를 옮겼다. 이에 馬良은 적이 공격해 오면 어떻게 대응할 수 있겠느냐고 걱정하며 부대 배치도를 그려 제갈량에게 보여주는 것이 어떠냐고 건의한다. 유비는 처음에 자신도 병법을 안다고 거부했다가 나중에 유비는 마량에게 진도를 그려 제갈량에게 보여주라고 말한다. 마량은 촉에 들어가 제갈량을 만난다. 제갈량은 진도를 보고 크게 놀라며 탄식한다.

음력 7월의 한밤중, 육손의 대반격이 개시됐다. 육손 휘하의 부대가 일제히 유비 진영을 습격했다. 별동대는 후방으로 우회하여 촉군의 퇴로를 막았다.

吳의 병사들은 지니고 온 한 묶음씩의 마른 풀로 촉군의 영채에 불을 놓았다. 촉군은 전날 밤의 소규모 전투에서 승리해 방심하고 있었다. 동오군의 갑작스런 대공세에 촉군은 크게 놀라 혼란에 빠졌다. 강변을 따라 길게 늘어선 진지는 서로 연락이 끊기고, 주변의 숲과 함께 불바다가 됐다.

화광이 하늘을 찌르자 육손의 본대가 총공격을 가했다. 유비는 방어에 나설 경황이 없었다. 하루 밤낮에 걸쳐 불탄 촉군의 군영은 40여 개, 전사자는 1만여 명, 포로는 부지기수였다. 유비가 동원했던 병선과 10만 대군은 순식간에 궤멸했다. 史書에서는 '시체가 장강을 메우며 하류로 떠내려갔다.' 고 표현하고 있다.

吳의 젊은 대도독 육손이 감행한 단 하룻밤의 습격으로 유비는 재기 불능의 결정적 패배를 당했다. 동오군의 압력이 가중되자, 유비는 선박과 수레를 모두 버리고 좁은 산길로 白帝城까지 도주했다.

《삼국연의》에는 이릉 · 효정전투 당시 유비가 동원한 병력을 70만이라고 하였지만, 당시 촉의 국세로 보아 병력 70만 동원은 불가능했다.

詠懷古跡(영회고적) 五首 (其五)

諸葛大名垂宇宙，宗臣遺像肅淸高.
三分割據紆籌策，萬古雲霄一羽毛.
伯仲之間見伊呂，指揮若定失蕭曹.
運移漢祚終難復，志決身殲軍務勞.

고적의 감회를 읊다 (5 / 5)

諸葛武侯의 큰 명성은 우주에 드리웠으니,
宗臣으로서 그 모습은 엄숙에 淸高하였다.
三分하여 할거하는 계책을 세워 실천하니,
萬古에 높은 하늘을 날아오른 봉황이었다.
伊尹이나 呂尙과 伯仲之間으로 보일지어니,
지휘와 실천은 蕭何 曹參도 못 따라오리라.
漢의 운명이 바뀌어 끝내 부흥하지 못하고,
굳은 의시로 軍務에 지쳐 몸이 먼저 갔도다.

| 註釋 | ○ 〈詠懷古跡〉 – 여기서는 蜀漢 제갈량의 업적을 역사상의 현인과 비교를 하였다. 여기서 주안점은 '以身殉職(이신순직)' 이다. 두보의 〈蜀相〉 참고.

○ 諸葛大名垂宇宙 – 垂는 드리울 수. 宇宙(우주)는 하늘과 땅. 전 중국.

○ 宗臣遺像肅淸高 – 宗臣은 重臣. 나라 社稷의 운명을 짊어진 신

하. 遺像(유상)은 남겨진 모습. 그의 이미지. 肅淸高(숙청고)은 肅穆淸高(숙목청고), 엄숙하고 淸雅하며 高明한 모습이다.

- 三分割據紆籌策 – 紆는 굽을 우. 얽어매다. 치밀하게 계획을 세우다. 籌는 산가지 주. 큰 전략. 紆籌策(우주책)은 고심하며 국가전략을 짜고 실천에 옮기다.
- 萬古雲霄一羽毛 – 雲霄(운소)는 높은 하늘. 一羽毛는 鸞(난)새 또는 봉황
- 伯仲之間見伊呂 – 伯仲(백중)은 첫째 아들과 둘째 아들. 우열을 가리기 어려움. 伊呂(이여) – 伊는 商의 개국공신, 湯王을 보좌한 伊尹(이윤). 呂는 呂尙. 周의 文王과 武王을 보좌한 개국功臣 太公望. 제갈량의 업적은 伊尹이나 呂尙과 백중지세이다. 우열을 가리기 힘들다.
- 指揮若定失蕭曹 – 若定(약정)은 태연자약하다. 위기에 잘 대처하다. 蕭曹는 蕭何(소하)와 曹參(조참) – 漢 高祖를 도운 개국공신. 失蕭曹 – 소하와 조참도 따라오지 못하다. 이는 두보의 주관적 표현이다.
- 運移漢祚終難復 – 運移(운이)는 운명이 바뀌다. 漢祚(한조)는 後漢의 國運. 終難復(종난복) – 끝내 회복하지 못했다.
- 志決身殲軍務勞 – 志決(지결)은 뜻이 확실하다. 殲은 죽일 섬. 죽다. 身殲은 以身殉職(이신순직)하다. 軍務勞(군무로)는 軍務上의 과로.

| 詩意 | 首聯에서는 諸葛亮의 大名이 宇宙에 드리웠고 그 초상화의 모습을 묘사하였고, 頷聯에서는 三分天下의 雄才大略은 봉황처

럼 하늘에 닿을 수 있다는 칭송이다. 頸聯에서는 伊尹과 呂尙, 蕭河, 曹參에 결코 뒤지지 않는다는 평가를 내린 뒤에,

尾聯에서는 漢祚(한조) 수복은 실패했고 순직한 사실에 대한 무한한 존경과 아쉬움을 토로했다.

이 시는 전체적으로 업적에 대한 개괄적 서술로 묘사하면서 그 능력을 칭송하고 그 뜻을 이루지 못한데 대해 매우 애석한 뜻을 표했다. 句句節節이 깊은 뜻을 호소하면서도 漢室 부흥에 실패한 것을 숙명으로 받아들이는 뜻을 내보이고 있다.

| 參考 | 제갈량의 과로

司馬懿(사마의)는 호로곡에서 제갈량에게 패전하여 거의 죽을 뻔했었는데, 그 후로는 蜀의 공격에 전혀 응전하지 않는다. 이에 공명은 五丈原에 새 진지를 마련한다. 계속 도전해도 사마의가 전혀 반응을 보이지 않자, 제갈량은 사마의에게 부인의 옷과 수건 등을 보내며 '中原의 大軍을 거느린 대장으로서 출전하지 않을 것이면 이 옷을 받을 것이고, 사나이라면 날짜를 정해 한판 겨루자.' 는 편지를 보낸다. 사마의는 속으로 대단히 화가 났으나 겉으로 웃으면서 편지를 가지고 온 사자에게 "요즈음 공명의 침식과 하는 일이 어떠냐?" 고 묻는다.

제갈량의 사자는 "승상께서는 일찍 일어나서 밤늦게까지 곤장 20대에 해당하는 벌 그 이상을 친히 결재하시며 진지는 담백한 음식 약간을 드십니다." 라고 대답한다. 이에 사마의가 주위를 둘러보며 말한다.

"밥은 조금 밖에 못 먹고 일은 많으니, 어찌 오래 갈 수 있겠는가?(食少事煩, 其能久乎?)"

사자로부터 이 말을 전해들은 공명은 '그 사람이 나를 잘 보았구나!(彼深知我也)' 하면서 길게 탄식하였다. 《三國演義》 第百零三回 참고.

秋興(추흥) 八首 (其一)

玉露凋傷楓樹林, 巫山巫峽氣蕭森.
江間波浪兼天湧, 塞上風雲接地陰.
叢菊兩開他日淚, 孤舟一繫故園心.
寒衣處處催刀尺, 白帝城高急暮砧.

가을의 흥취 (1 / 8)

차가운 이슬 내려 수풀엔 단풍이 물들었고,
巫山의 巫峽에도 소슬하고 매서운 가을이다.
長江의 높은 파도는 하늘에 닿을 듯 치솟고,
변방의 추위는 여기까지 음습하게 밀려왔다.
해마다 꽃피운 무더기 국화에 옛날이 서럽고,
외롭게 매놓은 돛배를 보면 고향이 그립다.
겨울옷 마련에 집집마다 바느질을 재촉하고,
白帝城 저녁의 높고도 다급한 다듬이질 소리.

| 詩意 | 首聯과 頷聯(함련)은 가을날 전국의 日氣를 하늘에서 내려다 본 것처럼 묘사하였다. 그리고 눈을 돌려 頸聯(경련)에서는 시인의 주변을 묘사했고, 尾聯(미련)에서는 가을에 들을 수 있는 다듬이질 소리로 시를 마무리했다. 이 연작시의 첫 수는 깊어가는 가을의 모습에 간절한 思鄕의 심경을 하나로 묶어 묘사하였다.

이 시는 《全唐詩》 230권에 수록되었다.

秋興(추흥) 八首 (其三)

千家山郭靜朝暉，日日江樓坐翠微.
信宿漁人還泛泛，淸秋燕子故飛飛.
匡衡抗疏功名薄，劉向傳經心事違.
同學少年多不賤，五陵裘馬自輕肥.

가을의 흥취 (3 / 8)

一千戶 조용한 산마을에 아침 햇살 비출 때,
날마다 강가 누각의 푸른 기운 속에 앉아있다.
전부터 기숙한 집의 어부는 배를 저어 나갔고,
청랭한 가을의 제비는 멋대로 날고 또 나른다.
匡衡(광형)은 자주 상소했으나 功名은 낮았다.
劉向(유향)은 경전을 전수받고도 正道를 벗어났다.
같이 공부한 많은 젊은이 높은 자리에 올랐으며,
五陵 長安에 좋은 갖옷에 살찐 말을 타고 다닌다.

| 詩意 | 匡衡(광형)은 벽을 뚫어 이웃집 등불로 면학하였는데〔穿壁引光(천벽인광)〕, 前漢 元帝에게 자주 바른 말 상소를 올렸지만, 고위직에 오르지는 못했다.

劉向(유향, 前 77 – 前 6년, 字는 子政, 原名 更生)은 漢朝 宗室로 부친 劉歆(유흠)의 경학을 계승했으나 나중에 王莽(왕망)에 협조하여 종실로서의 지조를 잃었다.

五陵은 전한 황제의 오릉인데, 곧 長安을 의미한다.

두보는 자신의 미천한 지위와 失意를 묘사하고 역사적 인물의 관직 운을 언급하며 젊어 같이 공부한 옛 동료를 회상하고 있다.

이 또한 글공부를 한 士人의 가을 斷想이 아니겠는가? 하여튼 가을은 詩人과 士人, 學人 모두에게 우울한 계절이다.

秋興(추흥) 八首 (其五)

蓬萊宮闕對南山, 承露金莖霄漢間.
西望瑤池降王母, 東來紫氣滿函關.
雲移雉尾開宮扇, 日繞龍鱗識聖顔.
一臥滄江驚歲晩, 幾回青瑣點朝班.

가을의 흥취 (5/8)

蓬萊宮(봉래궁) 궐문은 終南山을 마주 보고,
承露盤(승로반) 구리기둥 하늘 높이 솟았다.
서쪽에 보이는 瑤池(요지)로 西王母가 강림하고,
동쪽의 붉은 기운 모여 函谷關을 가득 채웠다.
구름이 雉尾에 옮겨가니 궁문이 활짝 열리고,
햇살이 곤룡포를 감싸니 聖主 龍顔을 뵙는다.
滄江(창강)에 은거하여 저무는 한 해에 놀라니,
青瑣門(청쇄문)을 지나 몇 번이나 조회에 나갔던가?

| 詩意 | 承露盤(승로반)은 전한 武帝가 甘露(감로)를 받기 위해 높은 구리 기둥 위에 세운 신선의 손바닥이다. 瑤池(요지)나 서왕모, 雉尾(치미) 青鎖門(청쇄문) 등 모두가 궁궐과 조정의 표현이다.

역자가 볼 때, 시인 두보의 관직에 대한 열망은 거의 병적일 정도로 심했다. 가을이면 곧 한 해가 저문다. 결국 아무것도 이룬 것이 없기에 놀라게 된다. 그러면서 짧았던 관직 생활에 대한 회고는 두보의 마음을 더욱 아프게 한다. 가을이면 겪어야 할 마음의 병일 것이다.

建元中寓居同谷縣作歌(건원중우거동곡현작가)

有客有客字子美，白頭亂髮垂過耳.
歲拾橡栗隨狙公，天寒日暮山谷裏.
中原武書歸府得，手脚凍皴皮肉死.
嗚呼，一歌兮歌已哀，悲風爲我從天來.

建元 연간에 同谷縣에 우거하며 노래를 짓다 (1 / 7)

나그네여! 나그네여! 그 이름 子美이니,
헝클어진 흰머리가 귀밑까지 늘어졌다.
해마다 狙公을 따라 상수리를 줍나니,
추운 날 해 저물도록 산골짝을 헤맨다.
中原에서는 소식 없어 돌아갈 수 없고,
손발은 얼어 터져 피부와 살이 죽었네.
오호라! 노래 한 번! 노래가 너무 슬프니,
쓸쓸한 바람 나를 위해 하늘서 불어온다.

| 詩意 | 建元 연간은 숙종 재위 중인 758년이다. 안록산의 난이 진행 중이었고 두보는 동곡현에 우거하고 있었다. 狙公(저공)은 원숭이들을 키우는 사람인데 朝三暮四(조삼모사)의 주인공이다.

저공을 따라 상수리를 줍는다는 것은 산에서 도토리를 주워 식량을 대신한다는 뜻이니 그 생활이 원숭이와 무엇이 다르겠는가?

추운 날 산비탈을 오르내리며 도토리를 줍고 손발이 얼어 터졌고 살가죽이 죽어 간다는 두보의 모습이 그려진다.

두보는 '朱門酒肉臭(권문세가에서는 술과 고기가 썩고), 路有凍死骨(길에는 얼어 죽은 시신이 있다).' 의 현장을 직접 목격한 사람이었다.〈自京赴奉先縣咏懷五百字〉

정말 두보가 이리 가난해야 하는가?

進艇(진정)

南京久客耕南畝, 北望傷神坐北窗.
晝引老妻乘小艇, 晴看稚子浴清江.
俱飛蛺蝶元相逐, 並蒂芙蓉本自雙.
茗飮蔗漿攜所有, 瓷罌無謝玉爲缸.

작은 배를 타고

남쪽 밭에 농사 지어 오래 전 成都의 객지인 되었고,
북창에 기댄 채 북쪽 바라보며 마음 아파한다.
낮에는 늙은 아내와 작은 배를 함께 타고,
맑은 날 물에서 노는 어린 자식을 바라본다.
짝지어 나는 나비야 원래 그렇게 날아다니고,
나란한 꽃받침 芙蓉도 애초부터 그렇게 피었다.
집안에 남았던 찻물과 사탕수수를 갖고 나와,
옹기에 담았지만 玉 항아리에 부럽지 않도다.

| 詩意 | 이 역시 두보의 짧은 행복이었고 여유였다. 〈進艇〉의 艇은 작은 배 정이니, 노를 저어야만 움직이는 작은 배를 띄운다는 뜻이다. 굳이 뱃놀이라고 제목을 붙일 수는 없고 살면서 잠깐 느끼는 평온한 일상의 모습이다. 집안의 茶와 사탕수수 물을 옹기에 담아 와서 잠깐 목을 축이며 북쪽 고향을 생각하는 시인을 떠올릴 수 있다.

江村(강촌)

清江一曲抱村流，長夏江村事事幽.
自去自來堂上燕，相親相近水中鷗.
老妻畫紙爲棋局，稚子敲針作釣鉤.
多病所須唯藥物，微軀此外更何求.

강가 마을

맑은 강물 한 굽이 마을을 품어 흐르고,
긴긴 여름 강촌엔 일마다 한가롭도다.
절로 왔다 절로 가는 들보 위의 제비,
서로 가까이 서로 다가가는 물새들.
늙은 아내는 종이 오려 장기판을 만들고,
어린 아이는 바늘 휘어 낚싯바늘 만든다.
여러 병에 필요하기는 오직 약물뿐이니,
지친 육신, 이것 말고 더 무엇을 바라리오!

| 詩意 | 이 시는 숙종 上元 元年(760) 여름, 두보 49세, 成都의 錦江(금강) 가에 초당을 짓고 살 때 강촌의 평온을 그린 시이다.

한마디로 名作에 名句이다. 그림같이 한가하면서도 평화롭고 두보 일가족은 행복해 보인다. 두보는 아무것도 바랄 것이 없었다. 오직 하나 병이 많은 지친 몸이기에 약이 필요했을 뿐. 두보의 이 행복은 오래가지 못했다.

晝夢(주몽)

二月饒睡昏昏然，不獨夜短晝分眠.
桃花氣暖眼自醉，春渚日落夢相牽.
故鄕門巷荊棘底，中原君臣豺虎邊.
安得務農息戰鬪，普天無吏橫索錢.

대낮의 꿈

이월에는 잠이 많아져서 졸릴 듯 몽롱한데,
밤이 짧아서 낮에도 잠을 자는 것만은 아니다.
날이 따뜻해 桃花가 피면 눈이 저절로 어지럽고,
봄날 강으로 해가 지면 졸리며 꿈속에 빠진다.
고향 마을의 골목이 가시나무로 덮여 버렸고,
中原 궁정의 君臣이 사나운 호랑이 곁에 있다.
어쩌면 농사에만 힘쓰고 전쟁을 끝낼 수 있고,
온 하늘 아래에 마구 징세하는 관리를 없앨까?

| 詩意 | 나이가 들수록 초저녁에 잠이 많다. 그래서 두보도 해가 지면 잠자리에 든다고 했다. 새벽에 일찍 일어나게 되고, 그러면 낮에 양지쪽에 앉아 졸거나 잠깐 침상에서 눈을 부칠 것이다. 그 짧은 낮잠에 꿈을 꾼다.

고향 마을 골목에 가시나무가 가득하고 조정의 君臣이 호랑이 곁에 서 있다. 그런 꿈을 깨고 나면 아쉬움 속에 희망을 그리게 된다. 전쟁이 없는 평온 속, 관리의 횡포가 없는 세상 – 그야말로 한낮의 꿈이 아니겠는가!

이 시는 代宗 大曆 2년(767)에 지은 것으로 알려졌으니 만년의 작품이다.

《全唐詩》 231권에 수록.

六. 五言·七言古詩

望嶽(망악)

岱宗夫如何，齊魯青未了.
造化鍾神秀，陰陽割昏曉.
盪胸生層雲，決眥入歸鳥.
會當凌絶頂，一覽衆山小.

태산을 바라보며

태산은 정말 어떠할까?
齊와 魯를 덮은 끝없이 푸른 빛.
조화와 신비를 다 모아 갖췄고,
음양과 명암이 달라지는 태산.
가슴 시원히 거듭 피어나는 구름,
눈을 돌려 날아드는 새를 보노라.
언젠가 기어이 정상에 올라가,
작은 산 모두를 한 번에 보련다.

| 註釋 | ○ 〈望嶽〉 – 〈태산을 바라보며〉.

泰山에 오르지는 않고, 바라보고 지은 五言古詩이다. 《全唐詩》 216권과 《唐詩三百首》에 수록되어 널리 알려졌다. 嶽은 큰산 악.

중국인들은 五行 사상과 깊은 연관지어 五嶽을 꼽고 있는데, 오악이란 東岳으로 山東의 泰山(최고봉 1,533m), 西岳인 陝西省의 華山(2,194m), 中岳인 河南省의 嵩山(숭산, 1,491m), 北岳으로 山西省의 恒山(항산, 2,016m), 그리고 南岳으로 湖南省의 衡山(형산, 1,300m)을 말한다.

이중에서 泰山은 五岳의 으뜸(五嶽之長, 五嶽獨尊)으로 옛 이름은 岱山(대산) 또는 岱宗(대종)으로 불리었고, 山東省의 중앙부 泰安市에 자리하고 있으며, 태산의 주봉은 玉皇頂이다.

泰山은 秦의 시황제 이후 漢 武帝, 또 역대 왕조의 황제들이 이곳에 친림하여 하늘에 제사하는 封禪(봉선) 의식을 행했다. 한무제는 태산의 절경에 놀라면서 "高矣! 極矣! 大矣! 特矣! 壯矣! 赫矣! 駭矣(해의)! 惑矣(혹의)!" 라고 말했다는 전설이 전해진다.

○ 岱宗夫如何 – 岱는 대산 대. 泰山. 宗은 마루 종. 으뜸. 중국의 五嶽 중에서 제1이므로 '岱宗' 이라고도 했다. 夫如何는 '대체로 어떠할까?' '정말 어떠할까?' 라는 감탄과 경외의 뜻이 있다.

○ 齊魯青未了 – 齊魯는 齊와 魯, 춘추전국시대의 나라. 齊는 태산 이북을 지배했던 강국으로 桓公(환공)은 춘추시대에 최초의 覇者(패자), 魯는 西周 건국자 武王의 아우인 周公 旦(단)의 封國, 그 후손 36명의 군주가 800년을 이어온 나라. 수도는 曲阜, 泰山 남쪽 지금의 山東省 남부와 河南, 江蘇(강소), 安徽省(안휘성)의 일부분을 지배했던 문화적 강국이었다. 이 시에서 齊魯

는 지금 山東省 일대를 지칭하는 지명으로 쓰였다. 未了(미료)는 끝나지 않았다. 끝이 없다. 了는 마칠 료.

○ 造化鍾神秀 – 造化는 하늘이 천지 만물을 창조하고 변화시키는 모든 것. 천지, 곧 하늘과 땅이 바로 조화의 산물이다. 鍾은 모으다, 모이다. 집중하다. 神秀는 신비롭고 빼어난 것, 숭고하고 영묘한 것.

○ 陰陽割昏曉 – 割은 나눌 할. 나뉘다. 昏은 어둘 혼. 어둠(陰). 曉는 새벽 효. 밝음(陽). 태산을 중심으로 음과 양, 낮과 밤이 구분된다는 뜻. 태산 그늘은 陰, 햇빛이 비추는 쪽은 陽이니, 곧 음양으로 나눠진다.

○ 盪胸生曾雲 – 盪은 씻을 탕. 흔들리다. 胸은 가슴 흉. 盪胸은 가슴이 뛰고 설레다. 曾은 일직 증, 더할 증. 層(층)과 同. 曾雲은 피어오르는 구름(層雲). 뭉게구름.

○ 決眥入歸鳥 – 眥는 눈가 자(제). 눈초리(目眥), 흘겨보다. 決眥(결자)는 눈초리가 찢어지다. 격노하다. 여기서는 눈을 크게 뜨고 눈길을 돌리다. 入은 시선에 들어온다.

○ 會當凌絕頂 – 會는 기회, 때마침, ~할 줄 알다, ~할 것이다. 凌은 능가할 능. 정복하다. 오르다. 絕頂(절정)은 산의 최고봉. 더 이상 없다.

○ 一覽衆山小 – 覽은 볼 남(람), 一覽은 한번 또는 한눈에 내려다 본다. '동악에 오르면 뭇 산들이 낮고 길게 깔려 있음을 안다.(登東嶽者, 然後知衆山之峛崺也.)'《楊子 法言》.

공자도 태산에 올라 천하가 좁다고 말하였다. (孟子曰, 孔子登東山而小魯, 登泰山而小天下. 故觀於海者 難爲水, 遊於聖人

之門者 難爲言.《孟子 盡心 上》)

| 詩意 | 두보 나이 29세의 작품이라면서, 현존하는 두보의 시 중 가장 오래된 작품으로 알려졌다. '泰山을 바라보며' 지은 시이기에 詩題를 〈망악(望嶽)〉이라 했다. 시 전체적으로 두보가 바라보는 모습을 순차적으로 잘 묘사했다. 그러면서 앞으로 '능절정(凌絶頂)', 즉 登頂을 기약했는데 進士科에 실패한 이후에 마음의 새로운 각오를 표현했다고 해석할 수도 있다.

1聯은 멀리서 바라본 태산의 웅대한 모습, 2聯은 접근해서 관찰한 태산의 神秀한 형상, 3聯은 태산 위의 하늘의 감동을 읊었다. 그리고 4聯에서 '장차 태산의 절정에 올라 천하를 내려다볼 것이다.' 라고 자신의 장대한 神遊(신유)의 포부를 밝혔다.

하여튼 이 시는 태산을 읊은 그 많은 시 중에서도 최고의 시라는 평가를 받고 있다.

戲簡鄭廣文兼呈蘇司業(희간정광문겸정소사업)

廣文到官舍, 繫馬堂階下.
醉卽騎馬歸, 頗遭官長罵.
才名三十年, 坐客寒無氈.
近有蘇司業, 時時與酒錢.

鄭廣文에게 장난삼아 보낸 글을 蘇司業에게도 보내다

정광문은 관청에 출근하면서,
말을 관청 계단 아래에 매어 둔다.
술에 취하면 바로 말 타고 돌아가니,
자주 상관의 질책을 들었다.
재능으로 30년 명성을 누렸지만,
손님이 추워도 내줄 담요가 없었다.
요즈음 蘇司業이란 사람이 있어,
가끔은 술과 용돈을 보내준단다.

| 詩意 | 鄭廣文은 鄭虔(정건)이고, 廣文은 그 직책 이름. 廣文館 박사였다. 나중에 광문관이 국자감에 병합되며 정건은 직책을 잃었다. 蘇司業은 蘇源明(소원명)인데 國子司業이란 직책에 있었다. 이들은 소탈한 인격에 형식에 구애받지 않았으며, 가난했지만 욕심이 없었다. 두보는 그런 인품을 좋아하여 '장난삼아 보낸다' 하였지만, 두보의 眞情이 들어있는 시이다. 《全唐詩》 216권에는 제목이 〈簡鄭廣文虔, 兼呈蘇司業源明〉으로 되어 있다.

贈魏八處士(증위팔처사)

人生不相見，動如參與商.
今夕復何夕，共此燈燭光.
少壯能幾時，鬢髮各已蒼.
訪舊半爲鬼，驚呼熱中腸.
焉知二十載，重上君子堂.
昔別君未婚，兒女忽成行.
怡然敬父執，問我來何方.
問答乃未已，驅兒羅酒漿.
夜雨剪春韭，新炊間黃粱.
主稱會面難，一擧累十觴.
十觴亦不醉，感子故意長.
明日隔山岳，世事兩茫茫.

위씨 여덟째 처사에게 보내다

살면서도 서로 만나지 못하고,
하늘의 參과 商星처럼 엇갈렸다.
오늘 밤은 어인 밤이라서,
등잔불을 같이 하게 되었나!
젊어 힘쓰던 날이 언제였는지?

귀밑머리 모두 벌써 희였다.
옛 벗을 묻자 태반이 죽었다니,
놀라 탄식하며 속이 타는 듯하다.
이십 년이 지난 오늘 다시,
그대 집에 오리라 어찌 알았겠나?
옛적 헤어질 땐 미혼이었는데,
이제 자녀가 줄줄이 줄을 지었네.
기꺼이 아비 친우를 공경하며,
어디를 다녀오셨냐며 안부 묻네.
안부의 말이 끝나기도 전에,
아들을 재촉해 술상을 차리네.
밤비에 부추를 따다가 요리하고,
새로 지은 밥엔 차조까지 들었네.
주인은 얼굴 보기 어려웠다며,
단숨에 연달아 열 잔 술을 권하네.
열 잔을 다 마셔도 취하지 않으니,
그대 옛정에 고마울 따름이라.
내일 산을 넘어 떠나가면,
세상살이에 둘 다 그리우리라!

| 註釋 | ○ 〈贈衛八處士〉 – 〈위씨 여덟째인 處士에게 보내다〉. 衛는 姓, 八은 위씨 집안에서 항렬이 여덟 번째 되는 사람. 處

士는 은거하고 있는 선비. 그의 자세한 인적사항은 未詳.《全唐詩》216권 수록.

○ 動如參與商 – 動은 걸핏하면, 종종. 부사로 쓰임. 參은 별 이름 삼. 商은 별 이름 상. 參과 商은 28宿(수)의 하나로 각각 서쪽과 동쪽, 새벽과 초저녁에 보이기에 서로 만나지 못한다. 參商은 헤어진 뒤 만날 수 없음을 비유하거나 형제간의 불화를 뜻하는 말이다.

○ 今夕復何夕 – 復는 다시 부. 돌아올 복.

○ 共此燈燭光 – 燈燭光(등촉광)은 등불과 촛불을 밝히다.

○ 少壯能幾時 – 幾는 기미 기. 낌새. 얼마?(보통 10이하의 수를 물을 때 사용). 幾時는 언제. 젊고 힘쓰던 시절이 얼마나 가랴? 언제던가?

漢武帝의 〈秋風歌〉에 '젊음이 얼마나 가리오, 늙음을 어찌하랴.(小壯能幾時兮, 奈老何.)' 라는 구절이 있다.

○ 鬢髮各已蒼 – 鬢은 살쩍 빈. 귀밑의 털. 髮은 머리털 발. 蒼은 푸를 창. 회백색. 蒼髮은 半白의 머리.

○ 訪舊半爲鬼 – 舊는 舊友. 訪舊는 옛 친우의 소식을 묻다. 爲鬼는 귀신이 되었다. 죽었다.

○ 驚呼熱中腸 – 驚은 놀랄 경. 驚呼는 놀라 한탄하다, 또는 號哭(호곡)하다. 熱中腸은 창자가 뜨끔해지다. 애를 태우다.

○ 焉知二十載 – 焉은 어찌 언. 어디? 무엇? 의문사. 焉知는 어찌 알리? 載는 실을 재, 해 재(年, 歲). 堯, 舜 때에는 載, 夏代에는 歲, 周代에는 年이라 했다.

○ 重上君子堂 – 重上은 거듭 오르다. 君子堂은 그대 집의 대청.

○ 昔別君未婚 – 昔別(석별)은 옛날에 이별할 때.

○ 兒女忽成行 – 忽은 갑자기 홀. 돌연히. 成行(성항)은 줄지어 서다. 자녀가 여럿이라는 뜻.

○ 怡然敬父執 – 怡는 기쁠 이. 怡然은 기뻐하는 모양. 敬은 공경하다. 높이다. 執 잡을 집. 뜻을 같이 하는 벗. 父之友曰執友. 父執(부집)은 父親의 舊友.

○ 問答乃未已 – 乃未已는 아직 끝나지 않았다.

○ 驅兒羅酒漿 – 驅는 몰 구. 驅兒는 아들을 시켜서. 아들을 재촉하여. 羅는 벌리다. 여기서는 차리다. 漿은 미음 장. 마실 음료.

○ 夜雨剪春韭 – 剪은 자를 전. 베다. 韭는 부추 구.

○ 新炊間黃粱 – 炊는 불 땔 취. 밥을 짓다. 新炊(신취)는 새로 지은 밥. 間은 섞다. 摻雜. 粱은 기장 량. 黃粱은 메조.

○ 主稱會面難 – 稱은 일컬을 칭. 말하다. 會面은 얼굴을 보다.

○ 一擧累十觴 – 累는 묶을 누(루), 거듭, 연이어. 觴은 술잔 상.

○ 十觴亦不醉 – 亦은 또 역. 다만 ~ 뿐.

○ 感子故意長 – 子는 衛八處士, 주인. 故意는 오래된 우정.

○ 明日隔山岳 – 隔은 사이 뜰 격. 사이에 두다. 山岳은 華山(화산)을 지칭.

○ 世事兩茫茫 – 兩은 두 사람. 주인인 衛八處士와 손님인 두보 자신. 茫은 아득할 망. 茫茫은 아득하다. 희미하다. 한없이 넓다.

| 詩意 | 肅宗 乾元 2년(759), 두보는 49세로 華州(섬서성 西安 동쪽)의 司功參軍(사공참군) 벼슬에 있었다. 그러나 安祿山(안록산)과 史思明의 난에 낙양(洛陽)이 위태롭게 되자 두보는 각지를 방랑했

다. 그때 산속에 은둔하고 있는 衛씨 집안 여덟 번째인 處士를 만났고 하룻밤을 묵으면서 함께 술을 마셨다.

전란 중에 옛 친구를 20년 만에 만났으며 또 환대를 받았으니 얼마나 감격했으랴. 두보는 平易하고 사실적인 필치로 邂逅(해후)의 감격과 훈훈한 우정 및 人生無常의 비애를 그렸다.

佳人(가인)

絶代有佳人, 幽居在空谷.
自云良家子, 零落依草木.
關中昔喪敗, 兄弟遭殺戮.
官高何足論, 不得收骨肉.
世情惡衰歇, 萬事隨轉燭.
夫婿輕薄兒, 新人已如玉.
合昏尙知時, 鴛鴦不獨宿.
但見新人笑, 那聞舊人哭.
在山泉水清, 出山泉水濁.
侍婢賣珠回, 牽蘿補茅屋.
摘花不插髮, 采柏動盈掬.
天寒翠袖薄, 日暮倚修竹.

아름다운 여인

절세의 아름다운 여인이 있어,
깊은 계곡에 조용히 살고 있다.
자신 말에는 良家의 딸이라 하며,
몰락했기에 산골에 살고 있단다.
옛날 關中에 난리가 일어나면서,

형제 죽어가는 재앙을 당했었다.
벼슬이 높다 말해 무얼 하겠나?
형제의 시신조차 거두지 못했다.
세상 인정은 몰락에 등을 돌렸고,
萬事는 옮겨간 촛불을 따랐다.
남편은 경박한 사내였는데,
새 여인은 옥같이 아름다웠다.
합환화도 때를 맞춰 피우고,
원앙새도 홀로 자지 않는다.
새사람 웃는 얼굴만 보이지,
옛사람 우는 소리가 들리겠나?
산속에서는 샘물도 맑더니만,
산 아래서는 샘물도 흐린 법이다.
몸종을 보내 구슬을 팔게 하였고,
띠풀을 모아 지붕도 고치게 했다.
꽃을 꺾어도 머리에 꼽지 못했고,
잣의 열매를 주워서 손에 움켜쥔다.
날 추워도 청색 얇은 옷을 입고서,
해 지면 대나무 침상에서 지샌다오.

| 註釋 | ○〈佳人〉-〈아름다운 여인〉. 전란에 시달린 상류 신분 여인의 고난을 묘사하였다. 對偶(대우)가 많다. 古詩에서는 같은 글

자가 重出하는 것을 꺼리지 않았다. 《全唐詩》 218권에 수록.

○ 絶代有佳人 – 한 시대 혹은 세상에서 가장 뛰어난 미인. 唐 太宗의 이름이 世民이므로, 世를 諱(휘)하여 '絶世'라 하지 않고 絶代라 했다.

○ 幽居在空谷 – 幽居(우거)는 아무도 모르게 숨어살다.

○ 自云良家子 – 云은 이를 운. 말하다.

○ 零落依草木 – 零落(영락)은 초목이 말라 떨어지다. 집안 형편이 쇠퇴하고 빈천하게 되다. 依草木(의초목)은 초목에 의지하고 연명하며 살고 있다.

○ 關中昔喪亂 – 關中은 函谷關(함곡관)의 서쪽. 관중은 '沃野 千里'의 땅이다. 昔(옛 석)은 그전에, 현종 天寶 15년(756)에 절도사 安祿山이 반란을 일으켰다. 이때 장안이 함락되고 玄宗은 蜀으로 피난했다. 喪亂(상란)은 곧 사람이 죽고 나라가 어지럽게 되었다는 뜻.

○ 兄弟遭殺戮 – 遭는 만날 조. 일을 당하다. 戮은 죽일 륙.

○ 官高何足論 – 벼슬이 높은 것을 어찌 족히 논하겠는가? 살육을 당하는데 벼슬이 높은 것이 아무런 도움이 안 되었다는 뜻.

○ 世情惡衰歇 – 世情은 人情과 같음. 惡는 미워할 오. 혐오한다. 싫어하다. 衰는 쇠할 쇠, 늙다, 약해지다. 歇은 다할 헐. 다하다. 마르다. 衰歇(쇠헐)은 衰敗(쇠패)와 같음.

○ 萬事隨轉燭 – 隨는 따를 수. 轉은 구를 전. 轉燭, 風前轉動하는 촛불. 세상 일이 바람 앞의 촛불처럼 흔들린다.

○ 夫壻輕薄兒 – 壻는 사위 서. 夫壻는 남편. 처가 남편을 부르는 말. 輕薄兒(경박아)는 경박한 사나이. 바람둥이.

○ 新人美如玉 – 새 사람은 옥같이 아름답다. 新人 – 夫壻(부서, 남편)가 맞이한 후처. 夫壻와 新人도 대구이다.

○ 合昏尙知時 – 合昏(합혼)은 꽃 이름, 合歡花라고도 하며 남녀의 사랑을 상징하는 꽃. 아침에 붉은 꽃이 피고 밤에는 오므라지는 무궁화를 지칭할 수도 있다. 우리나라에서는 자귀나무 꽃을 합환화라고 한다. 尙은 오히려 상. 또한, 더구나.

○ 鴛鴦不獨宿 – 鴛은 원앙 수컷 원. 鴦은 원앙 앙(암컷).

○ 那聞舊人哭 – 소박맞은 본처의 곡소리를 어찌 듣겠는가? 앞의 구절과 완벽한 대구를 이루고 있다.

○ 在山泉水淸 – 산에서는 샘물도 맑다. 깊은 산중에 살며 깨끗하게 정절을 지키고 있다.

○ 出山泉水濁 – 산에서 나가면 샘물도 탁해진다. 절개를 버린 再嫁(재가)는 몸을 더럽힌다는 의미. 古詩에서는 이처럼 같은 글자를 반복해서 쓰는 경우가 많다.

○ 侍婢賣珠廻 – 侍는 모실 시. 婢는 여자 종 비. 廻는 돌 회. 돌아오다.

○ 牽蘿補茅屋 – 牽은 끌 견. 끌어오다. 蘿는 댕댕이 넝쿨. 補는 기울 보. 보수하다. 茅는 띠 모. 茅屋 – 띠 풀로 지붕을 이은 집

○ 摘花不揷髮 – 摘은 딸 적. 꽃을 꺾다. 揷은 꽂을 삽. 꽃을 꺾어 머리에 꽂지 않는다. 몸치장을 하지 않는다.

○ 采栢動盈掬 – 采는 캘 채. 採와 같다. 栢(백)은 측백나무, 柏의 俗字. 언제나 잎이 푸르며 절개와 장수를 상징한다. 動은 이내, 금방. 盈은 찰 영. 가득 차다. 掬은 움켜쥘 국. 손에 가득히 주워 담는다. 즉 측백나무 잎이나 잣을 따서 손아귀에 가득히 들

고 수절하고 또 가난한 살림을 이어간다는 뜻.

ㅇ 天寒翠袖薄 - 翠는 비취색 취. 袖는 소매 수. 薄은 엷을 박. 푸른 옷소매가 더욱 엷게 느껴진다. 즉 홑옷을 입고 있다는 뜻.

ㅇ 日暮倚修竹 - 暮는 저물 모. 倚는 기댈 의. 의지하다. 修竹 - 긴 대나무(長竹). 충성과 절개를 상징함.

| 詩意 | 唐 肅宗 乾元 2년(759) 두보 나이 49세 때 진주(秦州 - 今 甘肅省 동남부 天水市)에서 지은 시다. 지체 높았던 절세미인이 전란을 당해 영락하고 깊은 산중에 몸을 숨기고 艱苦(간고)한 생활을 하면서도 정절을 지키고 있는 모습을 사실적으로 그렸다.

이 시를 불우한 처지에서도 절개를 지키는 군자의 고결한 충절에 비유한 시라고 해석하기도 한다. 즉 '버림받고 산속에서 고생하는 미인'을 '전란의 변혁기에 쫓겨나고 몰락한 老臣에 비유' 하고, 한편 '경박한 남편(夫壻輕薄兒)'과 '구슬같이 아름다운 새 사람(新人如美玉)'을 '새로 등장한 권력층과 그 밑에 있는 미숙한 신진의 관료들'을 상징한다고 해석할 수도 있다. 특히 두보 자신의 곤궁한 처지를 그린 것이라고 풀이할 수도 있다.

그러나 두보는 아마도 실재한 인물을 테마로 하고 이 시를 썼을 것이다. 그러므로 묘사가 치밀하고 슬픔의 심정이 절실하게 느껴진다. 한편 이 시 속에는 전란에 유랑하며 고생하는 두보 자신의 감정과 노여움이 배어 있으므로 표현이 과격하기도 하다.

5 - 8句에는 두보의 悲憤(비분)이 잘 나타났다. 9 - 16구에는 '믿을 수 없는 사람들의 마음과 허무하게 변전하는 세상사에 대

한 憤懣(분만)' 이 넘치고 있다. 그러나 가인이나 충신은 혹심한 고생을 극복하고 정절과 충성을 지킨다는 의연한 결의를 17구 이하에서 굳게 다지고 있다.

夢李白(몽이백) 二首 (其一)

死別已呑聲，生別常惻惻.
江南瘴癘地，逐客無消息.
故人入我夢，明我長相憶.
恐非平生魂，路遠不可測.
魂來楓葉靑，魂返關塞黑.
君今在羅網，何以有羽翼.
落月滿屋樑，猶疑照顔色.
水深波浪闊，無使皎龍得.

꿈에 본 李白 (1 / 2)

죽은 이별에 소리를 삼켜 울지만,
살아 이별은 언제나 가슴 아프다.
강남은 열병이 많아 몹쓸 땅이니,
내쫓긴 나그네 아무 소식 없구나.
옛사람 꿈속에 나를 찾아 왔는데,
이몸이 언제나 그댈 그린 뜻이다.
당신은 오늘도 갇혀 있는 몸인데,
어떻게 날개를 달고 여길 오셨나?
혹시나 이승의 혼이 아니실는지,
그렇게 먼 길은 짐작도 못했었다.

혼이 올적엔 단풍도 검푸렀으며,
혼이 간다면 關山도 깜깜했어라.
기우는 달빛이 방안에 어른거리니,
혹시나 당신의 낯빛이 아니겠는가?
강물이 깊으며 물결도 사나우니,
교룡에 잡히지 않기를 빌 뿐입니다.

| 註釋 | ○ 〈夢李白〉 - 〈꿈에 본 李白〉. 李白(701 - 762)은 杜甫보다 11년 연상이다. 두 사람은 天寶 3년(744)에 洛陽에서 교유했고, 또 河南과 山東의 각지를 함께 여행했다. 당시 이백은 44세로, 잘 알려진 호탕한 시인이었다. 한편 두보는 33세로 초라하지만 진지한 선비 기질의 시인이었다. 그 후 두보는 이백에 대한 시를 약 40여 편이나 남겼다. 한편 기구한 삶의 길을 걸었던 이백도 두보를 회상하는 시를 5 - 6편 정도 남겼다.

安祿山(안록산)의 난이 일어나자 李白은 玄宗의 16번째 아들 永王 李璘(이린)의 막료로 일했는데 영왕이 반역죄로 몰려 죽으면서, 이백은 옥에 갇혔다가 肅宗(숙종) 建元 원년(758)에 夜郎(야랑, 지금 貴州省의 지명)으로 유배되었다가 건원 2년 봄에 풀려났다.

한편 두보는 나이 48세로 진주(秦州 - 今 甘肅省 天水市)로 피신해 가서 가난에 시달리고 있었다. 두보는 이백이 이미 봄에 풀려났다는 소식을 듣지 못하고, 꿈에 이백을 보고 이 시를 썼다.

五言律詩 〈天末懷李白〉도 같이 감상하여야 한다.

《全唐詩》 218권에 수록.

○ 死別已呑聲 – 呑은 삼킬 탄. 死別 時에는 울음을 삼킨 채 애통해한다.

○ 生別長惻惻 – 長은 (공간적 시간적 거리로) 길다. 길이. 오랫동안, 영원히. 惻은 슬퍼할 측. 惻惻(측측)은 비통한 모양, 간절한 모양. 생이별을 할 때에는 끝없이 가슴속이 아프고 슬프기만 하다.

○ 江南瘴癘地 – 江南은 李白의 유배지 貴州 지역은 풍토가 나쁘고 열병이 유행하는 곳이었다. 瘴은 장기 장. 瘴毒. 癘는 창질 려. 瘴癘(장려)는 주로 아열대의 습지대에서 발생하는 악성 말라리아와 같은 풍토병.

○ 逐客無消息 – 逐은 쫓을 축. 逐客은 손님을 내쫓다. 流放된 이백. 消는 사라질 소. 없어지다. 消息(소식) – 消는 음기의 소멸, 息은 陽氣의 발생을 뜻함. 우리말로는 '죽었는지 살았는지?'에 해당.

○ 故人入我夢 – 여기의 故人은 '죽은 사람' 이나 '前妻' 의 뜻이 아니고, '옛 친구(老朋友)' 나 '전부터 알고 지내는 사람' 이다.

○ 明我長相憶 – 明은 분명하다. 밖으로 드러나다. 憶은 생각할 억.

○ 君今在羅網 – 君은 下位者가 상위자를, 上位者가 하위자를, 또 동료나 同輩를 지칭하는 말. 羅網(라망)은 새나 물고기를 잡는 그물. 李白이 유배 중이라는 뜻.

○ 何以有羽翼 – 羽는 깃 우. 翼은 날개 익. 羽翼은 날개.

○ 恐非平生魂 – 恐은 두려울 공. 놀래다. 위협하다. 혹시, 아마도. 魂은 넋 혼. 신체에 붙어 있는 陽氣. 마음. 平生魂은 살아 있는 영혼.

○ 遠路不可測 – 測은 잴 측. 너무 먼 곳에 있어 꿈속에서도 여기까지 올 수 없을 것이라는 의미.

○ 魂來楓林靑 – 楓은 단풍나무 풍. 단풍. 靑 – 때로는 검은색을 뜻한다. 老子가 타고 다닌 靑牛는 검은 털의 소이며, 靑衣는 비천한 자가 입는 검은색의 평상복이다. 죽은 사람의 영혼은 밤에만 오간다고 한다. 그래서 혼이 찾아올 때에 단풍 숲도 검푸르게 보였을 것이다.

○ 魂返關山黑 – 返은 돌아올 반. 돌아가다. 關山은 關門과 산. 고향. 關塞(관새).

○ 落月滿屋梁 – 落月은 날이 밝기 전에 지는 달빛. 屋梁(옥량)은 대들보. 방안.

○ 猶疑照顔色 – 疑는 의심스러운 것. 혹시 그런 것이 아닌가? 落月~과 猶疑~ 두 句는 友人에 대한 그리움을 표현하는 詩句로 회자된다.

○ 水深波浪闊 – 波浪은 물결, 풍랑. 闊은 트일 활. 물결이 세차게 일어나다.

○ 無使蛟龍得 – 蛟龍(교룡)은 비를 뿌린다는 뿔이 없는 용. 물속에 사는 온갖 생물들의 최강자, 우두머리. 得은 여기서는 잡아먹히다.

| 詩意 | 〈夢李白〉은 3단으로 나눌 수 있다.

제1단은 강남으로 추방된 이백을 측은하게 여긴다.

제2단은 꿈에 이백을 보고 혹시나 죽은 이백의 혼이 찾아온 것이 아닌가 하고 겁을 낸다.

제3단은 꿈에서 깨어난 두보가 방안 대들보에서 이백의 환상을 보며 걱정한다.

이 시에 그려진 이백은 혼백이면서 사람이고, 꿈이면서 生時이다. 이백을 생각하는 두보의 심정은 친근한 애정과 고달픈 심정이 두루 갖추어져 있다.

두보의 시에서 〈春日憶李白〉, 〈贈李白〉, 〈寄李白〉, 〈冬日有懷李白〉, 〈天末懷李白〉 등은 두보가 이백을 그리워하는 시다.

한편 이백이 두보를 생각하고 지은 시로는 〈堯祠贈杜補闕(요사증두보궐)〉, 〈沙丘城下寄杜甫〉, 〈魯郡東石門送杜二甫〉, 〈戲贈杜甫(희증두보)〉 등이 있다.

夢李白(몽이백) 二首 (其二)

浮雲終日行，遊子久不至.
三夜頻夢君，情親見君意.
告歸常局促，苦道來不易.
江湖多風波，舟楫恐失墜.
出門搔白首，若負平生志.
冠蓋滿京華，斯人獨憔悴.
孰雲網恢恢，將老身反累.
千秋萬歲名，寂寞身後事.

꿈에 본 李白 (2 / 2)

뜬구름인양 날마다 떠돌면서,
나그네인가 끝까지 아니 오네요.
사흘 밤 연이어 꿈에서 뵈었는데,
깊은 정 때문에 못 잊는 뜻이지요.
떠난다 할 적에 늘 멈칫거리면서,
오기 쉽지 않다며 괴롭듯 말했지요.
풍파 많은 세상을 살아가려면,
배 젓는 노를 잃을까 걱정뿐입니다.
문을 나서면서 흰머리 긁적거릴 때,
평생 큰 뜻을 버린 줄 알았습니다.

고관 대작이 장안에 득실대지만,
당신만은 홀로 초췌한 모습입니다.
누군가는 하늘 그물이 성기다지만,
늘그막에 몸은 도리어 묶여졌네요.
천만년 이후에 이름을 남기더라도,
쓸쓸히 죽어간 이후의 일이겠지요.

| 註釋 | ○ 〈夢李白〉 - 〈꿈에 본 李白〉.

꿈에 본 이백의 모습을 통해 그리움을 표현하였다.

○ 浮雲終日行 - 浮雲이 갖는 가장 큰 의미는 '定處가 없다' 는 뜻이다. 李白의 시 〈送友人〉에도 '浮雲은 나그네의 마음이고, 落日은 옛 벗의 정이다.(浮雲遊子意, 落日故人情.)' 라는 구절이 있다.

○ 遊子久不至 - 遊子는 나그네, 방랑객. 李白을 지칭. 久는 오랠 구.

○ 三夜頻夢君 - 三夜는 연 삼일 밤에. 頻은 자주 빈.

○ 情親見君意 - 앞의 시 (一)의 '明我長相憶' 과 같은 뜻이라 할 수 있다.

○ 告歸常局促 - 告歸는 여기서는 꿈속에서 헤어진다고 말하다. 局은 판 국. 促은 재촉할 촉. 局促(국촉)은 시간이 촉박하다. 부자연스럽고 서먹서먹해 하다.

○ 苦道來不易 - 苦는 쓸 고. 힘들게. 道는 말하다(言也). 易는 쉬울 이.

○ 江湖多風波 – 江湖는 좁게는 長江과 洞庭湖(동정호). 넓은 의미로는 三江五湖의 약칭으로 '이 세상', '온 나라'의 뜻. 여기서는 李白이 유배된 땅. 江湖는 전국을 떠돌며 邪術로 먹고 사는 사람을 지칭하기도 한다. '江湖醫生'은 전국을 떠도는 돌팔이 醫生.

○ 舟楫恐失墜 – 舟는 배 주. 楫은 노 즙. 짧은 노. 긴 노는 棹(도)라 한다. 墜는 떨어질 추. 잃어버리다.

○ 出門搔白首 – 搔는 긁을 소. 집을 나서면 백발을 긁적거린다. 곧 계면쩍어하다, 어려워한다는 뜻.

○ 若負平生志 – 若은 만약 약. 負는 질 부. 져버리다. 平生志는 經國濟民하려는 포부와 이상.

○ 冠蓋滿京華 – 冠은 官帽(관모). 蓋는 덮을 개. 수레의 덮개(車蓋). 冠蓋는 부귀를 누리는 고관. 京華는 帝京의 豪華(호화). 화려한 수도.

○ 斯人獨憔悴 – 斯人은 이 사람. 李白. 《論語 雍也(옹야)》에 '이 사람이 어찌 이런 병에 걸렸는가!(斯人也而有斯疾也!)'라는 孔子의 말이 있다. 憔는 수척할 초. 悴는 파리할 췌. 楚辭 〈漁父辭〉에 屈原에 대한 묘사 중 '안색이 초췌하고 몸과 얼굴이 마르고 수척하다.(顏色憔悴, 形容枯槁.)'라 하였다.

○ 孰云網恢恢 – 孰은 누구 숙. 어느, 무엇. 의문대명사. 網은 그물 망. 天網. 恢는 넓을 회. 恢恢 – 매우 넓고 큰 모양. 《老子道德經 73장》에 '~ 天之所惡, 孰知其故. 天之道, 不爭而善勝, 不言而善應, 不召而自來, 繟然而善謀. 天網恢恢, 疏而不失.'라 하여 '하늘의 그물은 크고 성글지만 흘리고 빠뜨리는 법이 없

다.' 고 하였다. 杜甫는 法網에 걸린 李白의 불운을 한탄했다.

○ 將老身反累 – 將은 ~하려 하다. 反은 오히려, 도리어. 累는 묶을 루(누). 죄에 連累(연루)되다.

○ 千秋萬歲名 – 千秋萬歲는 천년만년. 아주 오랜 세월. 名은 이름을 남기다. 동사 용법.

○ 寂寞身後事 – 寂은 고요할 적. 寞은 쓸쓸할 막. 身後事는 몸이 죽은 뒤의 일.

| 詩意 | 이 시는 3단으로 나눌 수 있다. 즉 1, 2聯은 꿈에 나타난 이백의 우정이 독실함을 그렸다. 3 – 5련에서는 그러나 서로 이별한 두 사람의 사이에 가로놓인 난관 때문에 오가기 힘들다는 푸념을 하는 씁쓰레한 이백의 모습을 그렸다. 6 – 8련에서는 이백을 동정하는 두보의 심정을 솔직하게 밝혔다. 즉 '남들은 영화를 누리는데 어찌하여 당신만은 영락하고 초췌해야 하나? 죽은 다음에 천추에 이름을 떨친들 무슨 소용이 있으랴.' 이백을 향한 애틋한 마음을 표출했다.

후에 元稹(원진)과 白居易(백거이)는 두 시인을 함께 높였으며, 韓愈(한유)는 이백과 두보의 글이 있음으로 해서 그 불빛이 만장 높이에 영원히 빛난다.(李杜文章在, 光焰萬丈長.)라고 했다.

특히 白居易는 이백의 시보다도 두보의 시를 높이 평가했다. '이백의 시는 재치가 있고 기발하다. 그러나 두보의 시처럼 오래 전할 만하지 못하다.(李白詩才矣 奇矣. 然不如杜詩可傳者.)'

실제로 宋代에는 이백보다 두보의 시를 더 높였다.

寄李十二白二十韻(기이십이백이십운)

昔年有狂客, 號爾謫仙人.
筆落驚風雨, 詩成泣鬼神.
聲名從此大, 汩沒一朝伸.
文彩承殊渥, 流傳必絶倫.
龍舟移棹晩, 獸錦奪袍新.
白日來深殿, 青雲滿後塵.
乞歸優詔許, 遇我宿心親.
未負幽棲志, 兼全寵辱身.
劇談憐野逸, 嗜酒見天眞.
醉舞梁園夜, 行歌泗水春.
才高心不展, 道屈善無鄰.
處士禰衡俊, 諸生原憲貧.
稻粱求未足, 薏苡謗何頻.
五嶺炎蒸地, 三危放逐臣.
幾年遭鵩鳥, 獨泣向麒麟.
蘇武先還漢, 黄公豈事秦.
楚筵辭醴日, 梁獄上書辰.
已用當時法, 誰將此義陳.
老吟秋月下, 病起暮江濱.

莫怪恩波隔，乘槎與問津.

이씨 열두째 白에게 보내는 시, 20韻

예전에 狂人과 같은 詩客이 있었으니,
그분이 流配온 신선이라 불러주었다.
붓이 닿는 곳에 비바람이 사납고,
詩가 이뤄지면 귀신마저 울었다.
이후로 명성이 크게 알려졌고,
묻혔던 처지를 一朝에 날렸다.
문채는 황제가 특별히 인정했고,
알려진 문장은 모두가 뛰어났었다.
龍舟는 천천히 노를 저어 나아갔고,
모피와 비단의 새 옷을 하사받았다.
한낮에 궁궐의 내전에 출입하였고,
靑雲의 고관이 그분을 따라다녔다.
초야로 귀향하자 특별 조서를 내렸고,
나를 만나자 성심으로 친하게 대했다.
유심한 은거의 뜻을 버리지 않고,
총애와 수욕의 일신을 잘 지켰다.
마음껏 담소하고 초야 안일에 연연하며,
좋아하는 술로 진솔한 天性을 표출했다.
술 취해 梁園의 밤놀이에 춤을 추고,

봄날엔 泗水에서 마음껏 노래했다.
뛰어난 재능이나 뜻을 펴지 못하고,
앞길이 막히자 가까운 이웃도 떠났다.
處士였던 禰衡(예형)보다 뛰어났지만,
諸生이던 原憲(원헌)만큼 가난하였다.
식량을 마음대로 구할 수도 없었고,
율무를 구슬이라 비방에 참소를 받았다.
五嶺 일대는 뜨겁고 무더운 곳이고,
三危의 험지로 방출된 처지였었다.
몇 년간 鵩鳥(복조)를 만나는 불운 속에,
기린이 출현할 盛世를 홀로 울며 기다렸다.
蘇武는 先代에 漢朝로 귀환하였고,
黃石公이 어찌 秦朝를 섬기겠는가?
楚王 잔치에 단술 없는 결례에 떠났고,
梁의 옥중에서 결백을 상서했었다.
그때 이미 법의 판결이 내렸으니,
누가 장차 진실을 밝혀 주겠는가?
늙은 나는 가을 달빛 아래 시를 읊고,
병든 육신은 해 저문 강가를 거닙니다.
내게 천자의 은총이 멀어졌다 탓하지 않고,
뗏목을 타고 떠날 나루터 길을 물으렵니다.

| 註釋 | ○ 〈寄李十二白二十韻〉 – 이 시는 두보가 숙종 建元 2년(759)에, 秦州에서 이백의 불우한 소식을 듣고 지은 시로 알려졌다. 《全唐詩》 225권 수록.

○ 昔年有狂客, 號爾謫仙人 – 狂客은 四明狂客이라 불린 賀知章(하지장). 그가 이백을 謫仙人이라고 처음 호칭하였다.

○ 汨沒一朝伸 – 汨은 물에 빠질 골. 汨沒(골몰)은 물에 잠겨 사라지다. 伸은 펼 신.

○ 遇我宿心親 – 宿心은 아주 예부터 알던 심정. 오랜 친구처럼 대우했다는 뜻.

○ 醉舞梁園夜, 行歌泗水春 – 梁園은 漢 문제의 아들 양 효왕의 정원. 이백은 현종 天寶 연간에 梁, 宋, 齊, 魯의 일대를 유람했다. 泗水(사수)는 魯 曲阜(곡부) 근처의 강.

○ 處士禰衡俊, 諸生原憲貧 – 禰衡(예형, 173 – 198, 字는 正平)은 후한 말기 文學家, 才氣가 出衆했다. 孔融(공융)과 交好, 공융의 추천으로 曹操(조조)에 등용. 《三國演義》에서 옷을 벗고 북을 치는 장면이 있다. 조조가 예형을 유표에게, 유표는 다시 黃祖에게 보내 죽이게 했다. 禰는 아비사당 네(예).

原憲(원헌)은 공자의 제자. 전한 鄭玄은, 원헌은 魯人이라고 했다. 《孔子家語》에는 「宋人. 少孔子三十六歲.」라고 했다.

《論語 憲問》은 '원헌이 恥에 대하여 물었다.' 로 시작한다. 공자가 魯의 사구가 되었을 때 원헌은 공자의 가신이 되었다.

○ 薏苡謗何頻 – 薏苡(의이)는 율무. 謗는 비방. 후한 광무제 때의 장군 馬援(마원)은 交趾(교지)의 반란을 평정하러 가서 그곳 율무를 장복하며 풍토병을 이겨내었다. 돌아오며 율무씨를 마차

에 싣고 왔는데 나중에 그것이 남방의 진주와 상아라고 참소를 당했다.

○ 五嶺炎蒸地, 三危放逐臣 – 五嶺은 산맥 이름 중국의 長江 水系와 珠江 수계의 분수령 역할을 하는 대 산맥. 蒸은 수증기 증. 찌다. 三危(삼위)는, 今 甘肅省 일대의 험지.

○ 幾年遭鵩鳥, 獨泣向麒麟 – 鵩鳥(복조)는 부엉이 같은 惡鳥. 전한 賈誼(가의)는 〈鵩鳥賦(복조부)〉를 지어 자신의 불운을 노래했다. 麒麟(기린)은 태평성세에 출현한다는 상서로운 동물. 공자는 기린이 출현했다가 잡혀죽자 자신의 道는 이제 실현될 수 없다며 눈물을 흘렸다.

○ 蘇武先還漢, 黃公豈事秦 – 蘇武는 전한 무제 때 흉노에 사신으로 갔다가 억류되어 19년 만에 귀국했다. 그 지조와 충성심이 변함없었다는 뜻. 黃公(황공)은 전한 초, 商山에 은거한 四皓(사호)의 한 사람. 東園公, 夏黃公, 綺里季(기리계), 甪里先生(녹리선생) 등 四人. 秦에 출사를 거부했다.

○ 楚筵辭醴日, 梁獄上書辰 – 楚王(劉戊)의 잔치 음식에 술을 안 마시는 穆生(목생)을 위한 단술(醴 단술 예)이 없자 목생은 초왕 섬기기를 거부하고 떠났다. 梁獄上書辰은 漢나라 鄒陽(추양)의 고사. 鄒陽(추양, ? – 前 120)은 前漢의 문장가. 자신의 뜻을 변호하는 〈上吳王書, 吳王은 한 高祖의 아들 劉濞〉, 옥중에서 자신의 무죄를 입증하기 위한 〈獄中上梁王書, 梁王은 梁孝王 劉武〉의 名文을 남겼다.

○ 乘槎與問津 – 옛날에 어떤 仙人이 뗏목(槎는 나무 벨 사, 뗏목 사)을 타고 하늘에 올라가 견우와 직녀를 만났다.

問津은 나루터 가는 길을 묻다.《論語 微子》에 나온다.

| 詩意 | 불우한 천재 이백에 대한 憧憬(동경)과 함께 그 恩誼(은의)를 노래하였다. 마치 이백의 일생을 간단명료한 傳記(전기)처럼 서술하였다.

결국 이백의 불우는, 곧 자기 자신에 대한 憐憫(연민)과 통한다. 결말로 두보 자신도 避世(피세)하는 길을 찾아 은거하고 싶다는 뜻을 말하고 있다.

夏日李公見訪(하일이공견방)

遠林暑氣薄，公子過我游.
貧居類村塢，僻近城南樓.
旁舍頗淳樸，所願亦易求.
隔屋喚西家，借問有酒不.
牆頭過濁醪，展席俯長流.
清風左右至，客意已驚秋.
巢多衆鳥鬪，葉密鳴蟬稠.
苦道此物聒，孰謂吾廬幽.
水花晚色靜，庶足充淹留.
預恐尊中盡，更起爲君謀.

여름날 李公이 찾아오다

외진 산골 마을이라 더웁지 않기에,
나를 찾아 李公께서 쉬려고 오셨다.
가난한 내 집은 시골집과 다름없고,
외따른 성내의 남쪽 누각에 가깝다.
이웃집 모두가 그저 순박하기에,
필요한 물건도 쉽게 구할 수 있다.
한집 건너 서쪽 집주인을 불러서,
술이 좀 있나 없나를 물어보았다.

담 너머로 탁주 항아리가 건너오자,
술 자리를 펴고 시냇물을 바라보았다.
시원한 바람 좌우에서 불어오자,
손님은 놀라 가을바람 같다고 한다.
둥지가 많아 새들 싸움이 이어지고,
빽빽한 잎에 매미들 울음이 시끄럽다.
이런 소음 견디기 정말로 어려우니,
누가 나의 초가를 조용타 말하겠나?
물에 핀 꽃이 저녁 햇살에 고요하니,
손님 만류해 재우기 충분히 좋으리라.
술이 없어 자리가 일찍 끝날까 걱정해,
손님 위해 일어나 미리 준비를 해야지.

| 詩意 | 이 시는 안록산이 반란을 일으킨 천보 14년(755)에 지은 시로 알려졌는데, 아마 안록산의 난이 일어나기 직전으로 추정할 수 있다. 이 시는 《全唐詩》 216권에 수록.

李公은 太子家令인 李炎(이염)이다.

두보의 집에 손님이 오셨고, 두보는 진정으로 손님을 접대하였다. 매미와 새소리가 시끄러운 것은 그만큼 한적하다는 뜻이니, 진정으로 조용한 곳이 아니겠는가?

가난한 두보라서 옆집에서 술을 빌려 접대하고, 또 손님을 만류하여 재우려고 다시 술을 마련할 궁리를 한다.

두보의 솔직한 진심이 시골 인심만큼이나 후덕하다.

新安吏(신안리)

客行新安道，喧呼聞點兵.
借問新安吏，縣小更無丁.
府帖昨夜下，次選中男行.
中男絶短小，何以守王城.
肥男有母送，瘦男獨伶俜.
白水暮東流，青山猶哭聲.
莫自使眼枯，收汝淚縱橫.
眼枯眼見骨，天地終無情.
我軍取相州，日夕望其平.
豈意賊難料，歸軍星散營.
就糧近故壘，練卒依舊京.
掘壕不到水，牧馬役亦輕.
況乃王師順，撫養甚分明.
送行勿泣血，僕射如父兄.

新安縣의 관리

나그네가 되어 新安의 길을 가는데,
군사를 점검하는 소리가 시끄러웠다.
신안의 관리에게 물어 보았더니,

작은 현이라서 장정이 없다고 한다.
엊저녁 府에서 소집 영장이 왔는데,
2차로 中男을 골라 보내라고 하였다.
작은 아들은 아주 작고 왜소하니,
어찌 왕성을 지킬 수 있겠는가?
살찐 아들은 어머니가 전송하지만,
마른 아들은 홀로 비실비실 거린다.
환한 강물은 밤에도 동으로 흐르고,
푸른 산들은 밤에 우는 소리를 낸다.
홀로 눈물을 모두 쏟지는 말지어니,
줄줄 흐르는 너의 눈물을 거둘지라.
눈이 움푹 파이고 뼈가 튀어나와도,
세상 사람은 끝내 인정이 없으리라.
우리 군사가 相州를 수복했다니,
밤낮으로 반군 평정을 고대했었다.
어찌 알았으리? 적의 동태를 파악하지 못해,
귀환 군사의 군영이 별처럼 흩어질 줄을!
군량을 구하러 옛 보루로 나갔고,
낙양에 의지해 군졸을 훈련시켰다.
참호를 강가에 닿도록 파지는 않았고,
군마를 사육하기는 그래도 쉬운 일이다.
거기에 나라의 군사는 왕명을 따라,

분명히 군사를 보살피고 먹여줄 것이다.
군대에 보내면서 피눈물을 흘리지 말지니,
僕射(복야)가 부모형제와 같이 돌봐주리다.

| 詩意 | 〈新安吏〉 - 〈신안현의 관리〉.

신안현은, 今 河南省 洛陽市 관할 黃河 남안, 河南省과 山西省의 접경. 이 시는 두보가 숙종 건원 원년(758)에 華州 司空參軍으로 재직할 때 지은 시로 알려졌다.

이 시는 두보가 신안현을 지나면서 목격한 신병 차출하는 현장을 묘사하였다. 이 시에서 징병 대상이 된 中男은 18세 이상, 정남은 23세 이상의 남자를 지칭한다. 이 시에는 안록산과 사사명의 난에서 郭子儀(곽자의, 詩 원문의 僕射)가 거느린 관군의 패전 사실을 완곡하게 묘사 삽입하였다.

이 시는 안록산의 난으로 인하여 백성들이 겪은 고초를 묘사한 〈三吏, 三別詩〉의 하나로, 두보가 사회 실상을 묘사한 詩史의 정수로 알려진 작품이다.

《全唐詩》 217권 수록.

潼關吏(동관리)

士卒何草草，築城潼關道．
大城鐵不如，小城萬丈餘．
借問潼關吏，修關還備胡．
要我下馬行，爲我指山隅．
連雲列戰格，飛鳥不能逾．
胡來但自守，豈複憂西都．
丈人視要處，窄狹容單車．
艱難奮長戟，萬古用一夫．
哀哉桃林戰，百萬化爲魚．
請囑防關將，愼勿學哥舒．

동관현의 관리

사졸들이 어찌 저리 고생하나?
동관의 길에 성곽을 쌓고 있다.
큰 성곽은 쇠보다도 단단하고,
작은 성은 만 길이 넘는다.
潼關의 관리에게 물어보니,
관문을 쌓아 적을 막아야 한다네.
나에게 말을 내려 걸어가라면서,
가야할 산길을 내게 일러준다.

구름까지 닿을 성곽이 갖춰지면,
날아가는 새도 넘을 수 없으리라.
적이 침입해도 지킬 수 있으려니,
어찌 다시 장안을 걱정하겠는가?
저곳 요지는 어르신이 보는 대로,
좁아서 수레 하나만 지날 수 있다.
적군의 침입에 긴 창으로 싸우는,
만고의 영웅 혼자면 막을 수 있으리라.
슬프도다! 桃林의 전투에서,
백만 대군이 물고기처럼 죽었다.
관문 방어 장수에 부탁하나니,
삼가 哥舒翰의 패전을 본받지 마시오.

| 詩意 | 潼關(동관)은 지금 陝西省 동남부 渭南市 관할 潼關縣의 북쪽, 황하에 임한 관문이다. 관문에 최초 설치된 것은 후한 말기 獻帝 때였다. 동관은 關中 땅의 東大門과 같은 곳으로 군사 전략상 필히 차지해야 할 요충지였다. 두보는 〈新安吏〉 시를 지을 때, 동관을 지나며 축성하는 사졸들의 노고를 이 詩로 읊었다. 《全唐詩》 217권에 수록.

安史의 난 초기 755년에, 이곳 동관을 지키지 못하자 곧바로 장안이 위협받게 되어, 현종은 장안성을 버리고 촉의 成都로 피난해야만 했다.

哥舒翰(가서한, 699 – 757)은 본래 돌궐족으로 당의 중앙군을 지휘했으나 패전하여 안록산에게 포로로 잡혔다. 안록산의 아들 安慶緖(안경서)는 안록산을 죽이고 황제가 되었는데 패전하면서 가서한을 죽이고 도주하였다.

石壕吏(석호리)

暮投石壕村，有吏夜捉人.
老翁逾牆走，老婦出門看.
吏呼一何怒，婦啼一何苦.
聽婦前致詞，三男鄴城戍.
一男附書至，二男新戰死.
存者且偸生，死者長已矣.
室中更無人，惟有乳下孫.
有孫母未去，出入無完裙.
老嫗力雖衰，請從吏夜歸.
急應河陽役，猶得備晨炊.
夜久語聲絶，如聞泣幽咽.
天明登前途，獨與老翁別.

석호촌의 관리

저녁에 石壕村에 투숙하였는데,
밤중에 어떤 관리가 사람을 잡으러 왔다.
늙은이는 담장을 넘어 도망쳤고,
할머니는 대문에 나가 만났다.
관리의 호통은 어찌 그리 화가 났고,

할머니 울음은 어찌 저리 괴로운가?
할머니가 관리에게 하는 말을 들으니,
세 아들이 鄴城(업성)에 방수하러 갔다.
한 아들이 서신을 보내왔는데,
두 아들이 얼마 전에 전사했단다.
산 아들은 어떻게든 살아가겠지만,
죽은 자식 영원히 그걸로 끝이란다.
집안에 또 다른 아들도 없고,
오로지 젖을 먹는 손자뿐이란다.
손자 때문에 떠나지 않은 며느리는,
밖에 나가려면 온전한 치마도 없단다.
늙은 노파가 기력이 쇠했지만,
그래도 밤에 관리를 따라가겠단다.
서둘러 河陽의 싸움터에 가서,
그래도 새벽밥을 지어 주겠단다.
밤이 깊어 말소리도 끊어지고,
어둠 속에 흐느끼는 울음만 들려왔다.
날이 밝아 갈 길을 가면서,
홀로 늙은 영감과 작별하였다.

| 詩意 | 상세한 보충이 없어도 상황과 정경이 눈에 선하다. 石壕村(석호촌)은 陝縣(섭현, 今 河南省 三門峽市 관할 陝州區)의 마을이라는 주석이 있다. 결국 영감 대신 노파가 관리를 따라 노역에 차출되

었음을 알 수 있다.

전쟁 동원된 젊은이의 전사, 생계가 막막해진 아내와 젖먹이들, 그래도 또 노역에 강제 동원되어야 할 농민들, 그 민초들의 눈물을 누가 닦아줄 수 있겠는가? 백성들의 잘못으로 안록산의 난이 일어났는가?

두보가 시로 남긴 그때 상황은 바로 역사의 기록이었다. 그러기에 詩史라 할 것이다.

《全唐詩》 217권 수록.

新婚別(신혼별)

兎絲附蓬麻, 引蔓故不長.
嫁女與征夫, 不如棄路旁.
結髮爲妻子, 席不暖君床.
暮婚晨告別, 無乃太匆忙.
君行雖不遠, 守邊赴河陽.
妾身未分明, 何以拜姑嫜.
父母養我時, 日夜令我藏.
生女有所歸, 雞狗亦得將.
君今往死地, 沈痛迫中腸.
誓欲隨君去, 形勢反蒼黃.
勿爲新婚念, 努力事戎行.
婦人在軍中, 兵氣恐不揚.
自嗟貧家女, 久致羅襦裳.
羅襦不復施, 對君洗紅妝.
仰視百鳥飛, 大小必雙翔.
人事多錯迕, 與君永相望.

신혼의 이별

새삼풀이 쑥과 삼(麻)에 붙었으니,

그 넝쿨이 길게 뻗을 수 없으리라.
군사로 나갈 사내에게 딸을 준다면,
길가에 딸을 버리는 것만도 못하다.
머리를 얹고 남의 아내가 되었는데,
자리와 침상이 따뜻할 겨를도 없었다.
저녁에 혼례하고 새벽에 이별해야 하니,
이처럼 급하게 서두르는 일은 없습니다.
낭군이 가는 곳이 멀지 않다지만,
변방을 지키러 河陽에 가야 합니다.
며느리 얼굴이 아직 익지도 않은데,
어떻게 시부모를 모셔야 하나요?
친정 부모께서 나를 기르실 제,
밤낮으로 내가 잘 되길 바랐습니다.
딸을 낳았으니 시집보내야 하고,
닭이나 개도 짝을 지어야 합니다.
낭군은 지금 사지로 떠나갔으니,
침통하여 제 속이 다 뒤집힙니다.
기어코 낭군을 따라 가고 싶지만,
형편이 도리어 황망할 뿐입니다.
신혼의 형편을 생각지 마시고,
군대의 일이나 힘써 하십시오.
여인이 軍中에 있어야 한다면,

군사의 사기가 아니 오를 것입니다.
가난한 집 딸이라 스스로 탄식 속에,
오래 전에 비단 옷을 장만했습니다.
비단 옷을 입을 겨를도 없으며,
당신 위해 꾸미지도 않을 것입니다.
날아가는 모든 새를 바라다보니,
크든 작든 모두가 짝을 지었습니다.
사람의 일이란 잘못이 많다지만,
돌아올 당신을 끝까지 기다립니다.

| 詩意 | 기생하는 식물(兎絲, 토사, 새삼덩쿨)이 큰 나무에 붙이있으면 크게 뻗어갈 수 있다. 그러나 쑥대(蓬, 쑥 봉)나 삼(麻)에 기생했다면 크게 자랄 수 없다. 이처럼 여자의 운명은 남편에 달렸다. 병졸로 끌려갈 사내에게 딸을 시집보낸다면 딸을 버리는 것과 같다는 말은 그 당시에 보편적인 사실이었다.

저녁에 혼례를 치루고 아침에 헤어진다면 시집에 남겨진 여인은 무슨 낙으로 살겠는가? 그래도 여인은 남편의 안부를 걱정하며 일편단심으로 기다린다. 여인의 心思와 獨白을 기록하여 병졸의 아픔과 여인의 쓰라린 고초를 서술하였다.

《全唐詩》 217권 수록.

垂老別(수로별)

四郊未寧靜, 垂老不得安.
子孫陣亡盡, 焉用身獨完.
投杖出門去, 同行爲辛酸.
幸有牙齒存, 所悲骨髓幹.
男兒旣介冑, 長揖別上官.
老妻臥路啼, 歲暮衣裳單.
孰知是死別, 且複傷其寒.
此去必不歸, 還聞勸加餐.
土門壁甚堅, 杏園度亦難.
勢異鄴城下, 縱死時猶寬.
人生有離合, 豈擇衰老端.
憶昔少壯日, 遲回竟長歎.
萬國盡征戍, 烽火被岡巒.
積屍草木腥, 流血川原丹.
何鄕爲樂土, 安敢尙盤桓.
棄絶蓬室居, 塌然摧肺肝.

늙은이의 이별

사방이 아직 안정되지 않아,

노인도 편히 지낼 수 없었다.
子孫이 모두 전쟁에 죽었으니,
이몸이 어찌 혼자서 무사하랴?
지팡이 없이 대문을 나서지만,
일행도 노인 때문에 마음 아프다.
다행히 아직 치아가 남아 있지만,
기력이 모두 쇠잔해 슬플 뿐이다.
사내대장부라며 갑옷을 입고서,
길게 읍하고 상관과 작별한다.
늙은 아내가 길에 누워 우는데,
세밑 추위에 아직 홑옷뿐이다.
이번이 사별일 줄 누가 알겠나?
그래도 아내가 추워한다며 마음 졸인다.
이번엔 어차피 돌아오지 못한다며,
마음껏 먹으라 권하는 말도 들린다.
흙담의 관문은 매우 견고하고,
杏園의 방비를 넘기 역시 어렵다.
형세가 鄴城과는 많이 다르다지만,
싸우다 죽기까지 기일이 있으리라.
인생에 만남과 이별이 있다지만,
어찌 늙고 쇠약한 때를 고르겠는가?
옛날 젊었던 시절을 생각하면서,

뒤늦게 돌아보며 길게 탄식한다.
나라가 모두 전쟁에 동원되었고,
봉수대 횃불이 온산에 걸쳤도다.
시신이 쌓여서 초목도 비린내 나고,
흐르는 핏물에 냇물조차 붉어졌다.
이세상 어디가 복 받은 땅이겠는가?
어이해 아직도 망설여 주저하는가?
초가 살림조차 다 버려야 하나니,
가슴 미어지며 간담도 찢어진다.

| 詩意 | 아들이 병졸로 징발되어 전사했다니 50대 初老이거나 더 먹었을 것이다. 그런데도 또 자신이 병졸로 차출되어 늙은 아내와 헤어진다. 과연 살아 돌아올 수 있을는지? 온 나라가 전쟁 때문에 난리인데, 아마 다시 돌아오기 어려우리라.

두보는 늙어 징집된 노인의 상상과 독백을 자신의 경험에 의거 사실적으로 묘사하였다. 이 시는 〈三吏〉와 같은 시기에 지어진 것으로, 시에 '歲暮(세모)'란 말이 있어 숙종 建元 2년(759)에 지어진 작품으로 추정한다.

《全唐詩》 217권 수록.

無家別(무가별)

寂寞天寶後，園廬但蒿藜.
我里百餘家，世亂各東西.
存者無消息，死者爲塵泥.
賤子因陣敗，歸來尋舊蹊.
人行見空巷，日瘦氣慘淒.
但對狐與狸，豎毛怒我啼.
四鄰何所有，一二老寡妻.
宿鳥戀本枝，安辭且窮棲.
方春獨荷鋤，日暮還灌畦.
縣吏知我至，召令習鼓鞞.
雖從本州役，內顧無所攜.
近行止一身，遠去終轉迷.
家鄉旣蕩盡，遠近理亦齊.
永痛長病母，五年委溝溪.
生我不得力，終身兩酸嘶.
人生無家別，何以爲烝黎.

집도 없는 이별

天寶 연간 이후 적막해진 산천에,

집과 땅은 온통 쑥과 잡초에 묻혔다.
우리 마을 백여 호가 넘는 집들이,
난리 세상 만나 동서로 흩어졌다.
살은 사람도 소식이 없으며,
죽은 사람은 땅속에 묻혔다.
미천한 나는 패잔병이 되었고,
돌아와 예전 옛길을 찾았다.
사람 다니던 골목은 비었고,
차갑고 을씨년스런 분위기다.
다만 여우나 삵괭이를 만나서,
머리털이 곤두서며 놀라 소리친다.
사방 마을에 누가 남았는가?
늙은 과부들 한두 명이 있을 뿐.
둥지 튼 새도 옛 가지가 그립나니,
가난한 옛집 어찌 버릴 수 있나?
때마침 봄철이라 홀로 괭이 메고 나가,
저물녘까지 고랑에 물을 대고 돌아온다.
현청의 관리는 내가 돌아온 줄 알고서,
다시금 불러서 북치기를 익히라 한다.
비록 고향 관청의 노역이라 하지만,
마을을 둘러보아 작별할 사람도 없다.
가까운 곳이라도 이 한 몸뿐이고,

먼데라도 어차피 곳곳을 떠돌 몸.
집과 고향이 이미 모두 없어졌으니,
머나 가까우나 떠나긴 매한가지다.
오래 앓다 죽은 모친이 늘 애통하니,
5년을 구렁텅이에 버려둔 셈이었다.
나를 낳았지만 아들 노릇도 못했으니,
이몸 죽더라도 둘 다 쓰디쓴 울음뿐!
살아서 이별할 가족도 없나니,
어찌나 백성의 도리라 하리오?

| 詩意 | 전쟁터에 징발되었다가 패전 뒤에 귀향하였으나, 가족과 친척도 없는 처지에서 다시 징발당한 사내의 사연을 읊었다. 병든 모친을 봉양도 못한 불효자의 후회가 가슴을 후려판다. 이렇게 눈물로 살아야 할 사람이니 언제 사람 노릇을 할 수 있겠는가? 참으로 암담한 심정뿐! 이는 두보 자신의 슬픔이며 쓰라린 후회가 아니겠는가?

《全唐詩》 217권에 수록.

飮中八仙歌(음중팔선가)

知章騎馬似乘船，眼花落井水底眠.
汝陽三斗始朝天，道逢麴車口流涎，
恨不移封向酒泉.
左相日興費萬錢，飮如長鯨吸百川，
銜杯樂聖稱避賢.
宗之瀟灑美少年，擧觴白眼望靑天，
皎如玉樹臨風前.
蘇晉長齋繡佛前，醉中往往愛逃禪.
李白斗酒詩百篇，長安市上酒家眠，
天子呼來不上船，自稱臣是酒中仙.
張旭三杯草聖傳，脫帽露頂王公前，
揮毫落紙如雲煙.
焦遂五斗方卓然，高談雄辨驚四筵.

술을 즐긴 팔선을 노래하다

賀知章은 말을 타고도 배를 탄 듯 흔들거렸고,
몽롱하게 취하면 우물 바닥서도 잘 수 있었다.
汝陽王은 서 말 술을 마셔야만 황제를 뵙고,
누룩 실은 수레를 보면 길에서 침을 흘렸으며,
封地를 酒泉郡에 옮길 수 없다고 한탄하였다.

左相 李適之는 날마다 1만 전을 소비하면서,
고래가 온 강물을 다 마시듯 술을 마셨는데,
술을 마시나 청주를 즐기고 탁주는 피한다 했다.
崔宗之는 소탈한 미소년과 같았으니,
술잔을 들고 白眼으로 青天을 바라다보는데,
바람을 마주한 玉樹마냥 皎皎(교교)하였다.
蘇晉은 素食하며 수놓은 불상에 빌면서도,
취하면 참선한다고 가끔 즐겨 핑계 대었다.
李白은 한 말 술에 詩 백 편을 읊었으며,
長安의 저잣거리 술집서도 잠을 잤고,
天子가 불러도 배를 오르지 못하면서도,
臣은 술 취한 신선이라고 자칭하였다.
張旭은 三杯를 마셔야 草聖이라 불리었고,
王公 앞이라도 관모를 벗고 맨머리를 내보이고,
종이 위에 붓을 대어 휘호하면 풍운이 일어났다.
焦遂(초수)는 닷 말 술에도 끄떡없었으며,
고담과 웅변으로 만좌한 사람들을 놀랬다.

| 註釋 | ○ 〈飮中八仙歌〉 – 〈술을 즐긴 팔선을 노래하다〉.

이 시에 등장하는 인물들의 生平을 종합할 때, 天寶 5, 6년(746 – 747) 경에 지은 시라고 알려졌다. 이들 중에는 두보가 직접 교제한 인물도 있지만, 직접 교제가 없어도 행적을 전해듣고 친밀감에서 서술한 경우도 있다. 《全唐詩》 216권 수록.

○ 知章騎馬似乘船 – 賀知章(하지장, 659 – 744) – 秘書監 역임, 별호 四明狂客.

○ 汝陽三斗始朝天 – 汝陽王 李璡(이진, ? – 750) – 현종의 조카. 汝陽王에 被封.

○ 左相日興費萬錢 – 左相은 李適之(이적지), 天寶 元年(742)에 左丞相, 李林甫에 밀려 자살했다.

○ 宗之瀟灑美少年 – 崔宗之(최종지)는 崔日用의 아들, 齊國公의 작위 계승.

○ 蘇晉長齋繡佛前 – 蘇晉(소진)은 太子左庶子 역임.

○ 張旭三杯草聖傳 – 張旭(장욱, ?675 – 750, 字는 伯高) – 開元 연간에 常熟尉 역임. 工於書法, '草聖' 의 칭호. 술에 취해야만 초서를 휘둘러 쓰기에 張顚(장전)이라는 별호로 통했다.

○ 焦遂五斗方卓然 – 焦遂(초수) – 개인 전기 미상. 布衣.

| 詩意 | 여기 등장하는 八仙의 공통점은 기본적으로 愛酒하면서도 세속적 禮教의 속박에서 벗어나 자유분방한 생활을 즐겼다. 이를 통해 그들의 소탈한 인품을 볼 수 있다.

두보가 그런 인품에 호감을 갖고 있었다는 것은 두보의 인품 또한 그러했다는 뜻이다.

시에 일정한 형식적 제약이 없는 사실 또한 이 시의 특징이 아니겠는가? 전체적으로 생동감 있는 묘사가 등장인물의 개성을 돋보이게 한다.

悲陳陶(비진도)

孟冬十郡良家子, 血作陳陶澤中水.
野曠天清無戰聲, 四萬義軍同日死.
群胡歸來血洗箭, 仍唱胡歌飮都市.
都人回面向北啼, 日夜更望官軍至.

진도의 패전을 슬퍼하다

열 개 郡 良家의 자제가 죽은 그 초겨울,
흘린 피가 陳陶에 모여 연못이 되었다.
넓은 들 맑은 하늘, 전투 함성 그쳤지만,
나라를 구하려던 4만 명이 한날에 전사했다.
수많은 반란군 모여 피 묻은 병기를 씻고서,
오랑캐 떼 지어 노래하고 도성서 술을 마셨다.
도성의 백성은 고개를 돌려 북쪽 보고 울면서,
관군의 진격을 밤낮으로 바래고 또 바랬다.

| 詩意 | 陳陶(진도, 陳濤斜)는 장안의 이웃 咸陽縣의 지명으로, 陳陶澤(진도택)으로도 불린다. 숙종 至德 원년(756) 10월, 관군을 지휘한 房琯(방관)이 여기서 반란군에게 대패했다. 그때 막 즉위한 숙종은 장안의 서북쪽 彭原(팽원, 今 甘肅省 동남부 寧縣)에 머물고 있어 백성들은 관군의 진격을 고대하고 있었다. 이 시는 관군의 패전에 따른 고통이 어떠한가를 충분히 짐작케 하는, 그야말로 사실의 기록이다. 《全唐詩》 216권 수록.

韋諷錄事宅觀曹將軍畫馬圖

(위풍록사택관조장군화마도)

國初已來畫鞍馬, 神妙獨數江都王.
將軍得名三十載, 人間又見眞乘黃.
曾貌先帝照夜白, 龍池十日飛霹靂.
內府殷紅瑪瑙盌, 婕妤傳詔才人索.
盌賜將軍拜舞歸, 輕紈細綺相追飛.
貴戚權門得筆跡, 始覺屛障生光輝.
昔日太宗拳毛騧, 近時郭家獅子花.
今之新圖有二馬, 復令識者久嘆嗟.
此皆騎戰一敵萬, 縞素漠漠開風沙.
其餘七匹亦殊絶, 迥若寒空動煙雪.
霜蹄蹴踏長楸間, 馬官厮養森成列.
可憐九馬爭神駿, 顧視淸高氣深穩.
借問苦心愛者誰? 後有韋諷前支遁.
憶昔巡幸新豐宮, 翠華拂天來向東.
騰驤磊落三萬匹, 皆與此圖筋骨同.
自從獻寶朝河宗, 無復射蛟江水中.
君不見, 金粟堆前松柏裏, 龍媒去盡鳥呼風!

위풍 녹사 댁에서 曹장군의 말 그림을 보다

唐 개국 이후에 말을 그린 화가 중에,
신묘한 솜씨로 홀로 江都王을 꼽았었다.
장군(曹霸, 조패)이 이름을 얻은 지 삼십 년,
세상 사람은 다시 명마도를 볼 수 있었다.
전날 先帝의 명마 照夜白을 그릴 때,
龍池에선 열흘이나 벼락치고 천둥이 울었다.
황궁 창고의 진홍색 마노 쟁반을,
女官 첩여가 뜻을 전하고 才人이 들고 왔다.
옥반을 하사받고 장군은 예를 올리고 돌아오니,
가볍고 좋은 비단이 연달아 뒤를 이었었다.
황족과 권문들이 장군의 그림을 얻어갔으니,
그제야 병풍에서 광채가 나는 것을 알았다.
옛날에 태종의 拳毛騧(권모왜)란 명마가 있었고,
요즈음 郭子儀의 獅子花란 명마가 있도다.
지금 새로 그린 말 두 필 그림이 있는데,
볼 줄 아는 사람을 다시 오래 감탄케 한다.
이 모두 馬戰서 一當萬의 준마들이니,
흰 비단은 너른 사막에 모래바람을 일으킨다.
그 나머지 일곱 필 역시 뛰어난 걸작이니,
저 멀고먼 차가운 하늘에 눈보라를 불러온다.
준마의 발굽은 길게 난 가래나무 숲을 달리고,

키우는 馬官과 마부가 줄지어 늘어 서있다.
정말로 멋진 준마 아홉 필 모두 신들린 준마로,
다시 보니 淸新高尙하며 기질은 深重安穩하다.
여기서 묻나니, 고심하며 아끼는 이 누구인가?
지금은 韋諷이 있고, 전에는 支遁이 있었다.
옛날을 생각하니 新豐宮에 순행 나갈 적에,
푸르른 깃발이 하늘을 쓸며 東으로 향했다.
힘찬 도약과 준수한 삼만 필 말들이,
모두 그림 속 근육과 골격 그대로였다.
玄宗이 四川서 돌아와 붕어한 이후로,
아무도 水中의 교룡을 잡는 일이 없었다.
그대는 못 보았나? 金粟山 황릉의 오솔길에,
준마와 용은 사라졌고, 새들만 지저귄다!

| 註釋 | ○ 〈韋諷錄事宅觀曹將軍畫馬圖〉 – 〈위풍 녹사댁에서 조장군의 말 그림을 보다〉. 韋는 다룬 가죽 위. 諷은 외울 풍. 韋諷은 人名. 閬州(낭주, 四川省)의 錄事. 錄事는 지방 관아의 書記. 杜甫가 그의 저택에서 말 그림을 보고 이 시를 지었다.

曹將軍은 左武將軍 曹霸(조패), 武將으로 말을 잘 그렸으며, 특히 玄宗 開元 연대에 유명했다. 魏 曹髦(조모, 曹操의 증손)의 후손으로 左武衛將軍을 역임했다.

○ 國初已來畫鞍馬 – 國朝 唐의 開國 이후로. 鞍馬는 안장을 얹은 말, 사람이 올라 탄 말.

○ 神妙獨數江都王 – 江都王은 唐 高祖의 손자, 太宗의 조카로, 江都(揚州)의 왕으로 봉해진 李緖(이서). 그는 예술적 재능이 많았으며 특히 말 그림으로 이름이 높았다.

○ 將軍得名三十載 – 將軍은 장군, 曹霸(조패). 載는 실을 재. 해(年).

○ 人間又見眞乘黃 – 又는 또 우. 又見 (江都王 李緖의 다음으로) 또 볼 수 있다. 乘黃(승황)은《山海經》에 나오는 神馬. 여우같이 생겼고 등에 뿔이 났다고 한다.

○ 曾貌先帝照夜白 – 전에는 당 현종의 명마 '조야백'을 그렸다. 曾는 일찍이 증. 貌는 얼굴 모. 그리다. 先帝는 唐 玄宗. 照夜白은 玄宗이 타던 名馬의 이름. 玉花驄(옥화총)이라는 명마도 있었다.

○ 龍池十日飛霹靂 – 龍池는 玄宗의 離宮(이궁)인 興慶宮(흥경궁) 안에 있는 연못. '항상 구름이 자욱하고 이따금 황룡이 나타나 보였다. 그래서 용지라고 했다.(常有雲氣, 或見黃龍出其中, 謂之龍池.)' 十日 – 曹장군이 玄宗의 명마 조야백을 그리는 10일간. 霹은 벼락 벽. 靂은 벼락 역(력). 천둥. 飛霹靂 – 본래 神龍과 名馬는 서로 감응한다. 名馬 그림에 龍이 感動하고 열흘 간 천둥 번개를 쳤다.《明皇雜錄》.

○ 內府殷博士馬腦盤 – 內府는 궁중의 창고. 황실 소장품을 저장해두는 內庫. 殷 성할 은. 많다. 殷紅(은홍)은 짙은 紅色. 腦는 머리 뇌.(본음 노). 馬腦(마뇌)는 瑪瑙(마노). 줄무늬에 빛이 나는 보석의 일종. 盤은 쟁반 반, 소반 반. 盌은 주발.

○ 婕妤傳詔才人索 – 婕은 궁녀 첩. 妤는 여관 여(女官의 직위 이

름). 첩여는 正三品에 해당하는 후궁. 才人은 正四品의 여관. 唐 황제는 후궁으로 9명의 첩여와 7인의 재인을 거느렸다.

唐 皇帝는 황후 이외에 四夫人(貴妃, 淑妃, 德妃, 賢妃. 正一品)와 九嬪(9빈 昭儀, 昭容, 昭媛, 修儀, 修容, 修媛, 充儀, 充容, 充媛. 正二品)과 27世婦(婕妤, 美人, 才人. 正三品~正五品), 81御妻(正六品~正八品)를 거느릴 수 있었는데, 正六品 이하는 궁궐의 업무를 분담하였다.

傳詔 – 詔(황제의 명령)를 전하다. 索은 찾을 색. 마노 쟁반을 창고에서 찾아가지고 오다.

○ 盤賜將軍拜舞歸 – 拜舞는 신하가 관직이나 녹봉을 받았을 때 임금에게 올리는 예절. 황제의 말을 그렸기에 황제의 특별 하사품을 받았다는 서술.

○ 輕紈細綺相追飛 – 紈은 흰 비단 환. 綺는 비단 기. 相追飛는 각각 뒤따라 오다. 귀인들이 여러 선물을 보내 왔다.

○ 貴戚權門得筆跡 – 貴戚은 고귀한 인척. 皇族.

○ 始覺屛障生光輝 – 始覺은 비로소(처음) 알다. 屛障(병장)은 병풍. 光輝(광휘)는 광채.

○ 昔日太宗拳毛騧 – 騧는 공골말 왜. 주둥이가 검은 말. 拳毛騧(권모왜)는 당 太宗의 名馬 중 하나.

○ 近時郭家獅子花 – 郭家는 郭子儀(697~781 玄宗, 肅, 代, 德宗의 4조를 섬긴 정치인, 武將.) 獅子花(사자화) – 곽자의의 말 이름. 代宗이 그에게 하사한 말. 곽자의는 두보와 동 시대에 살았다.

○ 復令識者久嗟歎 – 識者는 太宗의 명마 권모왜와 곽자의의 명

마 獅子花(사자화)가 있었다는 사실을 아는 사람.

○ 此皆騎戰一敵萬 – 一敵萬은 말 한 필이 일만 기병을 상대하다. 一當萬.

○ 縞素漠漠開風沙 – 縞는 명주 호. 흰 빛. 素는 흴 소. 희다. 縞素(호소)는 그림을 그리는 흰 비단. 漠은 광활하고 아득한 모양. 구름이 짙게 낀 모양. 開風沙는 모래바람이 일어나다.

○ 其餘七匹亦殊絶 – 殊絶은 매우 뛰어나다.

○ 逈若寒空動烟雪 – 逈은 멀 형. 若은 같을 약. 烟雪(연설)은 눈보라.

○ 霜蹄蹴踏長楸間 – 霜은 서리 상. 蹄는 발 굽 제. 차며 달리가다. 霜蹄는 하얀 말발굽. 蹴은 찰 축. 踏은 밟을 답. 蹴踏(축답)은 달리다. 楸는 개오동나무 추, 호두나무 추.

○ 馬官廝養森成列 – 廝는 하인 시. 廝養(시양)은 말을 먹이는 사람.

○ 可憐九馬爭神駿 – 憐은 어여삐 여길 연(련). 可憐은 여기서는 자랑스럽다. 神駿은 神馬와 駿馬.

○ 顧視淸高氣深穩 – 顧는 돌아볼 고. 氣深穩은 말의 기개가 深重하면서도 安穩(안온)하다.

○ 借問苦心愛者誰 – 苦心愛者誰는 고심하며 말을 아끼는 자 누구인가?

○ 後有韋諷前支遁 – 韋諷(위풍) – 曹장군이 말을 그리고 있는 집주인. 위 제목에 나온 위풍녹사. 遁은 숨을 둔, 달아날 둔. 支遁(지둔)은 晉代의 승려, 支道林(지도림).

《世說新語》言語篇(언어편)에 다음 같은 말이 있다.

'지도림이 여러 마리 말을 키우고 있었다. 어느 道人이 말을 키우는 것은 운치가 없다.' 고 말했다. 이에 지도림이 '나는 말의 神異와 빼어남을 중히 여길 뿐이다.(貧道重其神駿耳.)' 라고 말했다.

○ 憶昔巡行新豐宮 – 新豐宮(신풍궁)은 長安 동쪽 驪山(여산) 아래에 있는 離宮(이궁). 나중에는 華清宮(화청궁)이라 改名. 玄宗이 楊貴妃와 함께 가서 온천을 즐긴 離宮(이궁).

○ 翠華拂天來向東 – 翠華(취화)는 푸른 깃으로 장식한 황제의 깃발. 拂天(불천)은 하늘을 쓸고 가는 것 같다. 황제 행차의 장엄한 모양을 서술하였다.

○ 騰驤磊落三萬匹 – 騰은 오를 등. 驤은 말이 머리 쳐들 양. 騰驤(등양)은 높이 뛰어오르고 세차게 내닫다. 磊는 돌무더기 뇌(뢰). 磊落(뇌락)은 용모가 준수한 모양. 높고 큰 모양. 도량이 넓어 작은 일에 구애받지 않다. 三萬匹 – 엄청나게 많은 말.

○ 皆與此圖筋骨同 – 筋은 힘줄 근. 筋骨(근골)은 말의 몸통이나 뼈대. 혹은 체격이나 힘.

○ 自從獻寶朝河宗 – 自從은 ~로 부터. 朝 ~ 향하다. 河宗 – 황하의 河神. 河伯.

《穆天子傳(목천자전)》에 다음 같은 故事가 있다. '周의 목천자가 서쪽 순행 길에 양우산에 가서 하백 馮夷(풍이)에게 예물을 올리자, 하백이 목천자에게 보물을 주었다. 그 후 목천자는 도성에 돌아와서 죽었다.'

곧 이 구절은 현종이 安祿山의 亂을 당해, 서쪽으로 피난 갔다가 돌아와 죽었다는 뜻.

○ 無復射蛟江水中 – 그 후 아무도 다시 강물 속에 있는 蛟龍(교

룡)을 쏘는 사람이 없다. 《漢書 武帝紀》에 다음과 같은 고사가 있다. '元封 5년에, 武帝가 潯陽(심양)에서 배를 타고 강으로 나가 강물 속의 교룡을 쏘아서 잡았다.' 여기서는 玄宗이 죽은 다음 다시는 거창한 행사가 없게 되었다는 뜻이다.

○ 君不見, 金粟堆前松柏裏 – 粟은 조 속. 곡식. 金粟 – 산 이름. 이 산에 현종의 무덤 泰陵이 있다. 堆는 언덕 퇴. 무더기. 金粟堆(금속퇴)는 현종의 능묘, 泰陵.

○ 龍媒去盡鳥呼風 – 媒는 중매할 매. 龍媒(용매)는 용이 매체가 되어 나타나는 天馬나 神馬. 龍媒去盡(용매거진)은 天馬는 거의 다 없어지고. 鳥呼風(조호풍)은 새들만이 바람에 우짖고 있다. 英明한 玄宗 때는 명마 준마가 많았으나 지금은 새들만이 지저귀고 있다는 한탄의 뜻.

| 詩意 | 玄宗의 失政은 안록산과 史思明에 의해 진행된 安史의 난(755 – 763)을 초래했고, 안사의 난을 기점으로 당은 쇠퇴기에 접어든다. 이 시는 반란을 피해 촉(蜀, 사천성)을 유랑하던 두보가 53세(764년) 때 成都에서 지은 것이다.

그때는 역사의 주인공인 현종이 죽은 지 2년이 지난 때였다. 이때 성도에 우거하고 있던 두보가 韋諷(위풍)의 집에서 曹霸(조패) 장군이 그린 '명마의 그림'을 보고 그 감회를 읊은 것이다.

이 시를 다음과 같이 3단으로 나눌 수 있다.

제1단 – 1~6聯까지, 당나라 초기에는 강도왕 李緖(이서)가 말을 잘 그렸다. 그 후 당 현종 시대에는 曹霸(조패) 장군이 유명했다. 그는 전에 당 현종의 애마 照夜白(조야백)을 그려 龍을 감동케

했으며, 천자로부터 보물을 내려 받았다. 이에 당시의 왕족, 귀족들이 막대한 재물을 대가로 그의 그림을 구했다. 이상은 화가 조패에 대한 기술이다.

제2단 – 7~13聯까지, 두보는 위풍이 간직하고 있는 조패의 '새로운 그림(新圖)' 을 보고, 그림 속에 그려진 아홉 마리의 駿馬를 생생하고 약동적인 필치로 묘사했다. 제2단은 고정된 문자의 기술이 아니고, 오늘의 TV의 動畫(동화)를 보는 듯하다.

제3단 – 14~17聯까지, 詩의 중심 모티브를 확 바꾸었다. 제1단에서는 화가에 대한 기술, 제 2단에서는 그가 그린 준마의 뛰어 달리는 모양을 생동감 있게 그렸다. 이어 3단에서는 당 현종의 榮華盛衰(영화성쇠)를 애잔한 필치로 기술했다.

그래서 두보의 시를 詩史라고 한다. 그는 詩史로써 역사적 고발을 하였다. 그림 속의 名馬는, 곧 현명하고 용맹했던 名臣 武將들이다.

丹靑引(단청인) 贈曹霸將軍(증조패장군)

將軍魏武之子孫，於今爲庶爲淸門.
英雄割據雖已矣，文彩風流猶尙存.
學書初學衛夫人，但恨無過王右軍.
丹靑不知老將至，富貴於我如浮雲.
開元之中常引見，承恩數上南熏殿.
淩煙功臣少顔色，將軍下筆開生面.
良相頭上進賢冠，猛將腰間大羽箭.
褒公鄂公毛發動，英姿颯爽來酣戰.
先帝天馬玉花驄，畫工如山貌不同.
是日牽來赤墀下，迥立閶闔生長風.
詔謂將軍拂絹素，意匠慘澹經營中.
斯須九重眞龍出，一洗萬古凡馬空.
玉花卻在御榻上，榻上庭前屹相向.
至尊含笑催賜金，圉人太僕皆惆悵.
弟子韓幹早入室，亦能畫馬窮殊相.
幹惟畫肉不畫骨，忍使驊騮氣凋喪.
將軍畫善蓋有神，必逢佳士亦寫眞.
卽今飄泊干戈際，屢貌尋常行路人.
途窮反遭俗眼白，世上未有如公貧.

但看古來盛名下，終日坎壈纏其身.

단청의 노래, 조패 장군에게 보내다

曹장군은 魏 武帝 曹操의 자손이나,
오늘엔 서민으로 청빈하게 살고 있다.
영웅이 할거하던 시절은 비록 끝났지만,
文彩나 풍류만은 지금도 여전히 남아있다.
書法을 처음에는 衛부인을 모방해 배웠으나,
다만 王右軍를 넘어서지 못한 한이 있도다.
그림을 그리다 보니 늙는 줄도 모르고,
富貴는 그에게 마치 뜬구름이라 여겼다.
開元 연간에는 황제가 자주 불러 만났고,
承恩을 입어 여러 번 남훈전에 올랐었다.
능연각 공신의 초상화 빛이 바래어,
장군이 붓을 대니 본 얼굴이 살아났다.
良相은 머리에 進賢冠을 쓰고,
猛將은 허리에 大羽箭을 찼도다.
褒公(포공)과 鄂公(악공)의 머리카락이 움직이고,
영웅의 모습으로 선선히 달려와 싸울 듯하다.
先帝의 天馬인 玉花驄(옥화총)을 그린,
화공은 산처럼 많았으나 모습이 같지 않았다.
어느 날 붉은 섬돌 아래에 끌려온 옥화총이,

궁문 앞 우뚝 서자 큰 바람이 일어났다.
조서를 내려 장군에게 흰 비단 펼쳐라 하니,
구도를 꾸며 비장한 마음으로 그려 나갔다.
어느새 구중궁궐에 진짜 용마가 그려지자,
만고의 모든 말 그림이 씻은 듯 없어졌다.
옥화총이 이제 어탑 위에 걸리고,
어탑과 뜰 앞의 말이 우뚝 마주 보고 섰다.
황제는 웃음 띠며 은사금을 재촉했고,
마부나 관리들이 모두 당황해 했었다.
제자인 韓幹(한간)도 일찍 높은 경지에 들었으니,
그 역시 말의 특별한 모양을 잘 그렸었다.
한간은 겉을 그릴 뿐, 神氣를 그리진 못했으니,
한간이 그린 명마는 氣를 잃을 수밖에 없었다.
장군은 그림도 뛰어나고 신기까지 넘쳐났으며,
꼭 만날 佳人이라면 그 참모습을 그렸다.
지금은 전란 싸움터를 떠돌면서,
가끔은 보통 행인들을 그려 주었었다.
궁벽한 처지에다 속인들의 백안시를 당했으니,
세상엔 장군마냥 가난한 사람도 있지 않았다.
다만 예로부터 이름 남긴 사람들을 본다면,
평생토록 불우한 역경에 휩싸였었다.

| 註釋 | ㅇ 〈丹青引贈曹霸將軍〉 – 〈단청의 노래, 조패 장군에게 보내다〉. 丹青은 붉은색과 푸른색. 그림. 引(인)은 '사물의 본말을 설명' 하는 뜻의 악부시 제목. 贈은 보낼 증. 霸는 으뜸 패. 曹霸(조패)는 人名. 曹操(조조)의 증손인 曹髦(조모), 조모의 후손이 唐 左武衛將軍 曹霸(조패), 武將으로 말을 잘 그렸으며, 특히 玄宗 開元 연간에 유명했다.

ㅇ 將軍魏武之子孫 – 魏武는 魏의 武帝(曹操를 추존한 호칭).

ㅇ 於今爲庶爲淸門 – 於今(어금)은 지금은. 爲庶(위서)는 서민이 되다. 淸門은 寒門, 淸貧한 家門. 조패 장군도 현종 말년에 得罪하고 庶人이 되었다고 한다.

ㅇ 文彩風流今尙存 – 詩文이나 예술의 풍류는 지금 여전히 남아 있다. 曹操와 장남 曹丕(조비, 魏 文帝), 5남 曹植 父子는 建安 文風의 지도자였다.

ㅇ 學書初學衛夫人 – 衛夫人(위부인)은 晉나라의 衛鑠(위삭), 자는 茂猗(무의), 汝陽(여양)태수 李矩(이구)의 부인으로 隸書(예서)를 잘 썼다. 王羲之(왕희지)가 그녀에게 배웠다. 조장군은 위부인의 글씨를 모방하여 글씨를 공부했다는 뜻이지 직접 배웠다는 뜻은 아니다.

ㅇ 但恨無過王右軍 – 無過는 더 잘하지는 못했다. 王右軍(왕우군)은 王羲之. 왕희지는 書聖(서성)이라 일컬어진다. 관직은 右軍將軍(우군장군)이었다.

ㅇ 丹青不知老將至 – 丹青은 그림. 그림을 그리다. 不知老 – '其爲人也, 發憤忘食, 以忘憂, 不知老之將至.(그의 사람됨은 분발하면 먹는 일도 잊고, 걱정도 잊고 늙는 줄도 모른다.)' 《論語 述

而(술이)》

- 富貴於我如浮雲 – '不義而富且貴, 於我如浮雲.(의롭지 않은 부귀는, 나에게는 뜬구름과 같다.)'《論語 述而》
- 開元之中常引見 – 開元은 서기 713~741년.
- 承恩數上南薰殿 – 數은 여러 번, 여러 차례. 南薰殿(남훈전)은 당의 궁궐 이름. 正殿인 興慶宮(홍경궁) 앞에 남훈전이 있었다.
- 凌煙功臣少顔色 – 凌은 능가할 능. 煙은 구름 연. 凌煙(능연)은 구름위에까지 솟다. 凌煙閣 – 唐 건국 공신들의 초상화를 그려 보관한 건물. 그들의 공적이 크고 찬란하여 구름 위에 가지 솟아다는 뜻. 太宗이 貞觀 17년(643)에 閻立本(염립본)에게 공신 24명의 초상화를 그려 보관케 하였나. 少顔色(소안색)은 색이 바래다. 顔色은 색깔. 낯빛, 얼굴색.
- 將軍下筆開生面 – 開生面은 본래의 모습이 나타나다.
- 良相頭上進賢冠 – 進賢冠은 검은 冠帽(관모), 文武官이 朝參(조참)할 때 착용한다.
- 猛將腰間大羽箭 – 腰는 허리 요. 大羽箭(대우전) – 깃털 장식을 한 화살. 太宗은 武功을 세운 무장에게 특별히 큰 깃털 달은 화살을 하사했다.
- 褒公鄂公毛髮動 – 褒는 기릴 포. 褒公(포공)은 태종의 공신 段志玄(단지현). 鄂은 땅이름 악. 鄂公(악공) 태종의 공신 尉遲敬德(울지경덕, 585 – 658, 위지경덕이 아님).
- 英姿颯爽來酣戰 – 颯은 바람소리 삽. 시원스럽다. 씩씩하다. 爽은 시원할 상. 颯爽(삽상) – 씩씩하고 시원시원하다. 來酣戰(내감전)은 (그림 속에서 나와) 세차게 싸울 듯하다. 酣은 즐길 감.

이상은 조패가 다시 그린 능연각 초상화의 모습을 묘사했다.

○ 先帝天馬玉花驄 – 先帝는 玄宗. 天馬는 天子의 馬匹. 玉花驄(옥화총)은 현종이 타던 名馬. 털빛이 희고 검은 말을 驄(총)이라 한다.

○ 是日牽來赤墀下 – 是日은 어느 날. 牽은 끌 견, 당길 견. 牽來는 불려왔다. 墀는 섬돌 위의 뜰 지. 赤墀(적지)는 섬돌 위에 있는 궁전의 앞마당. 바닥을 丹沙(단사)로 돋웠으므로 적지라고 한다.

○ 逈立閶闔生長風 – 逈은 멀 형. 현저히. 逈立은 우뚝 서다. 閶은 천문 창. 闔은 문짝 합. 閶闔(창합)은 하늘에 있다는 자미궁의 문. 여기서는 궁궐 문. 長風은 세찬 바람.

○ 詔謂將軍拂絹素 – 詔는 고할 조. 황제의 뜻, 명령. 拂은 떨칠 불. 펴다. 絹은 명주 견. 絹素는 하얀 명주. 비단.

○ 意匠慘憺經營中 – 意匠(의장)은 구상하다. 慘憺(참담)은 고심하다. 經營은 그리는 작업을 진행하다.

○ 斯須九重眞龍出 – 斯는 이 사. 須는 모름지기 수. 斯須(사수)는 삽시간에, 須臾(수유, 잠깐 사이)와 같다. 眞龍出은 진짜와 같은 龍馬가 그려졌다.

○ 一洗萬古凡馬空 – 一洗(일세)는 단번에 쓸어버리다. 씻어버리다. 空은 없는 것이 되다.

○ 玉花卻在御榻上 – 御는 어거할 어. 榻은 걸상 탑. 御榻(어탑)은 황제가 앉는 자리.

○ 榻上庭前屹相向 – 榻上(탑상)은 황제의 어탑에 있는 그림의 玉花驄. 庭前 뜰에 서있는 진짜 말 玉花驄. 屹은 산이 우뚝 솟을 흘.

○ 至尊含笑催賜金 – 至尊(지존)은 玄宗. 황제. 含笑(함소)는 웃음을 머금다. 催는 재촉할 최. 賜金(사금)은 恩賜金.

○ 圉人太僕皆惆悵 – 圉는 마부 어. 圉人(어인)은 목장에서 말을 사육하는 벼슬아치. 太僕(태복) – 天子의 馬匹을 관리하는 관원. 惆는 한탄할 추. 悵은 슬퍼할 창. 皆惆悵(개추창)은 모두가 당황하여 어쩔 줄을 모른다.

○ 弟子韓幹早入室 – 韓幹(한간)은 인명. 大梁 사람. 말 그림과 인물 초상화로 명성이 높았다. 벼슬은 大府寺丞(대부사승), 조패 장군의 제자로 王維도 이 사람을 칭찬했었다. 韓幹(한간)의 〈牧馬圖〉가 대만의 故宮박물관에 소장되어 있다. 早入室(조입실)은 일찍이 깊은 경지에 들어갔다. '由也升堂矣, 未入於室也.(사로는 대청엔 올랐으나, 아직 입실하지는 못했다.)' 《論語 先進》 – 아직 최고의 경지에는 도달하지 못했다.

○ 亦能畵馬窮殊相 – 窮은 다할 궁. 궁극의 경지에 도달하다. 殊相(수상)은 특별한 그림, 뛰어난 그림을 최고로 잘 그렸다.

○ 幹惟畵肉不畵骨 – 韓幹(한간)은 오직 살찐 말을 잘 그렸고, 骨을 그리지 못했다. 畵肉이란 形似(외모를 매우 똑같이 그림)이고, 畵骨(화골)을 못했다는 것은 말 그림에서 느껴지는 품격을 잘 나타내지 못했다. 곧 神似(신사)는 뛰어나지 못했다는 말.

○ 忍使驊騮氣凋喪 – 忍은 참을 인. 차마 ~하지 못하다. 할 수 없이 ~하다. 驊는 준마 화. 騮는 월따말 류. 驊騮(화류) – 周 穆王(목왕)이 탔던 여덟 마리 駿馬(준마)의 하나. 氣는 기개. 凋는 시들 조. 喪은 죽을 상. 氣凋喪은 韓幹(한간)이 그린 화류마는 기골이 시들고 의기가 살아 있지 않다는 뜻.

○ 將軍畵善蓋有神 – 蓋는 덮을 개. 다. 모두. 有神 – 神氣가 있다.

○ 必逢佳士如寫眞 – 佳士는 훌륭한 학자. 寫眞은 그 참모습을 그려내다. 초상을 그리다.

○ 卽今飄泊干戈際 – 飄는 회오리바람 표. 飄泊(표박)은 떠돌다. 干戈(간과)는 방배와 창. 무기. 전쟁.

○ 屢貌尋常行路人 – 屢는 여러 번 누(루). 貌는 그려주다. 尋常 – 보통의.

○ 途窮反遭俗眼白 – 途窮(도궁)은 길이 막히다. 처지가 곤궁하다. 遭는 만날 조. 당하다. 피해를 입다. 俗眼白(속안백)은 속인으로부터 白眼視 당하다.

○ 終日坎壈纏其身 – 終日은 여기서는 平生. 坎은 구덩이 감. 壈은 불우할 남(람). 坎壈(감람)은 불우한 처지. 坎坷(감가)와 同. 纏은 얽힐 전. 얽어매다.

| 詩意 | 앞의 시 〈韋諷錄事宅觀曹將軍畵馬圖〉와 같은 시기에 지은 시다. 당시 두보도 成都에 飄泊(표박)하고 있었고, 조패 장군도 성도에서 영락한 삶을 살고 있었다. 玄宗이 융성할 때는 궁중 화가로 명성을 높이고 호강을 했던 조패가 전란에 쫓겨 蜀에서 일개 평민이 되어 빈곤에 시달리고 있는 것을 보고, 같은 처지의 두보가 감개무량했을 것이다.

이 七言古詩는 전체를 대략 5단으로 나눌 수 있다.

제1단 – 1~4聯까지, 조패 장군은 魏를 건국한 曹操의 후손이며, 글씨도 잘 쓰고 특히 평생을 繪畫(회화)에 몰두한 화가였다.

제2단 – 5~8聯까지, 玄宗 盛世에는 자주 천자의 은총을 받고,

특히 凌煙閣(능연각)에 있는 당 태종의 공신 24명의 화상을 개수했다.

제3단 – 9~12聯까지, 현종의 駿馬(준마) 옥화총을 뛰어나게 잘 그려, 재래의 말 그림을 일시에 무색케 했다.

제4단 – 13~16聯까지, 임금의 걸상 위에 걸린 그림 옥화총이 실물 옥화총과 식별할 수 없을 정도로 생동적이며, 그의 그림에는 정신과 기골이 살아서 넘치고 있다.

제5단 – 17~20聯까지, 전란 시기에 객지를 떠돌며 궁핍에 시달리는 영락한 궁중 화가 조패를 제대로 알아주는 사람이 없구나 하고 한탄했다. 동시에 두보는 '뛰어난 인재는 불우하고 가난하게 마련이다.' 라고 자신의 처지와 더불어 한탄하고 있다.

寄韓諫議注(기한간의주)

今我不樂思岳陽，身欲奮飛病在床.
美人娟娟隔秋水，濯足洞庭望八荒.
鴻飛冥冥日月白，青楓葉赤天雨霜.
玉京羣帝集北斗，或騎麒麟翳鳳凰.
芙蓉旌旗煙霧落，影動倒景搖瀟湘.
星宮之君醉瓊漿，羽人稀少不在旁.
似聞昨者赤松子，恐是漢代韓張良.
昔隨劉氏定長安，帷幄未改神慘傷.
國家成敗吾豈敢，色難腥腐餐楓香.
周南留滯古所惜，南極老人應壽昌.
美人胡爲隔秋水？焉得置之貢玉堂.

간의대부 韓注에게 주다

지금 나는 울적하게 岳陽을 생각하나니,
몸은 당장 가고 싶지만 병으로 누워 있다오.
그대는 편안히 秋水를 사이에 두고,
동정호에 탁족하며 천하를 관망하고 있으리다.
큰 기러긴 아득한 창공을 날고 일월은 빛나는데,
푸른 단풍 붉어지고 하늘엔 서리가 내리고 있다오.
玉京의 諸神들이 북두에 모였는데,

누군가는 기린이나 봉황을 타고 왔었다.
부용 그린 정기는 짙은 연기 속에 묻혔고,
그림자 거꾸로 비치고 소, 상강에 흔들렸었다.
星宮의 주재자는 좋은 술에 취했는데,
仙人이 아주 적어 곁에 있지 않았었다.
예전에 그대가 赤松子를 따른다는 말을 들었는데,
아마도 그대는 漢의 韓張良일 것이리다.
옛날에 장량은 劉邦을 따라 장안에 定都했지만,
정책을 펴지 못한 그대는 마음만 다친 것이다.
국가의 성공과 실패를 내 어찌 하랴 하고서는,
썩은 속세 마다하고 신선세계에 머물고 있다.
周南에 있던 태사공은 옛적 애석한 일이지만,
남극 노인의 星壽를 누리고 번창할 것이로다.
그대 왜 秋水를 끼고 은거해야 하는가?
어찌 해야 그대가 옥당에 들 수 있으리오.

| 註釋 | ㅇ 〈寄韓諫議注〉 – 〈諫議大夫 韓注(한주)에게 주다〉. 간의대부는 임금 곁에서 여러 가지로 간언을 올리는 관직. 韓注 혹은 韓泎(한굉)이라고 하는데, 자세한 것은 알 수 없다.

ㅇ 今我不樂思岳陽 – 不樂은 건강이 좋지 않다. 岳陽은, 今 湖南省 동북부. 서쪽으로는 洞庭湖가 있고 長江은 市의 북쪽을 흐른다.

ㅇ 身欲奮飛病在牀 – 奮은 떨칠 분. 奮然히. 病은 병이 들다. 牀은

평상 상. 寢牀(침상).

○ 美人娟娟隔秋水 – 美人은 主君, 도덕군자를 부르는 美稱. 여기서는 韓 諫議. 娟은 고을 연, 예쁠 연. 娟娟(연연)은 아름다운 모습. 隔은 사이 뜰 격. 사이에 두고 있다.

○ 濯足, 望八荒 – 濯은 씻을 탁. 濯足은 발을 씻다. 세속을 초월하다. 멀리 여행 다녀온 사람을 초대하다. '滄浪之水濁兮, 可以濯吾足.' – 屈原(굴원)의 〈漁父辭〉. [참고 濯纓(탁영)은 '깨끗하게 처신하다.']

○ 洞庭 – 옛날에는 '八百里洞庭'라 하였으나 토사 축적과 개간으로 인해 면적이 크게 줄고 호수도 3개로 분리되었다. 1600년대의 면적을 100으로 보았을 때 지금은 약 45%정도라고 한다. 파양호에 이어 두 번째로 큰 민물호수이다. 八荒(팔황) – 八方의 모든 땅, 땅의 끝. 八極, 八方의 황폐한 거친 세상.

○ 鴻飛冥冥日月白 – 鴻은 큰 기러기 홍. 冥은 어두울 명. 冥冥은 먼 하늘(遠空). 日月白 – 해와 달처럼 밝다.

○ 青楓葉赤天雨霜 – 楓은 단풍나무 풍. 雨霜 – 서리가 내리다. 雨는 내리다.(動詞).

○ 玉京羣帝集北斗 – 玉京은 道家의 天帝, 혹은 玉皇上帝가 있는 都城. 羣帝는 여러 帝君. 여기서는 衆臣. 北斗는 人君. 황제.

○ 或騎麒麟翳鳳凰 – 麒麟(기린)은 태평성세에 나타나는 상서로운 동물. 翳는 일산 예. 몸 가리개. 翳鳳凰(예봉황) – 봉황을 타다. 최고의 신선은 鸞(난)을 타고, 다음은 기린을 타고, 그 다음이 용(龍)을 탄다. 이것은 밤하늘의 별세계를 묘사한 것이며, 동시에 현실적으로 唐나라의 고관대작들이 天子를 중심으로 모여든다

는 뜻.

○ 芙蓉旌旗煙霧落 - 芙蓉(부용)은 연꽃. 旌은 깃발 정. 旌旗(정기)는 천자의 깃발.

○ 影動倒景搖瀟湘 - 影動은 황제 행차의 움직이는 모습. 倒는 거꾸로 도. 倒景은 거꾸로 비치다. 반영한다. 景은 影과 通. 搖는 흔들릴 요. 출렁거리다. 瀟는 강 이름 소. 湘은 강 이름 상. 瀟江과 湘江은 모두 동정호로 흘러 들어간다.

○ 星宮之君醉瓊漿 - 星宮之君은 天子 주변에 모인 모든 고관. 瓊은 옥 경. 구슬. 漿은 미음 장. 음료수. 瓊漿(경장)은 아름답고 향기로운 옥경의 술. 신선들의 음료.

○ 羽人稀少不在旁 - 羽人(우인)은 仙人, 道士, 飛仙. 稀는 드물 희. 旁은 두루 방. 여러 곳.

○ 似聞昨者赤松子 - 昨者는 옛날에. 赤松子는 仙人. 張良에게 兵書를 준 黃石公. 《史記 留侯世家》에 의하면, 名臣 張良은 高祖 劉邦을 도와 나라를 세우고 안정시킨 뒤 功成身退하여 自己 保全을 위해 高祖에게 "願棄人間事, 欲從赤松子游耳.(인간사를 잊고 적송자를 따라 노닐고 싶습니다.)"라고 말했다. 때문에 사람들은 赤松子가 바로 젊은 장량에게 兵法을 전해준 黃石公이라고 생각하였다.

○ 恐是漢代韓張良 - 恐是는 아마도 ~이다. 韓張良은 전국시대 韓 귀족이었던 장량. 韓注가, 곧 韓나라 재상의 후손인 장량과 같은 사람이라는 뜻.

張良(前3世紀? - 前 185), 字는 子房, 封 留侯. 장량은 秦始皇 암살 실패 뒤에 이름을 고치고 숨었었다. 漢 高祖 劉邦의 謀

臣으로 開國元勳의 한 사람이다. 蕭何(소하), 韓信(한신)과 함께 漢初三傑이라 한다.

○ 昔隨劉氏定長安 – 옛날에 장량이 유방(劉邦 – 한 고조)을 따라 천하를 통일하고 장안을 안정되게 했다. 한주도 전에 당 肅宗(숙종)을 따라 장안 회복에 공을 세웠다.

○ 帷幄未改神慘傷 – 帷는 휘장 유. 幄은 휘장 악. 帷幄은 戰陣의 지휘소. 그 안에서 세운 책략. '運籌帷幄之中, 決勝千里之外, 吾不如子房.(장막에서 책략 세우고, 천리 밖에서 싸워 승리하는 데는, 나는 장량만 못하다.)' 고 漢 高祖는 말했다. 未改는 아직 천하를 바꾸지 못했다. 神慘傷 – 정신이 크게 상처를 입었다. 안사의 난으로 좌절이 심하다는 의미.

○ 國家成敗吾豈敢 – 國家의 成敗를 내 어찌 할 수 있는가? 敢은 감히 ~하다(敢行).

○ 色難腥腐餐楓香 – 色難은 싫다는 안색. 싫어하는 표정. 腥은 비릴 성. 생선의 비린내. 腐는 썩을 부. 腥腐(성부) – 오물. 속세. 濁世. 餐은 먹을 찬. 잘 차린 음식. 楓香(풍향) – 道家에서 높이 평가하는 仙藥材.

○ 周南留滯古所惜 – 周南은 낙양. 여기서는 韓注가 살고 있는 岳陽. 滯는 막힐 체. 留滯(유체)는 머무르다. 천자를 수행해야 할 사람이 수행하지 못하다.

○ 南極老人應壽昌 – 南極老人은 南極 壽星의 주재자. 이 별이 나타나면 정치가 태평하다고 한다. 인간의 수명을 관리한다는 神.

○ 美人胡爲隔秋水 – 胡는 마음대로, 왜, 어째서 무엇 때문에. 隔

은 사이 뜰 격.

○ 焉得置之貢玉堂 – 焉得(언득)은 어찌 ~할 수 있을까? 置之의 之는 韓注. 置貢(치공)은 ~에 두다. 넣다. 玉堂은 대궐. 어찌하면 한주가 다시 벼슬자리에 돌아갈 수 있겠는가?

| 詩意 | 安史의 난 때, 肅宗을 따라 공을 세운 諫議大夫 韓注는 숙종이 붕어한 뒤 관직에서 물러났다. 杜甫는 그를 애석하게 여기며 시를 읊었다. 특히 밤하늘의 별세계를 상징적으로 아름답게 그렸다.

古柏行(고백행)

孔明廟前有老柏, 柯如青銅根如石.
霜皮溜雨四十圍, 黛色参天二千尺.
雲來氣接巫峽長, 月出寒通雪山白.
君臣已與時際會, 樹木猶爲人愛惜.
憶昨路遶錦亭東, 先主武侯同閟宮.
崔嵬枝幹郊原古, 窈窕丹青户牖空.
落落盤據雖得地, 冥冥孤高多烈風.
扶持自是神明力, 正直原因造化功.
大廈如傾要梁棟, 萬牛迴首邱山重.
不露文章世已驚, 未辭翦伐誰能送.
苦心豈免容螻蟻, 香葉終經宿鸞鳳.
志士幽人莫怨嗟, 古來材大難爲用.

늙은 측백나무를 노래하다

孔明 사당 앞 오랜 측백나무가 있나니,
가지는 푸른 청동, 뿌리는 단단한 돌이다.
하얀 껍질 비에 젖고 둘레는 사십 뼘이며,
검푸르게 하늘에 닿을 듯 이천 자 높이다.
君臣이 때를 따라 만났을 그때부터,

수목을 모두가 사랑하고 아껴줬었다.
구름이 걸치니 기운은 무협까지 이어지고,
달뜨니 차가운 기백은 설산처럼 빛나도다.
지난날 생각하니 먼 길 돌아 금정 동쪽에,
先主와 武侯를 함께 모신 조용한 사당이다.
높디높은 큰 줄기에 성밖 들판은 예스럽고,
조용한 사당 초상화에 창문은 열려 있었다.
혼자서 서리고 웅크린 듯 제자릴 찾았지만,
우뚝이 고고히 매선 바람 맞아 버텨왔다.
스스로 지켜온 세월은 神明의 힘이고,
곧바로 자라온 힘이야 조화옹 공적이다.
큰집이 기운다면 대들보가 필요하거늘,
만마리 소가 외면하니 산처럼 무거웠다.
문장을 보이지 않았어도 세상은 놀랐고,
자르고 베어내지만 누가 넘어트리겠나?
싫어도 개미들을 어찌 아니 거절하며,
향기론 잎에는 전에도 난과 봉이 머물렀다.
志士와 仁人은 원망하고 슬퍼하지 말아야지,
고래로 재목이 너무 크면 쓰이기 어려웠노라.

| 註釋 | ㅇ 〈古柏行〉 – 〈오래된 측백나무의 노래〉. 소나무와 측백나무는 겨울에도 시들지 않는 나무로, 忠節(충절)을 상징한다.

'歲寒然後, 知松柏之後凋也.(날이 추워진 뒤에야, 송백이 늦게 조락한다는 것을 알 수 있다.)'《論語 子罕(자한)》.

松柏(송백)의 松은 소나무가 확실하지만, 柏을 소나무科의 잣나무냐?(잣이란 열매와 잎 모양이 측백나무와는 크게 다르다.) 아니면 우리나라의 側柏(측백, 扁柏科. 향나무와 비슷하다)인지는 분명치 않다.

《杜詩諺解》에서는 老柏을 '늘근 잣남기' 라 하였으니, 우리 조상들은 '잣나무' 로 해석한 것이다.

이 시는 諸葛亮(제갈량, 181 – 234. 孔明) 사당 앞의 측백나무를 가지고 孔明의 忠節을 상징했다. 行은 악부시의 한 형식이다.

○ 孔明廟前有老柏 – 孔明廟 – 夔州(기주, 重慶市 東部의 奉節縣)에 있다. 白帝城 서쪽, 武侯廟(무후묘)라고 한다. 先主 劉備의 묘당 서쪽에 있다.

諸葛亮 – 중국 역사상 가장 걸출한 政治家. 군사 전략가. 忠, 義, 智, 勇의 화신. 지혜의 神처럼 숭배되고 있다. '鞠躬盡瘁, 死而後已.(이 한몸 다 바쳐 최선을 다했으니, 죽어야만 끝이다.)' 는 감동을 주는 말이 있다.

○ 柯如青銅根如石 – 柯는 자루 가. 나뭇가지. 青銅은 古柏의 푸름을, 石은 뿌리의 굳건함을 뜻한다.

○ 霜皮溜雨四十圍 – 霜皮는 서리를 맞으며 단단해진 나무껍질. 溜는 방울져 떨어질 유(류). 溜雨 – 비에 젖어 윤기가 나다. 圍 둘레 위. 둘러싸다. 한 뼘, 1圍는 20cm 내외.

○ 黛色參天二千尺 – 黛는 눈썹먹 대. 검은색. 參天은 하늘에 닿다. 二千尺 – 과장이지만 매우 높이 자랐다는 뜻.

○ 君臣已與時際會 – 君臣은 劉備(昭烈帝, 先主)와 승상 제갈량.

與時는 때와 더불어, 위급한 시기에.

○ 樹木猶爲人愛惜 – 爲人愛惜은 사람들에 의해 애석하게 여겨진다(수동태). 사람들이 애석해 한다.

○ 雲來氣接巫峽長 – 峽은 골짜기 협. 巫峽(무협) – 長江 三峽의 하나. 봉절현 서쪽의 長江.

○ 月出寒通雪山白 – 雪山(설산)은 중경시 松藩縣 남쪽의 岷山(민산). 만년 積雪이라 大雪山이라고 도 부른다.

○ 憶昨路遶錦亭東 – 憶昨(억작)은 지난 일을 생각하다. 遶는 두를 요. 에워싸다. 錦亭(금정) – 成都 錦江 가에 있는 浣花草堂(완화초당). 杜甫는 한때 그곳에 우거했었다.

○ 先主武侯同閟宮 – 武侯는 武鄕侯, 제갈량의 작위. 閟 문 닫을 비. 閟宮(비궁)은 조용하고 그윽한 사당.

○ 崔嵬枝幹郊原古 – 崔는 높을 최. 嵬는 높을 외. 崔嵬(최외)는 아주 높다랗게 솟은 모양. 枝幹(지간) – 나무의 가지와 줄기. 郊原 – 郊外.

○ 窈窕丹青戶牖空 – 窈窕(요조)는 깊고 그윽한 모양. 丹青(단청) – 채색한 제갈량의 畵像(화상). 牖는 창문 유. 戶牖(호유)는 사당의 창문.

○ 落落盤踞雖得地 – 落落은 홀로 독립한 모양. 盤은 서릴 반. 踞는 웅크릴 거. 盤踞(반거) – 나무뿌리가 엉킨 것이 뱀이 몸을 사리고 있거나 호랑이가 웅크리고 앉아 있는 것 같다. 得地 – 자기 자리를 차지하다.

○ 冥冥孤高多烈風 – 冥冥(명명)은 까마득히 높은 모양.

○ 扶持自是神明力 – 扶持(부지)는 나무가 자체를 유지하고 성장

한 것. 神明 – 天地神明.

○ 正直原因造化功 – 正直은 나무가 구부러지지 않고 수직이다. 造化功 – 造物主의 공적.

○ 大廈如傾要梁棟 – 廈는 처마 하. 큰 집. 大廈는 큰 건물. 빌딩. '大廈千間, 睡眠七尺.(큰집이 천 칸이라도 잠잘 때는 일곱 자 뿐이다.)' 라는 속담이 있다. 如傾 – 만일 기운다면. 梁棟(양동) – 대들보. 큰 나무.

○ 萬牛迴首丘山重 – 迴首(회수)는 고개를 돌리다. 丘山重(구산중)은 산처럼 무겁다.

○ 不露文章世已驚 – 不露文章(불로문장) – 나뭇결(文章)이 보이지는 않지만. 世已驚(세이경)은 世人들은 이미 경탄했다. 즉 古柏이 상징하는 제갈량의 忠節이 사람을 경탄케 했다.

○ 未辭翦伐誰能送 – 辭는 거절하다. 저지하다. 翦은 자를 전. 送은 '넘어뜨리다' 로 해석.

○ 苦心豈免容螻蟻 – 苦心은 마음속으로 싫지만. 螻는 땅강아지 루. 蟻는 개미 의. 螻蟻 – 小人을 의미.

○ 香葉曾經宿鸞鳳 – 鸞鳳(난봉)은 난새와 봉황. 君子.

○ 志士仁人莫怨嗟 – 怨은 원망할 원. 嗟는 탄식할 차. 莫怨嗟는 세상이나 소인을 탓하지 말라.

| 詩意 | 전란에 쫓겨 변경 지대를 방랑하던 두보가 成都를 거쳐 夔州(기주)에 와서 지은 시다. 당시 그는 노년으로 굶주림과 병에 시달려 失意에 빠져있었다. 기주 일대에는 유비가 죽은 白帝城, 제갈량이 돌을 쌓아 만들었다는 八陣圖(팔진도) 등《三國演義》와 관련

되는 유적이 많고, 공명의 사당이 있었다. 두보는 평소에도 제갈량을 존경했으며, 그에 관한 시들이 많다.

특히 이 시는 두보가 기주에 와서, 공명을 모신 사당 武侯廟를 참배하고, 그 사당 앞에 울창하게 자란 측백나무를 주제로 그의 고결하고 역사에 빛나는 충절을 읊은 것이다.

전체를 3단으로 나눌 수 있는데,

제1단(1~4聯) – 기주에 있는 무후묘 앞에 오랜 세월 서리를 맞은 검푸른 측백나무는 만고의 충신 제갈공명을 상징하며 오랜 세월에 걸쳐 모든 사람의 사랑을 받고 있다.

제2단(5~8聯) – 두보는 成都에서 본 무후묘를 회상한다. 성도의 무후묘는 先主 劉備를 모신 선주묘 앞에 있었다. 두보는 그의 사당이 그윽하고 한적했음을 상기하고, 이곳의 측백나무는 조화의 신통력으로 세차게 자라고 있다고 했다.

제3단(9~12聯) – 이 측백나무는 기울어지는 큰 건물을 지탱할 것이다. 그러나 어떻게 운반하고, 또 그 나무의 아름다운 木理를 알 사람이 없음이 한탄스럽다. 결국 제갈공명같이 위대한 충절을 알고 활용할 사람이 없음을 한탄한 것이다. 이 한탄은 바로 두보 자신에 대한 실망과 한탄이기도 하다.

觀公孫大娘弟子舞劍器行(관공손대랑제자무검기행) (幷序)

(序文) 大曆二年十月十九日, 夔府別駕元持宅, 見臨潁李十二娘舞劍器, 壯其蔚跂. 問其所師, 曰, 余公孫大娘弟子也. 開元三載, 余尙童稚, 記于郾城觀公孫氏舞劍器渾脫. 瀏灕頓挫, 獨出冠時. 自高頭宜春梨園二伎坊內人, 洎外供奉, 曉是舞者, 聖文神武皇帝初, 公孫一人而已. 玉貌錦衣, 況余白首! 今茲弟子亦匪盛顔. 旣辨其由來, 知波瀾莫二. 撫事慷慨, 聊爲劍器行. 昔者吳人張旭善草書書帖, 數嘗於鄴縣, 見公孫大娘舞西河劍器, 自此草書長進, 豪蕩感激. 卽公孫可知矣!

(序文) – 大曆 2년 10월 19일 기주도독부의 별가인 元持(원지)의 집에서 臨潁(임영) 사람 李 12낭자의 劍器(검기) 춤을 보았다. 그 섬세함을 장하다 여겨 누구에게 사사했는가를 물었더니 "저는 公孫大娘의 弟子입니다."라고 대답하였다. 開元 3년에, 내가 아직 어렸을 적에 郾城(언성)에서 公孫氏의 劍器와 渾脫(혼탈) 춤을 본 기억이 나는데 춤이 활기차면서 갑자기 꺾이는 것이 그때에 제일이었다. (당 현종의) 宜春(의춘)과 梨園(이원) 2伎坊(기방) 內人의 우두머리로 부터 外供奉(외공봉)까지 이 춤에 숙달한 자는 聖文神武皇帝(玄宗) 초에 公孫씨 한 사람 뿐이었다. (공손대랑은) 옥 같은 얼굴에 비단옷을 입고 있었는데, 내가 白首가 되었으

니 지금 그 제자 또한 젊은 얼굴이 아니었다.
이미 그 유래를 알고 춤사위가 둘이 아니라는 것을 알았기에 옛 일을 회고하며 느낀 바 있어 아쉬운 대로 〈劍器行〉을 지었다. 전에 吳땅에 살던 張旭(장욱)은 草書帖(초서첩)을 잘 썼는데 자주 늘 鄴縣(업현)에서 公孫大娘의 '西河劍器' 춤을 보았고, 그로부터 초서가 크게 진보하여 浩蕩하고 感激스럽다 하였으니 公孫大娘의 춤을 알 수 있을 것이다.

| 註釋 | ○ 〈觀公孫大娘弟子舞劍器行 幷序〉 - 〈공손대랑의 제자가 劍器(검기)를 추는 것을 보고 지은 노래. 서문을 병기한다〉.

- 公孫 複姓. 大娘은 아주머니. 중년 부인에 대한 존칭. 公孫大娘 - 玄宗 開元(713~742) 연간에 유명했던 劍舞 名人. 劍器 - 서역에서 전래된 劍舞의 一種.

○ 大曆二年十月十九日 - 大曆은 代宗의 연호(766~779). 서기 767년. 杜甫의 나이 56세로, 죽기 3년 전이다. 안록산의 난은 평정되었지만 두보는 여전히 가난에 시달리고 있었다.

○ 夔府別駕元持宅 - 夔는 조심할 기. 夔府(기부)는 夔州(기주)로 現 重慶市 奉節縣(봉절현). 別駕(별가) - 刺史(자사)의 屬官. 元持宅(원지택) - 원지의 저택. 元이 성, 持는 이름.

○ 見臨穎李十二娘舞劍器 - 臨穎(임영)은, 今 河南省의 지명. 李十二娘 - 李씨의 十二번째 딸. 公孫大娘의 제자.

○ 壯其蔚跂 - 그 춤이 아주 섬세한 것을 장하게 여기다. 蔚은 성할 울. 跂는 여섯 발가락 기. 蔚跂(울기)는 아주 섬세한 모양.

○ 開元三載, 余尙童穉 - 開元 현종 연호(713 - 741). 載는 실을

재. 年과 同. 穉는 어릴 치.

○ 記於郾城觀公孫氏舞劍器渾脫 – 郾은 고을 이름 언. 劍器와 渾脫(혼탈)은 둘 다 춤의 이름. 劍器는 여인이 맨손으로 추는 춤이고, 渾脫(혼탈)은 새의 깃털이나 羊毛로 만든 털모자인데, 이를 서로 벗어 던지면서 추는 춤이라고 한다.

○ 瀏灕頓挫 – 瀏는 맑을 유. 灕는 물 스며들 이. 瀏灕(유리)는 춤 동작이 계속 이어지며 활기찬 모양. 頓은 조아릴 돈. 멈추다. 갑자기. 挫는 꺾을 좌. 頓挫(돈좌)는 춤사위가 갑자기 꺾이다.

○ 獨出冠時 – 홀로 뛰어나고 當代에 으뜸이었다.

○ 自高頭宜春梨園二伎坊內人, 洎外供奉 – 高頭는 우두머리, 원로 기녀. 宜春(의춘)은 여러 기예와 춤과 음악을 가르치는 教坊의 이름. 궁중의 歌舞 교습소. 梨園(이원)은 교방 이름. 伎坊(기방)은 教坊과 같다. 內人은 宜春院에서 기예를 배우는 여인. 自 ~에서. 洎는 물 부을 계. 미치다(及). ~까지. 供奉은 관직명. 外供奉 – 교방에서 합숙하는 것이 아니고 궁궐 외부에 거주하면서 궁에 출입하여 공연하는 技藝人.

○ 曉是舞者, 聖文神武皇帝初, 公孫一人而已 – 이 춤을 터득한 사람은 현종 초기에 공손씨 1인 뿐이었다. 曉는 새벽 효. 깨닫다. 훤히 알다. 聖文神武皇帝 – 玄宗의 尊號.

○ 玉貌錦衣 – (그 당시 公孫 씨는) 玉 같은 용모에 비단옷을 입고 있었다.

○ 況余白首 – 하물며 나도 백수가 되었는데…. 杜甫가 개원 3년 어릴 때 그 춤을 보았었고 지금은 백발이 되도록 세월이 흘렀다. 開元 3년은 715년이다. 두보는 712년생이니, 4살 때의 일

을 그리 상세히 기억할 수 없다. 두보의 착오가 분명하다.

○ 今玆弟子亦匪盛顔 – 지금 이 제자 또한 한창 때의 얼굴이 아니다. 玆는 이 자. 이것. 지금. 더욱더. 匪는 대나무 상자 비. 강도. 도적(匪賊). ~이 아니다. 非와 同. 盛顔(성안)은 아름다운 얼굴. 젊은 나이.

○ 旣辨其由來, 知波瀾莫二. 撫事感慨, 聊爲劍器行. – 이제 그 (춤의) 유래(傳承 관계)가 판명이 되었기에 춤사위가 둘이 아님을 알았고 옛일을 회상하고 감개하여 아쉬운 대로 〈劍器行〉을 지었다. 波는 물결 파. 瀾은 물결 란. 波瀾 – 물결. 여기서는 춤사위. 莫二(막이)는 두 개가 될 수 없다. 곧 스승과 제자의 춤이 같다. 撫는 어루만질 무. 撫事 – 옛일을 회상하다. 聊는 귀가 울릴 료(요). 의지하다. 잡담하다. 애오라지(좀 부족하나마 겨우). 잠시, 우선. 일단(聊且).

○ 往者吳人張旭善草書帖 – 옛적에 吳人 張旭은 草書에 능했는데. 張旭(장욱, 658? – 747) – 蘇州 사람인데 술을 좋아하여 대취하면 소리를 지르며 미친 듯이 뛰어다니다가 붓을 들고서는 草書를 휘둘렀다고 한다. '草聖' 이라 불리었다.

○ 數常於鄴縣, 見公孫大娘舞西河劍器 – 자주 업현에서 公孫大娘이 西河劍器를 추는 것을 보았다. 數은 자주 삭. 常은 자주, 때때로, 언제나. 鄴은 땅이름 업. 河南省의 地名. 西河劍器 – 西河는 지역 명, 劍器는 검무의 일종.

○ 自此草書長進, 浩蕩感激. 卽公孫可知矣! – 이로부터 草書가 크게 진보하여 (필체가) 浩蕩하고 感激스러우니, 곧 公孫大娘의 춤 솜씨를 알만하다.

昔有佳人公孫氏，一舞劍器動四方.
觀者如山色沮喪，天地爲之久低昂.
霍如羿射九日落，矯如群帝驂龍翔.
來如雷霆收震怒，罷如江海凝青光.
絳脣珠袖兩寂寞，晩有弟子傳芬芳.
臨潁美人在白帝，妙舞此曲神揚揚.
與余問答旣有已，感時撫事增惋傷.
先帝侍女八千人，公孫舞劍初第一.
五十年間似反掌，風塵澒洞昏王室.
梨園子弟散如煙，女樂餘姿映寒日.
金粟堆前木已拱，瞿塘石城草蕭瑟.
玳筵急管曲復終，樂極哀來月東出.
老夫不知其所往，足繭荒山轉愁疾.

공손대랑의 제자가 검기를 추는 것을 보고 지은 노래

옛적에 佳人 공손씨가 있었으니,
한 번 劍器 춤을 추면 사방이 감동했었다.
산처럼 모인 觀客 풀이 죽고 넋을 잃은 듯,
天地도 그녀 劍舞 따라 한참을 오르내렸다.
밝기는 후예의 화살 맞아 떨어지는 해와 같고,
날렵한 동작은 天神들의 나는 龍과도 같았다.

춤추기 시작하면 우레와 천둥도 분노를 거뒀고,
끝나면 江海에 어려 있는 맑은 빛이었다.
붉은 입술 구슬 달린 소매도 다 적막하고,
늙어 제자 두고 향기를 전수했었다.
임영 미인이 백제성에 머물면서,
예쁜 춤사위 이 곡조에 신명을 돋았다.
묻고 답하며 나는 그 춤을 알았고,
시절을 느껴 옛 생각하니 슬픔을 더 보탠다.
先帝 예인들 팔천 명 중에,
公孫 大娘의 劍器 춤은 처음부터 제일이었다.
쉰 살 나이 時空이 손바닥 마냥 뒤집혔고,
風塵 세상 연이으니 왕실도 어두웠도다.
이원제자들 연기처럼 흩어졌고,
女樂의 늙은 모습 차가운 햇살에 비친다.
현종 능묘 앞의 나무는 한 아름 컸으니,
구당의 石城에는 풀만 쓸쓸하도다.
대모 줄 퉁기고 피리 가락에 노래 이제 끝나니,
쾌락 끝에 슬픔만 남고 동산엔 달이 떴다.
늙은 이 몸은 갈 데를 모르는데,
부르튼 발에 거친 산길 걸으니 시름만 깊어라!

| 註釋 | ㅇ 昔有佳人公孫氏 - 昔은 옛 석. 옛날에. 公孫氏 - 公孫大

娘. 이름은 없음. 공손씨 부인.

○ 一舞劍器動四方 – 動은 움직이다. 행동하다. 어떤 감정을 불러 일으키다. 감동시키다.

○ 觀者如山色沮喪 – 沮는 막을 저. 喪은 죽을 상. 잃다. 기죽고 넋을 잃다. 망연자실했다.

○ 天地爲之久低昂 – 天地도 그녀의 춤을 위해 오래도록 오르락 내리락하는 듯했다. 하늘 땅도 그녀와 함께 춤을 추는 듯했다. 低는 밑 저. 가라앉다. 昂은 오를 앙. 높이 들다.

○ 霍如羿射九日落 – 霍은 밝을 곽. 羿는 사람 이름 예. 后羿(후예)는 신화 속 人物. 后羿射日(후예사일) – 堯 임금 때에 10개의 태양이 동시에 떠올라 草木이 枯死하고 각종 惡獸가 나타나 인간에게 해를 끼치자, 堯는 후예에게 악수를 죽이고 태양 9개를 쏘아 떨어트리게 하였다는 전설이 있다.

○ 矯如羣帝驂龍翔 – 矯는 바로잡을 교. 씩씩하고 민첩하다. 驂은 곁 말 참. 翔은 높이 날 상. 驂龍(참룡)은 용을 타다.

○ 來如雷霆收震怒 – 來는 춤을 시작하려 하다. 雷는 우뢰 뇌. 霆 천둥소리 정. 震은 벼락 진.

○ 罷如江海凝淸光 – 罷는 춤을 끝낼 때. 凝은 엉길 응.

○ 絳脣珠袖兩寂寞 – 絳은 진홍 강. 脣은 입술 순. 袖는 소매 수. 兩寂寞(양적막)은 둘 다 적막하게 되었다. 공손대랑도 죽고, 그녀의 춤추는 맵시도 다 없어졌다.

○ 晩有弟子傳芬芳 – 공손대랑의 제자, 李十二娘. 芬은 향기로울 분. 芳은 꽃과 같을 방.

○ 臨穎美人在白帝 – 穎은 이삭 영. 臨穎은 地名. 臨穎美人은 공

손대랑의 제자. 白帝는 백제성(白帝城). 봉절현(奉節縣), 즉 기주(夔州).

○ 妙舞此曲神揚揚 – 此曲은 劍器 춤. 揚은 오를 양. 신명이 넘치다.

○ 與余問答旣有以 – 旣有以는 이미, 그녀 춤의 연유를 알았다.

○ 感時撫事增惋傷 – 感時撫事는 세월의 무상함을 한탄하고, 과거를 回想하니. 惋은 한탄할 완. 增惋傷 – 더욱 애달프고 가슴속이 아프다.

○ 先帝侍女八千人 – 先帝는 현종. 侍女 – 이원제자를 비롯한 藝人.

○ 五十年間似反掌 – 五十年間은 두보가 어렸을 적 공손대랑의 춤을 본 이후 지금까지의 세월. 似反掌(사반장)은 손바닥 뒤집듯 잠깐이었다.

○ 風塵澒洞昏王室 – 風塵(풍진)은 바람과 먼지. 安史의 亂의 피해. 澒은 흘러내리는 모양 홍. 洞(골 동). 澒洞(홍동)은 서로 연이어 끝이 없는 모양. 傾動(경동)과 同.

○ 梨園弟子散如烟 – 梨園弟子 敎坊(교방)인 梨園(이원)에서 노래하고 춤을 추는 藝人들.

○ 女樂餘姿映寒日 – 餘姿(여자)는 늙은 자태. 映寒日(영한일)은 차가운 겨울 햇빛에 더욱 처량하게 보인다.

○ 金粟堆前木已拱 – 金粟堆(금속퇴)는 玄宗의 묘 태릉(泰陵)이 있는 산 이름. 木已拱(목이공)은 능 앞의 나무가 한 아름이 되었다. 拱은 두 손 맞잡을 공. 한 아름.

○ 瞿塘石城草蕭瑟 – 瞿는 쳐다볼 구. 놀라 바라보다. 瞿塘石城

(구당석성)은 구당협 근처에 있는 백제성. 구당(瞿塘)은 기주 동쪽에 있다. 長江 三峽(삼협)의 하나.

○ 玳絃急管曲復終 – 玳는 대모 대. 瑁는 서옥 모. 玳絃(대현) – 玳瑁(대모)로 장식한 현악기. 대연(玳筵)으로 적은 판본도 있다. 즉 대모로 바닥을 깐 화려한 연회석. 急管(급관) – 다급하고 촉박하게 부는 피리 소리. 曲復終(곡부종)은 음악소리가 다시 멈추고. 춤이 끝나자.

○ 足繭荒山轉愁疾 – 繭은 누에고치 견. 足繭(족견)은 누에고치 같은 굳은 살. 荒山轉愁疾(황산전수질)은 험한 산길을 헤매느라 서글프기만 하다.

| 詩意 | 杜甫는 서문에서, 시를 제작한 年代와 동기를 자세히 밝혔다. 大曆 2년(767), 두보의 나이 56세로 죽기 3년 전이었다. 당시 두보는 가족을 거느리고 각지를 유랑하면서 기아와 신병에 시달리고 있었다.

그런 속에서 기주에서, 이십이낭(李十二娘)이 추는 칼춤을 보았고, 그녀가 50년 전, 당 현종 때 이름을 날리던 공손대랑(公孫大娘)의 제자임을 알고 감개무량하고, 또 그간의 변화무쌍한 세상을 한탄하며 이 시를 썼다. 이 시는 전체를 4단으로 나눌 수 있다.

제1단(1~4聯) – 옛날 公孫大娘의 칼춤은 감동적이었다.

제2단(5~7聯) – 지금 그녀의 제자가 추는 칼춤을 보고, 감개가 무량했다.

제3단(6~10聯) – 전란에 현종 때의 歌舞를 연주했던 藝人들은 연기처럼 흩어졌다.

제4단(11~13聯) – 현종 시대의 화려했던 꿈도 사라졌다. 기아와 신병에 쇠잔한 이 늙은이는 어디로 가야 하나?

白居易의 琵琶行(비파행)도 같은 계통의 시다. 과거의 화려했던 명성과 청춘의 아름다움을 잃고, 늙고 시들은 몸으로 외롭고 서글프게 조락(凋落)하는 인생을 한탄하고 있다.

| 參考 | 梨園弟子와 老郞神

중국의 연극업계를 梨園行(이원행)이라 하고 연극배우들을 梨園弟子(이원제자)라고 부른다. 梨園은 당나라의 궁중 음악과 무용과 잡희(연극)를 교육하고 관리하는 부서였다.

이원을 처음 설치한 玄宗은 대단한 풍류남아였다. 현종은 음악에도 조예가 깊어 악공 300여 명을 이원에 모아 음악을 가르쳤는데 음률이 틀리는 것을 정확히 지적해 내었다고 한다.

현종 자신도 악공과 같이 악기를 연주하며 연주가 잘못되면 바로잡아 주었는데, 특히 북 연주에 일가견이 있었다고 한다.

開元 11년(723년)에, 이원에서 聖壽樂(성수악)을 연주했는데 기녀들의 화려한 의상과 춤에 도취한 현종은 직접 舞衣를 입고 궁녀와 함께 춤을 추며 전체 가무를 지휘했다고 한다.

당시 音律의 최고 달인으로 알려진 李龜年(이구년)도 이원 출신이었다. 이구년은 노래를 잘할 뿐만 아니라 여러 악기를 잘 다뤄 현종의 사랑을 받았는데 그 형제인 李彭年(이팽년)과 李鶴年도 모두 유명했었다. 安史의 亂 이후에 이구년은 각지를 유랑했는데 杜甫의 〈江南逢李龜年〉이란 시가 있다.

이원의 악공들은 민간에서 엄격한 선발 과정을 거친 뒤, 궁중에 들어가 학습 및 수련에만 전념하였기에 당시의 음악 수준을 크게 높였다.

이원과 이원자제란 말이 보편화되면서 당 현종은 음악과 가무와 연희의 神, 즉 梨園神(이원신)이 되었다고 한다. 이원신을 속칭 老郎神(노랑신)이라고도 한다. 노랑신의 모습은 얼굴이 흰 소년인데 당 현종이라고 전해온다. 왜냐면 당 현종이 이원을 크게 일으켰기 때문이다. 老郎이란, 혹 老童(노동)으로 음악의 祖師로 그저 '젊은이' 란 뜻이다. 중국인들은 '老'를 '少' 의 애칭으로 쓴다.

또 현종은 늘 자신이 3男이었기에 三郎(삼랑)이라고 자칭했었다고 한다. 그는 이원에서 악공이나 무녀들을 연습시킬 때 능숙하지 못한 이들에게 "너희들은 좀 더 열심히 연습해야겠어! 이 삼랑의 체면을 깎아서야 되겠니?" 라고 말했다고 한다.

중국의 연극은 지금도 지방에 따라 사용되는 악기와 唱(창)과 연기 방법이 크게 다르다. 따라서 그들이 생각하는 神도 다를 수밖에 없다. 그러나 그중에서도 가장 보편적으로 알려진 神은 老郎神, 곧 唐明皇(玄宗)이다. 이는 이원이 당나라 이후에도 존속되었고 또 현종이 진정으로 음악과 연기를 좋아하고 장려했기 때문일 것이다.

茅屋爲秋風所破歌(모옥위추풍소파가)

八月秋高風怒號，捲我屋上三重茅.
茅飛度江灑江郊，高者挂罥長林梢，
下者飄轉沈塘坳.
南村群童欺我老無力，忍能對面爲盜賊.
公然抱茅入竹去，脣焦口燥呼不得，
歸來倚杖自歎息.
俄頃風定雲墨色，秋天漠漠向昏黑.
布衾多年冷似鐵，嬌兒惡臥踏裏裂.
床頭屋漏無乾處，雨脚如麻未斷絕.
自經喪亂少睡眠，長夜霑溼何由徹!
安得廣廈千萬間，大庇天下寒士俱歡顔，
風雨不動安如山!
嗚呼! 何時眼前突兀見此屋，
吾廬獨破受凍死亦足!

가을 바람에 날아간 초가지붕을 읊다

팔월 가을 하늘 높은데 센 바람이 불어와,
나의 초가지붕 세 겹 이엉을 말아 날렸다.
이엉은 냇물 건너 저편 들판에 흩어졌는데,

높게 날아간 것은 큰 나무 끝에 걸쳤고,
낮게 떨어진 것은 웅덩이에 잠겨 버렸다.
남촌 애들은 내가 늙고 힘이 없다 깔보고,
모질게도 내가 보는데도 도둑질을 한다.
보란 듯이 이엉을 갖고 대밭으로 도망해도,
입술이 타고 입이 말라 소리도 못 지르고,
돌아와 지팡이 짚고 혼자 탄식하였다.
조금 뒤에 바람이 멎더니 검은 구름 밀려와,
가을 하늘 까마득, 해가 지고 캄캄해졌다.
무명 이불은 오래 되어 쇠처럼 차가운데,
철없는 애가 뒤척이다 발길질에 찢기었다.
비가 새는 침상에 마른 곳이 없는데도,
빗줄기는 장대 같이 그칠 줄을 모른다.
난리를 겪으면서 늘 잠이 모자랐는데,
밤들어 흠뻑 젖었으니 어찌 새우겠는가?
어디서 천만 칸의 큰 집을 지어 놓고서,
나라 안 궁한 선비 모두를 지켜줘 웃고 살게 하겠나?
풍우에 꿈쩍 않고 산처럼 편안한 그런 집을!
아아, 언젠가 눈앞에 그런 집이 우뚝 솟아오르면,
내 집만 부서져 얼어 죽더라도 괜찮으리라.

| 詩意 | 두보가 이런 가을 태풍 피해를 당한 것은 숙종 上元 2년

(761)이었다. 초가에 이엉이 다 날아갔는데 그것을 도둑질하는 아랫동네 아이들, 눈앞에 보고서도 소리 지를 기운도 없는 두보!

엎친 데 덮친 격으로 없는 살림에 지붕까지 바람에 날아갔으니 … 시인의 가난이 이래도 되는가? 두보는 왜 이런 시련을 겪어야만 하는가? 생각할수록 가슴이 미어진다.

밤중에 퍼붓는 가을장마! 지붕이 없으니 비가 줄줄 새어 집안에 마른 곳도 없다. 그래서 잠도 못 이루고 뒤척이는 노인! 그래도 천만 칸 큰 집을 지어 천하의 가난한 선비들이 웃는 얼굴로 살게 된다면, 자신은 얼어 죽더라도 괜찮을 것이라는 독백에는 그저 눈시울만 젖어 온다.

'安得廣廈千萬間, 大庇天下寒士, 俱歡顔.' – 두보의 숭고한 감정이며, 두보의 위대함이며, 우리에게 감동을 주는 명구라 아니할 수 없다.

《全唐詩》 219권에 수록.

七. 樂府詩

兵車行(병거행)

車轔轔, 馬蕭蕭, 行人弓箭各在腰.
爺娘妻子走相送, 塵埃不見咸陽橋.
牽衣頓足攔道哭, 哭聲直上干雲霄.
道旁過者問行人, 行人但云點行頻.
或從十五北防河, 便至四十西營田.
去時里正與裹頭, 歸來頭白還戍邊.
邊庭流血成海水, 武皇開邊意未已.
君不聞,
漢家山東二百州, 千村萬落生荊杞.
縱有健婦把鋤犁, 禾生隴畝無東西.
況復秦兵耐苦戰, 被驅不異犬與雞.
長者雖有問, 役夫敢申恨?
且如今年冬, 未休關西卒.
縣官急索租, 租稅從何出?

信知生男惡，反是生女好.
生女猶得嫁比隣，生男埋沒隨百草.
君不見，青海頭，古來白骨無人收.
新鬼煩寃舊鬼哭，天陰雨濕聲啾啾.

兵車의 노래

수레는 삐걱삐걱, 말은 힝힝거리는데,
병졸은 활과 화살을 허리에 매달았다.
부모와 아내가 따라가며 전송하는데,
흙먼지 가득해 함양교도 보이지 않는다.
옷자락 붙잡고 발 동동, 길을 막고 우는데,
곡성이 차올라 구름까지 닿을 것 같다.
길옆을 지나는 나그네가 병졸에 물었더니,
병졸이 말하길 다만 차출이 자주 있다며,
어떤 이는 열다섯에 황하 북방에 끌려가,
내내 사십이 되어도 서편 둔전을 일구는데,
갈 때 이장이 머리를 싸매 주었었는데,
올 때 머리가 세었고, 아직 성곽을 지킨다오.
변방에 흐른 피가 바닷물처럼 많았지만,
황제는 변방을 넓히려는 생각이랍니다.
당신은 모르시오?

나라의 山東 이백여 고을,
수많은 촌락에 가시나무가 자란다오.
만약에 건강한 여자라면 김매고 밭갈이하는데,
곡식이 심겨진 이랑조차 조리가 없답니다.
아무리 관내의 병졸이 힘든 싸움 견뎌내도,
내몰려 가기는 개나 닭과 다름없답니다.
어른이 묻는다 하여도,
병졸이 어찌 속말을 하겠소만,
만약에 올해 겨울에도,
關西의 병졸이 돌아가지 않으면,
縣官은 심하게 조세를 걷으려니,
租稅는 어디서 나오겠습니까?
정말로 알지만 아들 낳기 싫어하고,
반대로 딸을 낳아야 좋답니다.
딸이면 그래도 이웃에 시집을 보내지만,
아들은 잡초 더미 속에 묻혀야 합니다.
그대는 모르지만 靑海 땅에서는,
예부터 백골을 거두는 이도 없기에,
새 귀신 억울타 호소하고 옛 귀신은 통곡하여,
음산한 날, 비가 내리면 귀신이 흐느낀다오.

| 註釋 | ○ 〈兵車行〉 – 〈兵車의 노래〉. 杜甫가 天寶 10년(751)에 지

은 것으로 알려진 이 작품은 新樂府에 속한다.

그러나 新樂府의 명칭은 뒷날 白居易가 처음 사용하기 시작하였다. 두보의 신악부는 그때의 實情이나 농민들의 고통을 주로 묘사하였기에 시가가 가지는 諷諭(풍유)의 효과를 거두기에 적합하였다. 때문에 굳이 악부시의 題材를 취하지 않고 악부시를 창작하였다.

두보의 〈兵車行〉은 七言이 主가 되지만 장단구를 혼용하였다. 물론 이러한 형태는 古樂府에서 변형된 것이지만, 格律의 속박을 중시하지 않았으며 내용의 표현에 치중하였다. 이 시는 《唐詩三百首》에 실려 널리 알려졌다.

○ 車轔轔馬蕭蕭 – 轔은 수레 소리 린. 蕭는 맑은 대 쑥 소. 蕭蕭(소소)는 말울음 소리.

○ 行人弓箭各在腰 – 行人은 출정하는 병사. 箭은 화살 전. 腰는 허리 요.

○ 耶娘妻子走相送 – 耶는 어조사 야. 아버지를 부르는 말. 爺(아비 야). 娘은 아가씨. 어머니. 耶娘(야낭)은 아버지와 어머니. 妻子는 아내.

○ 塵埃不見咸陽橋 – 塵은 티끌 진. 埃는 티끌 애. 塵埃(진애)는 흙먼지. 咸陽橋는 장안성 북쪽 渭水(위수)에 놓인 큰 다리.

○ 牽衣頓足攔道哭 – 牽은 끌 견. 당기다. 頓은 조아릴 돈. 頓足(돈족)은 발을 동동 구르다. 攔은 막을 난(란). 攔道(난도)는 길을 막다.

○ 哭聲直上干雲霄 – 干은 방패 간. 저촉되다. 범하다. 여기서는 冲上(뚫고 올라가다). 雲霄(운소)는 구름.

- 道旁過者問行人 – 道旁(도방)은 길 가. 道旁過者 – 두보 자신.
- 行人但云點行頻 – 點行(점행)은 名簿(명부)의 이름을 대조하며 출행을 점검하다. 차출 명령. 頻은 자주 빈. 이후부터는 병졸이 대답한 내용이다.
- 或從十五北防河 – 或은 或者는. 北防河(북방하)는 황하 북쪽 땅을 지키다.
- 便至四十西營田 – 西營田은 서쪽에서 屯田을 경작하다.
- 去時里正與裹頭 – 去時는 출정할 때. 里正은 마을 100호의 우두머리. 里長. 裹는 쌀 과. 싸매주다.
- 歸來頭白還戍邊 – 歸鄕할 때 머리가 백발이 되었는데도 아직도 성곽을 지키다. 제대는 했지만 마을이나 성곽 경계에 동원된다는 뜻.
- 邊庭流血成海水 – 邊庭(변정)은 邊境. 流血成海水는 流血이 海水가 되다. 현종 천보 8년 토번족과의 전투에서 수만 명이 희생되었다.
- 武皇開邊意未已 – 武皇은 漢 武帝. 詩歌에서는 대부분 唐 황제의 代役. 여기서는 현종. 이런 예는 〈長恨歌〉에서도 마찬가지. 開邊은 변경 확보, 이민족과의 전쟁. 意未已(의미이)는 의지가 없어지지 않았다.
- 君不聞, 漢家山東二百州 – 漢家는, 곧 唐나라. 山東 – 여기서는 華山 以東의 땅. 좁은 의미의 산동반도 일대가 아님. 二百州는 정확하게는 211州라고 한다.
- 千村萬落生荊杞 – 荊은 모형나무. 가시나무. 杞는 구기자나무기. 구기자도 작은 가시가 있다. 荊杞(형기)는 田園이 황폐해졌

다는 뜻.

○ 縱有健婦把鋤犁 – 縱은 늘어질 종. 세로. 만약 ~하다면, 설사 ~일지라도. 鋤는 호미 서. 김매다. 犁는 쟁기 여(려). 검다. 얼룩소 리.

○ 禾生隴畝無東西 – 禾는 벼 화. 곡식. 隴은 고개 이름 농(롱). 밭두둑. 畝는 이랑 무(묘). 이랑은 두둑과 고랑을 합해서 부르는 말. 隴畝(농무)는 밭이랑. 無東西는 두서가 없다. 제대로 심겨져 있지 않다.

○ 況復秦兵耐苦戰 – 況은 하물며 황(況의 俗字). 秦兵은 關內의 병사. 장안 부근 지역. 耐는 견딜 내.

○ 被驅不異犬與鷄 – 驅는 몰 구. 被驅(피구)는 내 몰리다.

○ 長者雖有問 – 長者는 노인. 노인장이 나에게 묻지만.

○ 役夫敢申恨 – 役夫는 동원된 병졸. 敢申恨(감신한)은 마음속의 말을 할 수 있겠는가?

○ 且如今年冬 – 且如(차여)는 ~와 같다. 바로 ~이다(卽如).

○ 未休關西卒 – 未休는 끝나지 않다. 쉬지 못하다. 關西卒은 關西 지역에서 차출한 병졸.

○ 縣官急索租 – 縣官은 지방관. 急索租(급색조)는 혹독하게 세금을 걷어가다.

○ 租稅從何出 – 從何出은 어디서 나오겠는가? 농사를 못 짓는데 조세 바칠 것이 없다.

○ 信知生男惡 – 信知는 정말로 알겠다(誠知). 惡는 미워할 오.

○ 反是生女好 – 反是는 반대로. 거꾸로. 好는 좋아하다.

○ 生女猶是嫁比隣 – 嫁는 시집가다. 比隣은 이웃. 隣居. 隣은 鄰

의 俗字.

○ 生男埋沒隨百草 – 埋沒(매몰)은 묻히다. 隨百草(수백초)는 잡초 사이에. 여기까지가 병졸이 들려준 말이다.

○ 君不見, 靑海頭 – 靑海는 지금의 靑海省. 토번족과의 격전지. 여기부터는 시인의 감상이다.

○ 古來白骨無人收 – 白骨은 戰死者.

○ 新鬼煩寃舊鬼哭 – 新鬼는 새로운 전사자. 煩寃(번원)은 괴롭고 원통하다.

○ 天陰雨濕聲啾啾 – 天陰은 하늘에 짙은 구름이 끼다. 雨濕(우습)은 비가 내려 축축하다. 啾啾(추추)는 귀신 우는 소리.

| 詩意 | 이 시는 현종 天寶 10년(751)경에 지은 것이다. 그해 4월에는 鮮于仲通(선우중통)이란 장수가 雲南(운남)에 정벌 나갔다가 크게 패하고 약 6만 명의 병졸을 잃었다.

그러자 위정자들은 그 손실을 보충하기 위하여 더욱 징발을 강화했고, 조세를 혹독하게 거두어들였다. 《資治通鑑》에 보면, 楊國忠(양국충)은 어사를 각도에 보내어 사람을 마구 잡아 족쇄를 채워 강제로 雲南에 보내게 했다는 기록이 있다.

당시의 현실을 목격한 두보는 위정자들을 증오하지 않을 수가 없었다. 한편 무고한 백성들에게는 끝없는 동정을 했던 것이다. 더욱이 당의 통치계급들은 무모한 변경개척을 위해 귀중한 인명과 재물을 축내고 있었다.

두보는 전지에 끌려가는 한 병사의 입을 빌어 현실을 고발하고 있다. 우선 그는 장안 교외의 咸陽橋(함양교) 앞에서 출정 병사의 옷을 잡고 땅을 치고 통곡을 하는 가족들이 연출하는 비극적 장면을 가감 없이 착실한 필치로 그렸다.

'塵埃(진애)에 不見 咸陽橋하고 哭聲은 直上하여 干雲霄(간운소)' 라고 했다. 하늘과 땅이 슬픔 · 통곡 · 혼잡 · 먼지로 뒤범벅이 되었다.

이 시의 앞부분 6句까지는 출정하는 병졸과 이별하는 가족을 묘사했다. 그리고 중간 부분은 병졸의 이야기 형식으로 변경에 끌려간 병졸의 어려움을 차분히 묘사하였다. 그리고 끝에서부터 6구는 다시 두보 자신의 감회를 서술하여 마무리를 지었다.

두보의 이 시는 끌려가는 병사 부모와 처자의 울음으로 시작해서 죽은 자의 원혼이 귀신이 되었고 그 귀신의 울음으로 끝을 맺었다. 그렇다면 앞서 끌려가던 그 젊은이가 죽을 수 있거나 죽었다는 뜻이다.

麗人行(여인행)

三月三日天氣新，長安水邊多麗人.
態濃意遠淑且眞，肌理細膩骨肉匀.
繡羅衣裳照暮春，蹙金孔雀銀麒麟.
頭上何所有，翠微㔩葉垂鬢唇.
背後何所見，珠壓腰衱穩稱身.
就中雲幕椒房親，賜名大國虢與秦.
紫駝之峰出翠釜，水精之盤行素鱗.
犀筯厭飫久未下，鑾刀縷切空紛綸.
黃門飛鞚不動塵，御廚絡繹送八珍.
簫鼓哀吟感鬼神，賓從雜遝實要津.
後來鞍馬何逡巡，當軒下馬入錦茵.
楊花雪落覆白蘋，青鳥飛去銜紅巾.
炙手可熱勢絶倫，愼莫近前丞相嗔.

아름다운 여인을 노래하다

삼월 삼일 날씨도 청명한데,
장안의 물가에는 미인도 많네.
농염한 자태 속내 깊고 정숙 차분하며,
살결이 곱고 통통하며 잘 빠진 몸매다.

수놓은 비단 의상이 늦봄에 빛나는데,
금실의 공작새와 은박의 기린이라네.
머리엔 무얼 썼는가?
푸른빛 감도는 장식에 귀밑머리 드리웠네.
뒷모습은 어떤가 하면,
구슬 박은 허리띠가 몸에 딱 어울린다네.
구름 휘장 안에는 귀비의 친척들이니,
이름 하여 큰 괵국과 진국 부인이라네.
자색 낙타 혹 요리를 비취 솥에서 내며,
수정 쟁반엔 새하얀 생선회가 담겼네.
무소 젓가락도 물렸는지 오래 대지 않지만,
주방 요리사는 가늘게 써느라 공연히 바쁘네.
내시 탄 말이 바빠도 먼지 아니 일고,
황궁 주방선 실을 나듯 팔진미를 보내온다.
풍악 소리 슬피 울어 귀신도 감동하는데,
主人 從者 뒤섞이니 모두 높은 사람들이네.
뒤에 수레 타고 오는 이 어찌 뽐내는가?
휘장 앞에 내리더니 비단 자리에 들어앉네.
버들개지 눈처럼 날려 흰 부평초를 덮으니,
파랑새 날더니 붉은 수건 물어다 준다네.
손을 델 듯 뜨거운 권세가 비할 데 없어도,
삼가 앞에 가지 말게. 승상이 눈을 부라리네.

| 註釋 | ○ 〈麗人行〉 - 〈아름다운 여인의 노래〉라는 뜻. 양귀비와 그 자매 여인들의 생활을 빗대어 노래하였다. 앞의 〈兵車行〉과 같이 두보가 창작해낸 新樂府詩이다.

○ 三月三日天氣新 - 三月三日은 음력 三月의 上巳日에 曲水에 술잔을 띄워 마시며 妖邪한 기운을 씻어낸다는 修禊(수계)의 풍속이 있었는데, 魏代부터는 上巳日을 따지지 않고 三月三日에 행해졌다. 天氣新 - 날씨가 좋다.

○ 長安水邊多麗人 - 水邊은 냇가. 麗人은 美麗之人.

○ 態濃意遠淑且眞 - 濃은 짙을 농. 농도가 진하다. 態濃(태농)은 자태가 요염하다. 意遠(의원)은 '뜻이 高遠하다'. 여기서는 '알 수 없는' 정도로 해석해야 한다. 女人 속마음의 好惡는 남자들이 정말 모른다. 그러니 '意遠'이라 표현할 수밖에 없다. 淑且眞(숙차진)은 정숙하면서도 차분하다.

○ 肌理細膩骨肉均 - 肌는 살 기. 피부. 細는 연약하다. 보드랍다. 膩는 미끄러울 니(이). 살찌다. 肌理細膩(기리세니) - 살결이 보드랍고도 통통한. 唐代에는 통통한 여인을 미인으로 꼽았다고 한다. 骨肉均(골육균)은 균형이 잡힌 신체.

○ 繡羅衣裳照暮春 - 繡羅衣裳(수라의상)은 수를 놓은 비단 저고리와 치마. 衣는 저고리, 裳은 치마. 照는 비추다. 빛을 내다. 暮는 저물 모(暮와 同). 暮春(모춘)은 음력 삼월. 늦은 봄이다.

○ 蹙金孔雀銀麒麟 - 蹙은 오그라들 축. 蹙金(축금)은 금박을 하다. 금실로 수놓다. 孔雀(공작) - 화려한 새. 麒麟(기린) - 仁獸(인수). 기린은 걸어 다녀도 살아 있는 벌레나 풀을 밟지 않는다고 한다. 사슴의 몸에 소의 꼬리가 있고 뿔이 난 모양으로 그려

지는 상상의 동물. 조류 중에서는 鳳凰을 상상한 것과 같은 이치이다.

○ 翠微匐葉垂鬢脣 – 翠微(취미)는 엷은 녹색. 匐은 부인의 머리장식 압. 匐葉(압엽)은 꽃잎 모양 장식. 垂鬢脣(수빈순)은 귀밑머리는 옆으로 드렸다. 여인의 장식이나 부엌 기구, 남녀 옷차림이나 관 또는 신발, 그리고 풀, 나무, 벌레 이름 등등이 번역에서 가장 어렵다. 왜냐면 우리나라에 그런 것이 없기에 우리말도 없기 때문이다.

○ 珠壓腰衱穩稱身 – 珠壓(주압)은 구슬을 박은, 구슬이 박힌. 衱은 옷자락 겁. 腰衱(요겁) – 요대. 穩稱身(온칭신)은 멋지게 몸에 맞는. 穩은 온전하다.

○ 就中雲幕椒房親 – 雲幕(운막)은 구름 모양의 휘장. 就中雲幕 – 구름 모양 휘장 안에는. 椒房(초방)은 후추를 벽에 바른 방. 후궁의 거처. 椒房親 – 여기서는 양귀비의 친척. 양귀비의 자매.

○ 賜名大國虢與秦 – 賜名은 황제가 하사한 이름. 虢은 나라 이름 괵. 大國虢與秦(대국괵여진) – 양귀비가 총애를 받자 양귀비의 자매들은 韓國夫人, 虢國夫人, 秦國夫人에 봉해졌다.

○ 紫駝之峯出翠釜 – 駝는 낙타 타. 紫駝之峯(자타지봉) – 자줏빛 낙타 혹 등, 요리 이름. 唐代의 귀족들은 駝峯炙(타봉적, 낙타 혹구이)을 즐겨 먹었다고 한다. 翠釜(취부)는 비취빛 옥돌로 만든 솥.

○ 水精之盤行素鱗 – 素鱗(소린)은 하얀 생선요리. 行은 담다. 내어오다.

○ 犀筯厭飫久未下 – 犀筯(서저)는 무소뿔로 만든 젓가락. 厭은 싫을 염. 飫는 물릴 어. 너무 많이 먹어서 싫어지다. 厭飫(염어)

는 음식에 물려. 久未下 – 오래도록 젓가락을 대지 않다.

○ 鸞刀縷切空紛綸 – 鸞은 방울 난(란). 鸞刀(난도)는 요리된 고기를 자르는 방울 달린 칼. 縷切(누절)은 실같이 가늘게 썰어 저미다. 縷는 실 누. 실 가닥. 空紛綸(공분륜)은 공연히 부산하고 시끄럽다. 즉 주인들은 배가 불러 먹지도 않는데, 요리사가 공연히 방울 달린 칼로 요란하게 고기를 잘게 썰어 놓는다는 뜻.

○ 黃門飛鞚不動塵 – 黃門(황문)은 내시. 鞚은 재갈 공. 勒(늑)과 同. 飛鞚(비공)은 다급하게 말을 몰고 뛰어온다.

○ 御廚絡繹送八珍 – 御廚(어주)는 대궐의 주방. 廚는 부엌 주. 絡繹(낙역)은 계속하여, 쉬지 않고. 繹은 풀어낼 역. 잇달아. 八珍(팔진)은 여덟 가지 珍味.

熊掌(곰 발바닥)이나 猩脣(원숭이 입술) 요리 등 사람마다 다르지만 하여튼 山海珍味 중에서도 최고의 요리일 것이다.

○ 簫鼓哀吟感鬼神 – 簫鼓(소고)는 피리와 북, 음악 소리. 哀吟(애음)은 애절한 노랫소리.

○ 賓從雜遝實要津 – 雜遝(잡답)은 서로 뒤섞이다. 遝은 뒤섞일 답. 踏과 동. 實은 채우다. 要津(요진)은 중요한 자리. 楊國忠은 당시 실권자였다. 많은 사람들이 양국충을 맞이하려 모여들었을 것이다.

○ 後來鞍馬何逡巡 – 後來鞍馬는 뒤에(나중에) 오는 귀족들. 何는 몹시, 심히, 대단히. 逡은 뒷걸음질 칠 준. 巡은 돌 순. 逡巡(준순)은 느릿느릿 오는 모습. 거드름 피는 모양.

○ 當軒下馬入錦茵 – 軒은 추녀 헌. 여기서는 양국충이 미리 준비해 놓은 장막 앞에 이르렀다는 뜻. 茵은 자리 인. 수레에 까는

자리. 錦茵(금인)은 비단 자리.

○ 楊花雪落覆白蘋 – 蘋은 개구리 밥 빈. 白蘋(백빈)은 흰 꽃이 피는 부초(浮草 : 개구리밥). 두보는 '楊花가 雪落하여 白蘋을 덮는다.' 라는 구절로, 양국충과 괵국부인의 추악한 간음을 비유했다. 떨어지는 버들개지가 백빈(白蘋) 위를 덮는다는 것은 실제의 봄 광경이었다. 그러나 두보는 이것을 가지고 양국충이 한 집안 같은 항렬인 괵국부인과 밀통한다는 뜻을 암시하였다.

○ 青鳥飛去銜紅巾 – 青鳥는 三足鳥. 仙女. 西王母의 시종을 드는 파랑새, 하늘의 전령. 여기서는 비밀스런 심부름을 하는 사람. 銜紅巾(함홍건)은 붉은 수건을 입에 물고 놀다. 여인의 비밀스런 응낙을 전하다.

○ 炙手可熱勢絶倫 – 炙은 구울 적. 炙手可熱(적수가열)은 손이 화상을 입을 정도로 뜨겁다. 위세가 너무 심하다. 勢絶倫(세절윤)은 그 권세를 당할 사람이 없다.

○ 愼莫近前丞相嗔 – 愼莫近前(신막근전)은 조심해서 가까이 가지 말라. 丞相 – 여기서는 楊國忠. 嗔은 부릅뜰 진.

| 詩意 | 이 시는 天寶 12년(753) 두보 42세, 안록산의 난이 일어나기 몇 해 전에 지은 것이다. 양귀비는 미모로 해서 玄宗의 사랑을 독차지하게 되었고, 그의 일가친척들까지 온갖 세도를 누리게 되었다. 즉 큰언니는 韓國夫人, 두 동생은 虢國夫人(괵국부인) 및 秦國夫人이 되었다. 그리고 그들은 마냥 호화로운 생활을 했으며, 온갖 낭비를 서슴지 않았다.

특히 천보 11년에, 右丞相에 오른 楊國忠은 같은 형제 항렬인 괵국부인과 간통을 하여 세상 萬人의 빈축을 샀다. 두보는 이러한 그들의 황음무도한 생활의 일면을 3월 3일 上巳節 유락에 초점을 맞추어 예리하게 묘사했다.

이 시는 3단으로 나눌 수 있는데, 처음부터 12구까지는 三月三日 장안의 강가에 모인 여인들의 화려한 모습을 묘사하였다. 이어 2단은 낙타 혹 요리가 나오는 13구에서 20구까지는 貴妃 일족의 화려한 음식과 풍악 그리고 모여든 귀족들을 묘사하였다.

3단은 거드름피우며 등장하는 21句부터 마지막까지 6句는 楊國忠의 권세와 추태를 고발하는 시인의 메시지로 채워져 있다. 사실 이 시에서는 양귀 일족에 대한 비난이나 탄식이 하나도 없이 그냥 그대로 묘사하였는데 읽어보면 구절구절이 모두 비난이며 탄식이 아니 나올 수 없으니, 이것이 바로 시인의 힘이 아니겠는가?

哀江頭(애강두)

少陵野老呑聲哭, 春日潛行曲江曲.
江頭宮殿鎖千門, 細柳新蒲爲誰綠.
憶昔霓旌下南苑, 苑中萬物生顔色.
昭陽殿裏第一人, 同輦隨君侍君側.
輦前才人帶弓箭, 白馬嚼齧黃金勒.
翻身向天仰射雲, 一箭正墜雙飛翼.
明眸皓齒今何在, 血汚遊魂歸不得.
淸渭東流劍閣深, 去住彼此無消息.
人生有情淚霑臆, 江水江花豈終極.
黃昏胡騎塵滿城, 欲往城南忘南北.

슬픈 강가

小陵의 시골 노인은 소리를 삼켜 울먹이며,
봄날에 曲江 구비에 가만히 가보았다.
江가의 宮殿 대문은 모두 닫혀 있는데,
가는 버들과 새 부들은 누굴 위해 푸른가?
생각건대 옛 무지개 깃발 남원에 내려설 제,
東山 안의 萬物이 빛이 났었지!
昭陽殿 안에 첫째 가는 사람은,
연을 같이 타고 임금 따라와 옆에서 뫼셨지.

연의 앞에 선 才人들은 활과 살을 들었고,
白馬는 황금 재갈을 물고 있었지.
몸을 젖혀 하늘 향해 구름을 쏘았고,
한번 웃음에 짝지어 날던 새 바로 떨어졌었지.
밝은 눈 흰 치아는 지금 어디에 있는가?
피묻은 떠돌이 혼령은 돌아오지 못하고 있다네.
맑은 渭水는 동으로 흐르고 검각은 깊이 있어,
간사람 남은 사람 피차에 소식도 없다네.
사람이 정이 있어 눈물이 가슴을 적시니,
강물과 강변 꽃이 어찌 다하는 날 있으리오.
黃昏에 胡人 말이 성안에 먼지 가득 피우니,
城南에 가려면서 城北을 바라보네.

| 註釋 | ○ 〈哀江頭〉 – 〈슬픈 강가에서〉. 두보가 肅宗 至德 2년(757) 安史의 난(755 – 763) 중에 함락된 장안에서 지은 시이다. 榮華가 지난 다음의 슬픔은 영화를 누리기 전보다 더 서글픈 법이다. 강가에선 初老의 시인이 느끼는 슬픔은 우리의 마음도 아프게 한다.

– 江頭는 曲江의 모퉁이. 곡강은 강이 아니고 연못이 구부러져 있어 '曲江' 이라는 이름이 붙었다고 한다. 당 현종 때에 이곳에 자운루, 부용원, 杏園(행원), 慈恩寺가 있어 현종이 양귀비와 같이 와서 큰 잔치를 벌이기도 했던 곳이다. 자은사는 진사과 합격자들을 위한 잔치를 벌였던 곳이었다. 樂遊原(낙유원)도 이곳이었는데 정월 그믐, 상사일 또는 九月九日에 이곳에 많은 사람들이 모

였었다. 지금은 모두 메워져 육지가 되었다.

○ 小陵野老呑聲哭 – 小陵은, 今 西安市 동남에 있는 漢 宣帝의 능인 杜陵(두릉)의 동남쪽. 小陵野老는 두보의 선조가 杜陵(두릉) 및 소릉 일대에 살았었기에 두보는 스스로 杜陵布衣, 또는 少陵野老라고 자칭했다. 呑聲哭(탄성곡)은 소리를 삼키며 울다. 슬픔을 감추다.

○ 春日潛行曲江曲 – 潛行(잠행)은 몰래 가다. 혼자 가다. 曲江曲은 곡강의 구부러진 곳.

○ 江頭宮殿鎖千門 – 鎖는 쇠사슬 쇄. 잠그다. 千門은 모든 출입문.

○ 細柳新蒲爲誰綠 – 蒲는 부들 포. 爲誰綠(위수록)은 누구를 위하여 푸른가?

○ 憶昔霓旌下南苑 – 憶昔(억석)은 옛날을 생각하면. 霓는 무지개 예. 旌은 깃발 정. 南苑은 곡강 남쪽에 있던 芙蓉池. 苑 나라 동산 원. 서울 昌德宮의 뒷동산은 '禁苑(금원)' 이다.

○ 苑中萬物生顔色 – 顔色은 '얼굴의 표정' 이 아니고 그냥 색깔, 채색의 뜻.

○ 昭陽殿裏第一人 – 昭陽殿(소양전)은 漢의 궁전, 漢 成帝의 皇后였던 趙飛燕의 거처. 第一人은 조비연이지만 현종의 총애를 받은 양귀비를 의미. '環肥燕瘦(楊玉環은 통통하고 조비연은 말랐다.)' 하여 서로 비교가 된다.

○ 同輦隨君侍君側 – 輦은 손수레 연. 侍君側(시군측)은 황제를 측근에서 모시다.

○ 輦前才人帶弓箭 – 才人은 正四品의 女官. 여기서는 양귀비를 모시는 尙宮. 唐 高宗의 황후 측천무후가 처음 입궁할 때 才人이었다.

ㅇ 白馬嚼齧黃金勒 – 白馬는 양귀비 여형제들도 백마에 황금재갈을 물리고 비단 障泥(장니)를 한 말을 타고 華清宮에 행차했었다고 한다. 嚼은 씹을 작. 齧은 물어뜯을 설. 黃金勒(황금륵)은 황금으로 만든 재갈.

ㅇ 翻身向天仰射雲 – 翻身(번신)은 몸을 뒤집다. 뒤로 젖히다.

ㅇ 一笑正墜雙飛翼 – 一笑는 양귀비의 一笑. 墜는 떨어질 추. 雙飛翼(쌍비익)은 한 쌍이 되어 나는 새. 玄宗과 양귀비의 비극을 암시한다고 풀 수도 있다.

ㅇ 明眸皓齒今何在 – 眸는 눈동자 모. 皓는 휠 호. 희다. 하얗게 빛이 나는. 밝은 눈동자와 흰 치아, 즉 미인 양귀비. 今何在 – 지금은 어디에 있는가?

ㅇ 血汚遊魂歸不得 – 汚는 더러울 오. 遊魂(유혼)은 떠도는 혼령. 歸不得은 어디에도 안착을 못하다.

ㅇ 清渭東流劍閣深 – 渭는 위수. 위수는 강물이 맑고 涇水(경수)는 강물이 탁하다. 劍閣(검각) 장안에서 蜀으로 들어가는 요새. 검각을 지나면 잔도가 계속된다. 이 구절은 현종의 피난길을 묘사하였다.

ㅇ 去住彼此無消息 – 去住은 가는 이와 머무는 사람. 현종은 촉으로 갔고, 양귀비 시신은 마외파에 묻혔다.

ㅇ 人生有情淚沾臆 – 沾은 더할 첨. 臆은 가슴 억. 淚沾臆(누첨억)은 눈물이 가슴을 적신다.

ㅇ 江水江花豈終極 – 豈終極(기종극)은 어찌 끝이 있으랴.

ㅇ 黃昏胡騎塵滿城 – 胡騎는 호인의 기병. 安祿山의 무리.

ㅇ 欲往城南望城北 – 城南은 두보가 살던 곳. 望城北은 (걱정이

되어) 城北을 바라보다. 肅宗은 난중에 장안의 서북 영무라는 곳에서 즉위한다. 그래서 '장안의 북쪽을 바라본다.' 라고 풀이하는 책도 있다. 두보가 벼슬을 얻고자 한 것은 숨길 수 없는 사실이지만 그렇다고 이러한 풀이는 너무 정치지향적인 것 같다.

| 詩意 | 안록산의 난 이전이라면 봄의 曲江에는 현종과 양귀비가 호사스럽고 즐겁게 잔치를 벌였을 것이고, 이에 따라 천지만물이 삶과 기쁨에 약동하는 듯했을 것이다. 그러나 이제는 고요하다. 만물이 죽은 듯이 잠잠할 뿐이다. 특히 옛날의 주인공 현종과 양귀비는 유명을 달리하였다.

두보는 曲江에 서서 이들 비극의 주인공을 연상하며 전란과 인생의 무상을 되씹으며 이를 읊었다. 두보의 이 시는 뒷날 백거이의 〈長恨歌〉와 비교가 되지만 그 우열을 논할 소재는 아니다.

杜甫의 시에는 백성들을 이 지경으로 몰아넣은 위정자에 대한 반감이 배어나지만 그렇다고 공개적으로 비난할 수도 없었다. 다만 양귀비의 죽음, 玄宗의 퇴위 모두가 詩人에게는 여러 가지 생각을 낳는 계기이며 소재이기에 자신의 所懷(소회)를 읊지 않을 수 없었다. 이 시의 슬픔은 '人生有情하니, 淚沾臆하고, 江水江花가 豈終極이리오.' 의 두 구절에 집약되어 있다.

이 시는 曲江에 가서 느낀 시인의 느낌, 이어 현종과 양귀비의 옛일에서 느낀 감상, 끝으로 양귀비의 죽음과 그에 따라 인생의 슬픔에도 불구하고 강물은 흐르고 강가에 꽃은 핀다는 시인의 감상을 노래한 3단으로 나눌 수 있다. 그러나 시에 대한 느낌은 百人百色일 것이다.

哀王孫(애왕손)

長安城頭頭白烏，夜飛延秋門上呼.
又向人家啄大屋，屋底達官走避胡.
金鞭斷折九馬死，骨肉不待同馳驅.
腰下寶玦青珊瑚，可憐王孫泣路隅.
問之不肯道姓名，但道困苦乞爲奴.
已經百日竄荊棘，身上無有完肌膚.
高帝子孫盡隆準，龍種自與常人殊.
豺狼在邑龍在野，王孫善保千金軀.
不敢長語臨交衢，且爲王孫立斯須.
昨夜東風吹血腥，東來橐駝滿舊都.
朔方健兒好身手，昔何勇銳今何愚.
竊聞天子已傳位，聖德北服南單于.
花門剺面請雪恥，愼勿出口他人狙.
哀哉王孫愼勿疏，五陵佳氣無時無.

왕손을 슬퍼하다

장안성에 머리가 하얀 까마귀가 나타나,
밤새 연추문 위에 날아와 울고 있었다.
다시 인가로 날아가 큰 집을 쪼아대니,

집에 살던 고관은 호인을 피해 떠나갔다.
황금 채찍 부러지고 九馬도 죽었으니,
골육도 같이 달아나길 기대하지 못했다.
허리엔 보옥과 푸른 산호를 차고 살았던,
가련한 왕손이 길가 모퉁이서 울고 있었다.
그에게 물어도 이름을 말하려 아니 하고,
오르지 지치고 힘드니 종이라도 시켜 달라네.
이미 백여 일을 가시 덤불 속에 지냈으니,
몸에 성한 살도 살갗도 없다네.
高帝의 후손들은 모두 코가 우뚝하니,
龍種은 본래부터 보통 사람과 달랐다네.
도적은 성내에 머물고 황룡은 들에 있지만,
왕손은 천금의 귀한 몸을 잘 보존하소서.
긴 말을 네거리에서 할 수 없었기에,
그래도 왕손을 위해 잠깐이나마 서있었네.
엊저녁 동풍에 피비린내가 불어오더니,
동에서 들어온 낙타가 장안에 가득하네.
북방의 건아들은 건강한 장사들이라서,
전날엔 그리 용감하더니 지금은 왜 우둔한가?
소문엔 天子가 이미 전위를 하였으며,
성덕은 북녘의 南 선우를 감복케 하여,
설욕을 부탁하자 모두 얼굴을 베어 약속했다니,

입 밖에 내지 말고 남의 공격을 조심하시오.
슬프다! 왕손은 삼가며 소홀히 하지마소,
五陵의 훌륭한 기운 없어질 날 없으리라.

| 註釋 | ㅇ 〈哀王孫〉 – 〈왕손을 슬퍼하다〉는 뜻. 이 시는 757년에 두보가 長安에서 〈哀江頭〉와 같이 때에 지은 시이다.

ㅇ 長安城頭頭白烏 – 長安城 唐의 國都. 城頭의 頭는 名詞 뒤에 붙는 접미사. 街頭, 木頭(나무). 頭는 방위사 뒤에 붙기도 한다(예 : 上頭 위쪽). 頭는 동사나 형용사 뒤에 붙어 추상명사를 만들기도 한다(예 : 念頭 읽을 만한 것.) 頭白烏(두백오)는 머리가 흰 까마귀. 불길한 징조.

ㅇ 夜飛延秋門上呼 – 延秋門은 궁궐의 西門. 현종은 이문을 나서 蜀으로 蒙塵(몽진)했다. 경복궁 서문도 연추문이다. 呼는 울다.

ㅇ 又向人家啄大屋 – 啄은 쫄 탁. 부리로 먹이를 쪼다. 大屋(대옥)은 豪貴한 사람의 집. 반란군들이 민가에 난입하고 약탈했다는 뜻.

ㅇ 屋底達官走避胡 – 達官(달관)은 顯達(현달)한 관리. 胡는 여기서는 안록산의 무리들. 안록산(703 – 757)의 父는 粟特人(소그디 人), 母는 突厥(돌궐)족의 무당이었다. 안록산은 장안을 점령하고서 大燕 皇帝를 참칭했지만 眼疾로 앞을 보질 못하면서 성질이 난폭해졌다. 결국 아들 安慶緖(안경서)에게 피살되었다.

ㅇ 金鞭斷折九馬死 – 鞭은 채찍 편. 九馬는 天子의 車騎.

ㅇ 骨肉不待同馳驅 – 骨肉은 皇族 一家. 馳는 달릴 치. 驅는 몰 구. 馳驅(치구)는 피난하다.

○ 腰下寶玦靑珊瑚 – 腰는 허리 요. 玦은 패옥 결. 모난 곳이 하나도 없는 반달모양의 옥. 珊은 산호 산.

○ 問之不肯道姓名 – 不肯은 ~하려 하지 않다. 道는 말하다.

○ 但道困苦乞爲奴 – 困苦(곤고)는 지치고 고통을 겪다. 乞은 빌 걸. 애원하다.

○ 已經百日竄荊棘 – 已經(이경)은 이미. 竄은 숨을 찬. 도망가다. 荊棘(형극)은 가시덤불.

○ 身上無有完肌膚 – 肌는 살 기. 피부. 膚는 살갗 부.

○ 高帝子孫盡隆準 – 高帝는 漢 高祖 劉邦. 隆은 클 융. 크고 풍성하다. 準은 평평할 준. 법도. 본받다. 콧마루 절(준). 隆準(융준)은 우뚝한 콧대. 이를 꼭 '융절' 이라고 읽어야 한다며 박학을 자랑하는 이도 있지만, 많은 사람이 '융준' 으로 읽고 또 그렇게 통한다.

○ 龍種自與常人殊 – 龍種은 황족의 혈통. 天子는 龍의 化身이라 믿었기에 그 후손을 龍種이라 했다.

○ 豺狼在邑龍在野 – 豺狼(시랑)은 승냥이와 이리. 안록산의 반란군. 龍은 황제. 在野는 들로 피난을 갔다.

○ 王孫善保千金軀 – 千金軀(천금구)는 천금처럼 귀한 몸.

○ 不敢長語臨交衢 – 長語는 오래 이야기 하다. 衢는 네거리 구. 交衢(교구)는 네거리. 행인 왕래가 많은 곳.

○ 且爲王孫立斯須 – 斯須(사수)는 잠시. 須臾(수유)와 同.

○ 昨夜東風吹血腥 – 腥은 비린내 성. 血腥(혈성)은 피비린내.

○ 東來槖駝滿舊都 – 槖은 자루 탁. 駝는 낙타 타. 東來槖駝(동래탁타)는 동쪽에서 온 낙타 떼. 안록산은 낙양과 장안을 함락시

킨 뒤 낙타를 이용하여 장안의 보물들을 자신의 세력근거지인 范陽(범양, 지금의 北京에서 保定市 一帶)으로 반출했다. 舊都는 長安. 현종의 아들 숙종이 장안의 靈武에서 즉위하고 주둔해 있었기에 장안을 舊都라 하였다.

○ 朔方健兒好身手 – 朔方(삭방)은 북방. 삭방절도사를 靈武節度使라고도 하였는데, 唐朝에서 西北쪽의 돌궐족을 방어하기 위한 軍陣이었다. 朔方健兒(삭방건아)는 삭방절도사였던 哥舒翰(가서한)은 돌궐족 방어로 이름을 날렸었다. 안록산의 군대와 반년 가까이 대치하였으나 결국 안록산 반군에게 패하였다. 身手는 용모와 풍채. 好身手(호신수)는 훌륭한 솜씨.

○ 昔何勇銳今何愚 – 勇銳(용예)는 용맹하다. 今何愚는 지금은 어찌 그리 우둔한가. 가서한의 군대는 潼關(동관)에서 안록산에게 대패하였다. 때문에 장안은 적의 수중에 떨어졌다.

○ 竊聞天子已傳位 – 竊은 훔칠 절. 몰래. 竊聞(절문)은 소문으로 듣다. 天子已傳位 – 현종은 천보 15년(756년) 七月, 太子에게 양위하고, 태자는 靈武(寧夏回族自治區 中部의 靈武市)에서 즉위하였다.

○ 聖德北服南單于 – 聖德은 숙종의 德行. 北服은 북쪽 지역을 感服시키다. 南單于(남선우) 흉노의 부족장(통치자)을 單于(선우)라 하는데, 남선우는 回紇(회흘, 위그루, 위글)族의 족장. 숙종은 위글族과 화친을 맺고 그 군사력을 빌려 안록산 반란군 토벌에 나선다. 單은 오랑캐 임금 선.

○ 花門剺面請雪恥 – 花門은 地名으로 위구르족의 활동지역. 여기서는 위구르族. 剺는 벗길 이(리). 剺面(이면)은 위구르 인들

은 얼굴에 칼자국을 내어 약속을 표시한다. 雪은 씻다. 雪恥(설치)는 치욕을 씻어내다.

ㅇ 愼勿出口他人狙 – 勿出口는 입 밖에 내지 말라. 他人은 반란군이나 반란군에 투항한 관리들. 狙는 원숭이 저. 노리다. 엿보다. 狙擊(저격).

ㅇ 哀哉王孫愼勿疏 – 哀哉(애재)는 슬프다! 勿疏(물소)는 소홀히 하지 말라. 왕손은 위에서 남의 종(奴)이라도 되겠다고 했다. 몸을 잘 보존하라는 당부의 말.

ㅇ 五陵佳氣無時無 – 五陵은 唐 高祖 李淵의 獻陵, 太宗의 昭陵 등 5陵. 佳氣는 상서로운 기운. 無時無 – 없는 때가 없다. 당의 융성은 반드시 있을 것이다.

| 詩意 | 안녹산의 반란군이 至德 원년(756) 6월, 潼關(동관)을 격파하고 장안에 밀려오자, 당나라 현종은 王子, 王孫 및 양귀비, 귀비의 사촌 楊國忠 등 극소수의 측근들만을 데리고, 비밀리에 延秋門을 통해 멀리 蜀으로 다급하게 피했다.

그러므로 장안에는 많은 왕손들과 고관대작들이 남아 있었으며, 반란군이 장안을 점령하자, 적에게 살해되었다.

당시 두보도 피난을 가지 못하고 장안에서 반란군의 감시를 받고 있었다. 이때에 한 왕손을 만났으며, 그 왕손도 피난을 가지 못하고 들이나 산속을 헤매면서 몸을 숨기고 살아남기 위하여 극심한 고생을 다 겪고 있었다. 두보는 그를 불쌍히 여기고 동시에 조심하고 후일을 기하자고 위안을 해주었다.

이 시는 3단으로 구분할 수 있는데, 처음 6句는 큰 변란을 예고

하는 여러 가지 불길한 징조를 서술하여 시의 전체 내용을 암시하였다.

2단에서는 길에서 만난 王孫에 대한 묘사와 전란을 이야기 하였다. 이어 竊聞天子已傳位에서부터 끝까지는 3단으로 長安은 수복될 것이며, 唐은 다시 융성할 것이라는 간절한 희망을 담아 詩를 마무리 하였다. 시의 사실적 내용은 '詩史'라 할 수 있으며, 1단과 3단을 각각 6句로 시작과 끝을 맞춘 것도 두보가 공을 들여 창작했다는 사실을 말해주고 있다.

002

岑參(잠삼)

岑參(Cén Sheēn, 잠삼, 715 – 770. 岑은 봉우리 잠, 參은 별이름 삼)은 재상이었던 岑文本의 증손으로, 高適(고적)과 함께 唐代 邊塞詩(변새시)의 대표적인 시인이다.

어려서 가난했지만 經史를 공부하고 20세에 장안에 와서 벼슬을 구했으나 얻지 못하고 장안과 낙양 사이를 방랑했다. 현종 天寶 3년(744), 30세에 진사과에 합격하여 兵曹參軍의 관직을 얻었고, 천보 8년에 安西四鎭節度使인 高仙芝(고선지)의 막부 서기가 되어 安西에 부임하니, 이것이 잠삼의 첫 번째 出塞이다. 이후 몇 차례에 걸쳐 총 6년여 동안 국경지역에 근무하였다. 나중에 嘉州刺史(가주자사)를 역임하였기에 '岑嘉州(잠가주)' 라고 부르기도 한다.

잠삼 시는 경치와 감회에 대한 서술이 뛰어나고 웅혼한 기풍을 느낄 수 있다. 그의 시 400여 수가 현존하는데, 그중 70여 수가 변새시이다.

參의 우리말 표기에 대하여, cān은 參(참여할 참), cēn은 參(층날 참), shēn은 參(별이름 삼, 인삼 삼)이다. 中文에서 岑Cén 參Shēn으로 표기하니, 우리말 '잠삼' 으로 기록한다.

題三會寺倉頡造字臺(제삼회사창힐조자대)

野寺荒臺晚，寒天古木悲.
空堦有鳥跡，猶似造書時.

三會寺, 창힐의 조자대에서 짓다

들판의 옛 절터에 해가 지는데,
차가운 날 고목은 홀로 서럽다.
다니는 이 없는 층계의 새 발자국,
정말로 꼭 글자 만들 때와 같구나.

| 詩意 | 위 시에서 倉頡(창힐)은 黃帝의 史官을 지냈다는 신화 속 인물로, 道教에서는 文字之神으로 추앙하며 보통 창힐선사로 불린다. 전설속의 창힐은 4개의 눈에 각각 두 개의 눈동자가 있는 인물로 그려진다.

《全唐詩》 201권 수록.

行軍九日思長安故園(행군구일사장안고원)

強欲登高去，無人送酒來.
遙憐故園菊，應傍戰場開.

중양절에, 행군하며 장안 고향집을 생각하다

登高 생각을 참을 수 없지만,
술을 보내주는 사람이 없다.
멀리 옛 집의 국화가 그리우니,
응당 전쟁터 옆에 피었으리라.

| 詩意 | 九月 九日이면 登高(등고)하는 날이기에 陶淵明과 국화와 술, 그리고 고향을 그리는 마음과 변방의 행군을 하나로 이어 묘사하였다. 이 시는 안록산 난이 진행 중이던 757년의 작품으로 알려졌다. 당시 잠삼은 肅宗을 수행하여 鳳翔(봉상)으로 진군 중이었다.

《全唐詩》 201권 수록.

暮秋山行(모추산행)

疲馬臥長坂，夕陽下通津.
山風吹空林，颯颯如有人.

늦가을에 산길을 가다

지친 말은 長坂에 누워 있고,
저녁 해는 通津에 떨어진다.
산바람은 인적 끊긴 숲에 불어와,
바람소리 솨솨 사람 있는 듯하네.

| 詩意 | 산길을 가는 나그네가 느끼는 가을의 황량함이 잘 그려져 있다. 颯은 바람소리 삽. 颯颯(삽삽)은 바람소리. 의성어. 바람부는 모양.

寄韓樽(기한준)

夫子素多疾, 別來未得書.
北庭苦寒地, 體內今何如.

한준에게 보내다

그대는 평소 잔병이 많거늘,
떠나간 뒤로 소식 듣지 못했소.
북쪽 땅은 몹시 추운 땅인데,
지금 객지 건강 어떠하신가?

| 詩意 | 출장 간 친우에게 보낸 편지처럼 우인을 생각하는 정이 넘치는 절구이다.

西過渭州見渭水思秦川(서과위주견위수사진천)

渭水東流去，何時到雍州.
憑添兩行淚，寄向故園流.

서쪽 渭州를 지나며 渭水를 보고 秦川을 생각하다

위수는 동쪽으로 흘러가지만,
어느 세월에 옹주에 도착하겠나?
여기에 두 줄기 눈물을 보태어,
고향집 뜰까지 흘려 보내련다.

| 詩意 | 渭水(위수)는 황하의 큰 지류로 장안 곁을 지나 흘러 황하에 합류한다. 秦川은 장안 일대를 지칭하고, 雍州(옹주) 또한 장안 일대를 지칭하는 옛 명칭이다. 시인의 집은 장안이다. 장안에서 서쪽 변새에 부임하면서 고향을 그리며 지은 시이다.

逢入京使(봉입경사)

故園東望路漫漫，雙袖龍鍾淚不乾.
馬上相逢無紙筆，憑君傳語報平安.

入京하는 사자를 만나다

동쪽 고향을 보니 길은 멀리 이어졌고,
양쪽 소매가 축축해도 눈물은 아니 마른다.
馬上에서 서로 만났으나 지필이 없으니,
부탁하니 평안하다고 내 말 좀 전해주오.

| 詩意 | 시인 잠삼은 天寶 8년(749)에, 安西節度使 高仙芝(고선지)의 속관인 判官에 임명되어 장안을 뒤로 하고 西行하고 있었다.

1, 2구는 絶景을 그리기 위한 배경 그림이 되고, 3구는 단순한 서술이며, 4句가 바로 이 시의 요점이다.

본문의 龍鐘은 '늙어 행동이 부자연스런 모습', '영락한 모양', '축축한 모양(沾濕)'의 뜻이 있다.

武威送劉判官赴磧西行軍(모위송유판관부적서행군)

火山五月行人少, 看君馬去疾如鳥.
都護行營太白西, 角聲一動胡天曉.

武威에서 劉判官이 磧西로 부임하는 行軍을 전송하다

화염산은 오월에도 행인이 없는데,
보건대 그대의 말은 새가 날듯 달려가네.
도호의 진영은 태백성의 서쪽에 있나니,
호각 소리 한번 울자 서역이 밝아 오네.

| 詩意 | 武威(무위)는 地名. 漢의 郡名. 磧은 서덜 적. 흙은 없고 돌만 쌓인 곳. 시에 나오는 火山은 新疆省(신강성) 투르판의 화염산으로 해발 4,500m이다. 묘사에 약간의 과장이 있지만 변방의 황량한 경관을 그려볼 수 있다.

磧中作(적중작)

走馬西來欲到天, 辭家見月兩回圓.
今夜不知何處宿, 平沙萬里絶人煙.

돌밭에서 짓다

말 달려 서쪽에 오니 하늘 닿을 것 같고,
집 떠난 이후에 달은 두 번이나 둥글었네.
오늘 밤은 어디서 자야할지 모르는데,
만리 뻗친 모래밭 인적마저 끊기었다.

| 詩意 | 시 제목의 磧(적)은 흙이 없고 자갈이나 큰 돌이 널려 있는 자갈밭인데, 우리말로는 서덜이라고 한다.

시인은 안서도호부에 부임했는데 '伊州 鐵勒國에는 沙磧이 많다.' 는 기록이 있고, 잠삼의 다른 시에 '十日過沙磧하니 終朝風不休라.' 는 구절도 있다.

안서도호부 지역은 워낙 고지대이기에 시인이 하늘에 닿을 것 같다고 표현하였다.

銀山磧西館(은산적서관)

銀山磧口風似箭，鐵門關西月如練.
雙雙愁淚沾馬毛，颯颯胡沙迸人面.
丈夫三十未富貴，安能終日守筆硯.

銀山 적서관에서

銀山 서덜 입구의 바람은 꽂히는 화살 같고,
鐵門關 서산에 걸린 달은 비단처럼 훤하다.
근심 때문 두줄기 눈물이 말 잔등에 떨어지고,
胡地 센 바람은 모래로 얼굴을 때리고 흩어진다.
사나이 삼십 나이에 부귀를 이루지 못했다면,
진종일 붓과 벼루를 지킨들 무엇을 하겠는가?

| 詩意 | 칠언절구가 아닌 칠언고시이나 서덜(磧)이라는 중심 단어 때문에 여기에 수록했다. 이 시는 《全唐詩》 199권에 수록되었다. 시인이 중원에서 경험하지 못한 기이한 풍경은 시인에게 아주 좋은 詩材가 된다. 잠삼의 변새 풍경에 대한 뛰어난 묘사는 결국 변새시의 범주를 새롭게 넓혔다는 평가를 받을 만했다.

사실 이 시에 묘사된 풍경은 그가 직접 경험하지 못했다면 표현이 불가한 내용들이다. 거기에 잠삼의 호쾌한 뜻이 보태지기에 '丈夫三十未富貴면 安能終日守筆硯이리오?' 라는 명구가 쏟아질 수 있었다.(筆硯의 硯은 벼루 연)

春夢(춘몽)

洞房昨夜春風起，故人尚隔湘江水.
枕上片時春夢中，行盡江南數千里.

봄날의 꿈

신방에 엊저녁 봄바람이 불었고,
머나먼 湘江의 미인이 그리웠네.
베갯머리 한순간 봄 꿈속에서,
강남 땅 수천 리를 다녀왔다네.

| 詩意 | 이 시에서 美人은 아름다운 여인이거나 시인의 아내라고 생각할 수도 있다. 아니면 훌륭한 인격을 갖춘 道德君子일 수도 있다. 전설 속 湘江(상강)의 미인이 현몽하여 시인이 그리던 강남의 멋진 풍광 속에서 신나는 유람을 꿈꾸었는지도 모른다.

그 짧은 시간 꿈속에서 강남 땅 수천 리를 다녀왔다는 표현은 과장이 없는 실제이기에, 다시 말해 누구나 겪어본 그런 꿈이라서, 사람들이 즐겨 외는 절창이 되었다.

山房春事(산방춘사) 二首 (其一)

風恬日暖蕩春光，戲蝶遊蜂亂入房.
數枝門柳低衣桁，一片山花落筆牀.

산속의 봄날 (1 / 2)

잔잔한 바람, 따슨 볕에 봄기운 무르익었고,
멋대로 나는 나비와 벌이 방에도 들어온다.
대문 옆 버들 몇 가지 낮게 늘어졌고,
산에 핀 꽃잎 몇 개가 책상 위에 날아온다.

| 詩意 | 이 시는 잠삼이 출사하기 전, 20대에 지은 시로 알려졌다. 봄날의 경관을 읊은 시이나 1수는 봄날의 풍경을 읊었는데, 시인이 앉아 있는 서실에 본 봄의 정경이다.

低는 낮을 저. 낮게 늘어지다. 衣桁(의항)은 방 아랫목 구석의 옷걸이. 1m 내외의 막대를 천정에서 키 높이 되게 수평으로 매달아 놓고 옷을 걸었다. 보통 '횃대' 라고 통칭했다. 桁은 횃대 항. 옷걸이.

山房春事(산방춘사) 二首 (其二)

梁園日暮亂飛鴉，極目蕭條三兩家.
庭樹不知人死盡，春來還發舊時花.

산속의 봄날 (2 / 2)

옛 부잣집 터에 날 저물자 까마귀 마구날고,
눈 닿는데 까지 두세 집만 외따로 쓸쓸하다.
뜰의 나무는 주인이 죽은 줄도 모르고,
봄이 왔다고 여전히 옛 꽃을 피웠구나.

| 詩意 | 梁園은 前漢 文帝의 아들로 景帝의 아우인 梁 孝王의 대 정원으로, 그 주위가 삼백 리라 하였다. 한창 전성기에 梅乘(매승), 司馬相如(사마상여) 같은 문인들이 여기서 잔치를 즐겼는데, 그 유적이 河南省 동부 商丘市에 있다고 한다. 여기서는 부잣집이라는 의미로 쓰였다.

이 시는 懷古詩(회고시)이다. 고금의 흥망성쇠가 모두 이와 같을 것이다. 어지러이 나는 까마귀 떼(飛鴉), 그리고 홀로 서 있는 庭樹(정수)가 풍경 속에서 짝을 이루고 梁園을 생각하게 해주는 것은 '舊時花' 뿐이다. 하여튼 이후로 이를 모방한 많은 회고시가 지어졌다고 하니, 이 또한 잠삼의 성취가 아니겠는가?

戲問花門酒家翁(희문화문주가옹)

老人七十仍沽酒, 千壺百甕花門口.
道傍榆莢仍似錢, 摘來沽酒君肯否.

화문루 술집의 노인에게 장난으로 물어보다

칠십 노인이 아직도 술을 파는데,
많은 술병과 동이가 입구에 있네.
길가의 느릅나무 꽃은 돈하고 꼭 비슷한데,
따다가 술 사면 영감은 받겠소? 안 받겠소?

| 詩意 | 天寶 10년(751)에, 잠삼은 안서절도사 高仙芝(고선지, ? - 755, 고구려 왕족 후손)의 막료로 涼州(今, 甘肅省 武威市)에서 근무했었다. 榆莢〔유협, 一作 榆英(유영)〕은 잎보다 먼저 피는, 엽전을 꿴 것 같은 꽃이라는 설명이 있다. 잠삼의 해학과 기지를 느낄 수 있는 유쾌한 시이다.

秋夜聞笛(추야문적)

天門街西聞搗帛，一夜愁殺湘南客.
長安城中百萬家，不知何人吹夜笛.

가을밤에 피리 소리를 듣다

天門 서쪽거리서 들리는 비단 다듬이질 소리,
湘南 나그네를 밤새 깊은 시름에 잠기게 한다.
장안 성내에 백만 호가 있다는데,
어느 누구가 밤 피리를 부는지 알 수 없어라.

| 詩意 | 1백만 호가 산다는 장안 대 도시에 들른 나그네이다.

잠삼이 잠을 못 이루듯, 역자도 서울에 처음 올라와 허름한 여관을 찾아들었지만 그날 밤 잠을 잘 수 없었다.

잠삼은 비단을 다듬이질하는 소리와 피리 소리에 잠을 못 들었다. 역자는 밤새 들리는 자동차 소리와 웅성대는 말소리가 계속 마음에 걸렸다.

잠삼은 피리 소리가 나그네를 죽을 지경에 이르도록 심하게 愁心을 자극한다고 느꼈다. 천 년 전이나 지금이나 나그네의 수심은 비슷한 모양이다.

《全唐詩》 201권에 수록.

寄左省杜拾遺(기좌성두습유)

聯步趨丹陛, 分曹限紫微.
曉隨天仗入, 暮惹御香歸.
白髮悲花落, 青雲羨鳥飛.
聖朝無闕事, 自覺諫書稀.

문하성 두습유에게 보내다

둘이서 나란히 바쁘게 붉은 계단을 올라,
자미가 심겨진 곳에서 서로 갈라졌지요.
아침엔 조정의 의장병 따라 들어가고,
저녁엔 어전의 향내를 묻혀 돌아왔지요.
백발에 지는 꽃을 서러워하고,
青雲에 나는 새가 부러웠지요.
聖明한 조정 틀린 政事가 없기에,
간쟁의 글이 거의 없는 것 같지요.

| 註釋 | ○ 〈寄左省杜拾遺〉 – 〈문하성 두습유에게 보내다〉.

左省은 門下省. 中書省은 右省이라 했다. 두보는 문하성의 屬官인 拾遺(습유)였고, 당시 岑參(잠삼)은 중서성 소속 '輔闕(보궐)'이라는 직책에 있었다. 두보의 직분인 좌습유는 諫官(간관)이다. 拾遺는 言官으로 조정의 過失을 알리고 바로잡는 역할을 담당하지만 從 8品의 하위직이었다(宋代에는 正言).

측천무후 때(685) 설치된 습유는 중서성과 문하성의 소속이었는데 문하성 소속의 습유는 좌습유, 중서성 소속은 우습유라 하였다. 당의 시인 중에서 陳子昻(진자앙)도 습유로 근무했었다.

이 시는 肅宗 乾元 元年(758)에 지은 것으로, 당시 잠삼은 44세였고 두보는 47세였다. 두보와 잠삼은 서로 증답한 시가 많다. 이때 두보의 관직생활과 관련된 시로써 〈春宿左省〉이 있다. 《全唐詩》 199권에 수록.

○ 聯步趨丹陛 – 聯步는 두 사람이 동행하다. 趨는 달릴 추. 빨리 걷다(快步). 丹陛(단폐)는 붉은 칠을 한 계단 위. 조정의 계단.

○ 分曹限紫微 – 分曹(분조)는 담당 업무를 달리하다. 限은 경계로 하다. 紫微(자미)는 꽃 이름. 木百日紅(배롱나무). 중서성에는 자미를 많이 심었다고 한다.

○ 曉隨天仗入 – 天仗(천장)은 조정 대신들을 호위하는 의장대.

○ 暮惹御香歸 – 暮는 저물 모. 惹는 이끌 야. 묻히다, 물들이다. 御香(어향)은 御前(어전)의 香.

○ 白髮悲花落 – 白髮(백발)은 그 당시에 40세 이상이면 初老라 하였다.

○ 青雲羨鳥飛 – 羨은 부러워할 선. 이 聯은 잠삼의 심경을 서술한 것이다.

○ 聖朝無闕事 – 聖朝는 唐 肅宗(재위 756 – 762) 그때 안록산과 史思明의 난은 진행 중이었다. 無闕事(무궐사)는 잘못된 政事가 없다. 칭송을 들을 정도로 정치가 안정되지는 않았었다.

○ 自覺諫書稀 – 諫書(간서)는 신하나 지방에서 올라오는 忠諫(충간)하는 글. 稀는 드물 희. 言路가 트이지 못했음을 풍자하였다

고 보아야 한다.

| 詩意 | 위의 5句 '白髮悲花落' 에서 잠삼이 실제 백발이었는지는 추정할 수 없다. '꽃이 지는 것을 서러워하다' 에서 나이는 들었는데, 그에 걸맞는 직위도 아니고 또 언제 그만둬야 할지도 모르는 불안감을 표출했다고 해석할 수 있다.

그리고 6구 '青雲羨鳥飛' 는 두보에게 기증하는 시이기에 두보가 '青雲을 뚫고 높이 나는 새처럼' 官運이 트인 것을 축하한다는 의미가 들어 있다.

그러나 두보는 결코 잘 나가는 관리가 아니었다. 두보는 다음해에 지방 관아의 參軍으로 폄직된다.

사실 관운이 없기는 잠삼보다 두보가 더 했었다. 관직 아니면 생활이 보장되지 않는 문인 – 지식인 – 의 불안한 실상을 염두에 두어야 한다. 두보는 이 시를 받고 〈奉答岑參補闕見贈〉이라는 시를 지어 보냈다.

하여튼 시를 주고받는 아름다운 교제는 향기롭다. 杜甫나 岑參과 같은 일류 시인이 아닐지라도 받은 시에 화답하는 마음은 진정한 우정의 표현이 아니겠는가?

韋員外家花樹歌(위원외가화수가)

今年花似去年好, 去年人到今年老.
始知人老不如花, 可惜落花君莫掃.
君家兄弟不可當, 列卿御史尙書郎.
朝回花底恆會客, 花撲玉缸春酒香.

韋(위) 원외 집의 꽃과 나무를 노래하다

올해에 핀 꽃은 작년처럼 곱지만,
작년의 그 사람은 올해엔 늙었다.
이처럼 늙은 사람은 꽃과 다르다 알았으니,
아까운 낙화를 그대는 쓸어버리지 마시오.
당신의 형제도 늙기를 당할 수 없는데,
지금은 9卿에 御史, 尙書郎에 올랐네요.
조정서 돌아와 꽃밭서 손님을 늘 대접하니,
꽃잎이 옥잔에 떨어져 봄술은 향기롭구나.

| 詩意 | 岑參이 韋氏 員外의 댁에 초청받았다. 꽃은 해마다 똑같이 곱게 피나 사람은 해마다 늙어가니 같지 않다.

인생의 무상을 한탄하고 위 원외 댁의 번창을 부러워하며 칭송하고 있다. '年年歲歲花相似나 歲歲年年人不同이라.'는 말은 眞理 아니겠는가?

奉和中書舍人賈至早朝大明宮
(봉화중서사인가지조조대명궁)

雞鳴紫陌曙光寒, 鶯囀皇州春色闌.
金闕曉鐘開萬户, 玉階仙仗擁千官.
花迎劒珮星初落, 柳拂旌旗露未乾.
獨有鳳皇池上客, 陽春一曲和皆難.

中書舍人 賈至의 '早朝大明宮'을 받고 화답하다

첫닭이 울 때 도성 거리는 쌀쌀하나,
앵무새 우는 皇都엔 봄기운이 넘친다.
궁궐 새벽 종소리에 온 문이 열리고,
계단의 근위병이 백관을 옹위한다.
꽃이 피고 칼과 패옥 소리에 별빛은 지고,
버들 스치는 깃발엔 이슬이 마르지 않았다.
유독 중서성 관원으로 근무하는 그대의,
陽春 악곡과 같은 시에 화답이 어렵도다.

| 註釋 | ○ 〈奉和中書舍人賈至早朝大明宮〉 – 〈中書舍人 賈至의 '早朝大明宮'의 시를 받아 화답하다〉.

숙종 乾元 원년, 中書舍人인 賈至(가지)는 〈早朝大明宮贈兩省僚友〉라는 시를 지어 여러 사람에게 보냈다. 거기에 화답한 시가 몇 편이었는데, 그중에서도 岑參과 王維의 시가 우수하다는 평을 들었다.

○ 雞鳴紫陌曙光寒 – 紫는 자줏빛 자. 신선이나 제왕의 집 색깔. 천제가 있는 곳. 陌은 두렁 맥. 경계. 紫陌(자맥)은 황제가 있는 도성의 거리. 曙光(서광)은 새벽 빛.

○ 鶯囀皇州春色闌 – 鶯은 꾀꼬리 앵. 囀은 지저귈 전. 皇州는 京城. 闌은 가로 막을 난(란). 늦다. 다하다. 雞鳴과 鶯囀, 紫陌과 皇州 등이 모두 對句이다.

○ 金闕曉鐘開萬戶 – 金闕은 金殿. 황금의 전각. 궁궐 여러 건물. 曉鐘(효종)은 새벽 종.

○ 玉階仙仗擁千官 – 仙仗은 경비병. 擁은 안을 옹. 擁衛(옹위)하다. 金闕과 玉階, 曉鐘과 仙仗 또한 대구를 이룬다.

○ 花迎劍珮星初落 – 劒은 칼 검. 珮는 찰 패. 佩와 同.

○ 柳拂旌旗露未乾 – 拂은 떨 불. 털어내다. 旌旗(정기)는 천자의 각종 깃발.

○ 獨有鳳凰池上客 – 鳳凰池는 中書省이 있는 곳. 上客은 중서성의 관리. 賈至를 지칭.

○ 陽春一曲和皆難 – 陽春은 雅樂의 곡조명. 和皆難은 화답이 모두에게 어렵다. 賈至의 詩가 훌륭하여 그에 화답하기가 어렵다는 의례적인 칭송.

| 詩意 | 1 – 6句는 화려한 도성의 풍경을 묘사한 구절. 특별한 의미는 없다. 우리가 보통으로 쓰지 않는 용어가 많아 어렵게만 느껴진다. 실제보다 화려하게 그려진 채색 그림을 본다고 생각하면 된다.

7, 8구가 화답하는 내용인데, 칭송의 뜻으로 건네는 의례적 구절 같다. 옛날의 궁궐의 정식 조회는 해뜨기 전에 시작한다고 생각하면 된다.

1, 2구는 早朝 前의 도성. 3, 4구는 早朝에 백관의 출근. 5, 6구는 早朝의 조회를 마친 다음을 묘사하였다.

전체적으로 경물의 묘사에 치중하면서도 언어와 음률의 조화, 그리고 기교와 典雅를 모두 다 갖춘 秀作으로 알려졌다.

與高適薛據登慈恩寺浮圖(여고적설거등자은사부도)

塔勢如涌出, 孤高聳天宮.
登臨出世界, 磴道盤虛空.
突兀壓神州, 崢嶸如鬼工.
四角礙白日, 七層摩蒼穹.
下窺指高鳥, 俯聽聞驚風.
連山若波濤, 奔湊似朝東.
青槐夾馳道, 宮館何玲瓏.
秋色從西來, 蒼然滿關中.
五陵北原上, 萬古青濛濛.
淨理了可悟, 勝因夙所宗.
誓將挂冠去, 覺道資無窮.

고적, 설거와 자은사의 부도에 올라

탑의 형세는 마치 솟아나온 듯,
홀로 하늘 높이 치솟았다.
올라보니 세상을 벗어난 듯,
돌계단은 허공에 서리었다.
우뚝하게 온 땅을 제압하듯,
깎아 올린 건 귀신 솜씨로다.
사방 모서리가 해를 가리는 듯,

칠층 높이에선 하늘에 닿는다.
아래론 높이 나는 새를 보고,
엎드려 세찬 바람 소리 듣는다.
이어진 산맥은 파도를 치는 듯,
달려와 모여선 동쪽에 절을 한다.
푸른 홰나무는 큰 길을 끼고 섰고,
궁궐 집들은 어찌 저리 영롱한가?
秋色은 서쪽으로 들어와서는,
창연히 關中 땅에 가득하도다.
五陵이 누운 북쪽 벌판에는,
萬古의 푸른 숲이 울창하다.
淨土의 이치 깨우칠 수 있다면,
善因의 응보를 일찍 믿어야 한다.
맹세코 관직을 버리고 가더라도,
佛道를 깨달아 끝까지 따르리라.

| 註釋 | ○ 〈高適薛據登慈恩寺浮圖〉 - 〈고적, 설거와 함께 자은사의 부도에 올라〉.

《全唐詩》 198권 수록. 薛은 맑은 대 쑥 설. 성씨. 據는 의거할 거. 高適(고적)은 盛唐의 시인으로 여러 벼슬에 올랐고, 死後에는 禮部尙書에 추증되었는데, 고적은 변새시에 능했다.

薛據(설거) 역시 성당의 시인으로, 開元 19년(731)에 進士에 올랐다. 《全唐詩》 그의 詩 12수가 있다.

慈恩寺(자은사)는 長安(現, 西安市) 남쪽, 曲江池(곡강지) 북쪽에 있었는데, 唐 高宗이 태자일 때에 생모 文德皇后(문덕황후, 太宗의 황후)를 위해서 중창했다.

인도에서 불경을 구해온 玄奘(현장)이 여기서 譯經(역경) 사업을 했고, 또 大雁塔(대안탑)을 건축했다. 최초의 대안탑은 5층이었으나 측천무후 때 10층 塼塔(전탑, 벽돌 탑)으로 재건축하였고 그 높이가 60m였다고 한다.

唐代에 매년 科擧의 進士及第者들은 관례대로 曲江宴을 한 뒤에 慈恩寺에 들어가 大雁塔에 오르고 그 벽에 이름을 써서 기념으로 남겼다고 한다.

지금의 대안탑은 明나라 萬歷 연간에 재 보수한 것으로 7층에 높이가 64m로 西安의 랜드마크(標志性 建築物) 고적이다.

浮圖(부도)는 梵語(범어) Buddha의 音譯語로, 지금은 거의 '佛'로 통일되어 사용하고 있다. 佛塔은 본래 부처 몸에서 나온 '舍利(사리)를 보관하기 위한 집(건축물)' 이다.

이 시에 나온 '浮圖' 를 우리나라에서는 일반적으로 '浮屠(부도)' 로 표기한다. 승려 사후에 화장을 한 뒤 수습한 사리를 보관하기 위한 비교적 간단한 형태의 불탑이라 할 수 있다.

우리나라는 석탑이 많지만 중국에는 전탑이 많다. 이 시 제목의 浮圖는 大雁塔을 지칭한다.

○ 塔勢如湧出 – 塔은 탑파 탑. 불당. 湧은 샘솟을 용. 높이 우뚝 솟은 탑의 형세가 흡사 땅속에서 솟아나온 듯하다.

○ 孤高聳天宮 – 孤高는 오직 하나만 높다랗게. 聳은 솟을 용. 天宮은 하늘.

○ 登臨出世界 – 出世界는 이 세상을 벗어난 듯하다. 불교에서는 과거, 현재, 미래를 世, 上下와 四方을 界라 한다.

○ 磴道盤虛空 – 磴은 돌 비탈길 등. 磴道(등도)는 돌로 된 오르는 길, 탑 내부의 올라가는 돌계단. 盤은 소반 반. 蟠(서릴 반, 몸을 감고 엎드린 상태)과 通.

○ 突兀壓神州 – 突은 갑자기 돌. 兀은 우뚝할 올. 突兀(돌올)은 우뚝 솟다. 갑작스레. 壓은 누를 압. 神州는 중국의 별명, 전 국토. 혹은 京都의 뜻.

○ 崢嶸如鬼工 – 崢은 가파를 쟁. 嶸은 가파를 영. 崢嶸은 세차게 높이 우뚝 서 있는 품.

○ 四角礙白日 – 四角은 사방으로 뻗은 처마. 礙는 꺼리낄 애. 가로막다.

○ 七層摩蒼穹 – 摩는 갈 마. 문지르다. 만지다. 蒼은 푸를 창. 穹은 하늘 궁. 蒼穹은 푸르고 창창하며 끝없이 둥근 하늘.

摩蒼穹(마천궁)은 1931년에 건축된 뉴욕(紐約)의 Empire State Building(帝國大廈, 102층, 꼭대기까지는 448m)를 摩天樓(Skyscraper)라 번역한 뜻이 연상된다.

○ 下窺指高鳥 – 窺는 엿볼 규.

○ 俯聽聞驚風 – 俯는 구부릴 부. 驚은 놀랠 경. 驚風은 강하게 부는 바람. 거친 바람소리.

○ 連山若波濤 – 連山은 이어진 산. 若은 같을 약. 波는 물결 파. 濤는 큰 물결 도.

○ 奔湊如朝東 – 奔은 달릴 분. 湊는 모일 주. 朝 ~을 향하여. 朝拜하다.

○ 青槐夾馳道 – 槐는 홰나무 괴. 夾은 낄 협. 馳는 달릴 치. 馳道(치도)는 천자의 수레가 오가는 큰 길.

○ 宮館何玲瓏 – 館은 집 관. 사람이 상주하지는 않는 건물. 何는 어찌? 玲은 옥 소리 영. 옥이 새겨진 모양. 瓏은 옥 소리 농(롱). 구슬처럼 아름답고 선명하다.

○ 秋色從西來 – 從은 좇을 종. ~로부터.

○ 蒼然滿關中 – 蒼은 푸를 창. 蒼然은 아주 파란 모양, 날이 저물어 어둑어둑한 모양, 물체가 오래 되어서 옛 빛이 저절로 드러나는 모양. 滿關中은 관중 땅에 가득하다.

지금의 陝西省을 관중(關中)이라 했다. 동쪽의 함곡관(函谷關), 남쪽의 무관(武關), 서쪽의 산관(散關), 북쪽의 소관(蕭關) 등 네 관문으로 둘러싸여 있다.

○ 五陵北原上 – 五陵은 장안 교외에 있는 다섯 개의 왕릉. 漢 高祖의 長陵, 惠帝의 安陵, 景帝의 陽陵, 武帝의 茂陵(무릉), 昭帝(소제)의 平陵을 말한다. 北原 – 북쪽의 들판.

○ 萬古青濛濛 – 濛는 가랑비 올 몽, 흐릿할 몽. 濛濛(몽몽)은 안개가 자욱한 모양, 초목이 무성한 모양. 여기서는 푸른 숲이 자욱하게 우거져 있다.

○ 淨理了可悟 – 淨理는 불교의 淨土往生(정토왕생)의 교리. 了는 마칠 료. 밝게 알다. 잘 이해하다. 悟는 깨달을 오.

○ 勝因夙所宗 – 勝因은 좋은 결과(善果)를 얻기 위한 좋은 인연. 夙은 일찍 숙. 夙所宗은 전부터 내가 높여 왔던 바이다.

○ 誓將挂冠去 – 誓는 맹서할 서. 挂는 걸 괘. 挂冠(괘관)은 관모를 벗어 걸다, 즉 관직에서 물러나다.

○ 覺道資無窮 – 資는 재물 자. 바탕, 밑천. 資無窮은 무궁한 善果를 얻을 수 있는 바탕이라 생각하다. 바탕으로 하겠다.

| 詩意 | 慈恩寺 대안탑에서는 曲江의 勝地를 눈 아래 내려다보고, 남쪽으로는 終南山, 북쪽으로는 渭水(위수) 및 北原의 五陵을 바라볼 수 있다.

그래서 많은 문인들이 올라가서 저마다 시를 지었다. 杜甫도 〈同諸公登慈恩寺塔, 여러 사람과 함께 자은사 탑에 오르다〉라는 시를 지었다.

잠삼의 시는 특히 웅장한 맛이 있다. 앞에서는 엄청나게 높은 탑의 형세를 여러 각도로 서술했고, 탑에서 내려다보는 주변의 광경을 아름답고 생동감 있게 묘사했다. 그리고 가을철에 탑에 올라 秋色이 깔린 지상을 바라보며, 자기도 불교의 진리를 터득하고 벼슬을 버리고 물러나 극락왕생하겠다는 뜻을 읊었다.

走馬川行奉送封大夫出師西征
(주마천행봉송봉대부출사서정)

君不見, 走馬川行雪海邊, 平沙莽莽黃入天.
輪臺九月風夜吼, 一川碎石大如斗,
隨風滿地石亂走.
匈奴草黃馬正肥, 金山西見煙塵飛,
漢家大將西出師.
將軍金甲夜不脫, 半夜軍行戈相撥,
風頭如刀面如割.
馬毛帶雪汗氣蒸, 五花連錢旋作冰,
幕中草檄硯水凝.
虜騎聞之應膽懾, 料知短兵不敢接,
軍師西門佇獻捷.

주마천의 노래로 봉장군의 서역 출정을 奉送하다

그대 모르는가?
走馬川이 雪海 땅을 흐르는 것을,
넓은 사막 아득히 황사가 날아오른다.
서쪽 윤대의 九月 밤에 바람이 울부짖고,
온 냇물의 자갈이 됫박만큼 큰데도,
바람 따라 여기저기 멋대로 굴러다닌다.

흉노 땅 풀이 시들면 말은 딱 살이 쪘고,
金山 서쪽으로 연기와 먼지가 피어오르면,
唐의 군사 대장은 서역으로 출정한다.
장군은 쇠 갑옷을 밤에도 못 벗고,
야반에 행군하니 창들이 부딪치며,
칼날 바람은 얼굴을 도려내는 듯하다.
눈을 덮어쓴 말에서 차가운 김이 솟고,
五花馬 連錢馬도 금방 얼음을 덮어 쓰며,
막중에 격문 짓던 벼루 먹물도 얼어버린다.
적병은 장군 출정 소식에 응당 간담이 식으니,
헤아려 알겠노라, 적은 단병접전도 못하니,
장군은 서문에 기다렸다가 승전보고 할 것을.

| 註釋 | ㅇ 〈走馬川行奉送封大夫出師西征〉 - 〈주마천의 노래로 封장군의 서역 출정을 奉送하다〉.

走馬川行은 走馬川의 노래. 行은 악부시 제목의 하나. '步調가 느렸다 빨랐다 하며 멈추지 않는다.' 는 뜻이다. 주마천은 新疆省 지역의 水名. 위치 미상.

封大夫는 封常淸(봉상청). 당시 北庭都護(북정도호)와 持節 伊西節度使(지절 이서절도사)를 역임했다. 여기의 대부는 높은 사람에 대한 존칭으로 쓰였다. 出師西征(출사서정)은 군대를 이끌고 서쪽으로 출정한다.

북정도호부(北庭都護府)는 신강 우르무치(烏魯木齊)에 있었다.

이 시의 작가 잠삼은 전에 봉상청이 安西北庭節度使(안서북정절도사)로 있을 때 그 밑에서 判官을 지냈다.

○ 君不見走馬川行雪海邊 – 行字는 제목에 붙은 글자가 필요 없이 들어갔다는 주장과 '통과하다', '흐르다' 뜻으로 해석하는 주장이 있다.

雪海도 地名인지 '늘 눈으로 덮인 땅' 이란 의미인지 분명치 않다. 雪海邊(설해변)은 항상 눈이 덮여 있는 변경지대, 여기서는 파미르고원과 天山山脈 일대의 만년설에 덮인 변경지대.

○ 平沙莽莽黃入天 – 莽은 우거질 망. 莽莽 – 끝없이 넓은 모양. 黃 – 黃砂 먼지.

○ 輪臺九月風夜吼 – 輪臺는 地名. 서역 수비의 요충지, 그곳에 北庭大都護府(북정대도호부)가 있었다. 吼는 울 후. 아우성치다. 크게 노한 소리.

○ 一川碎石大如斗 – 一川은 강바닥 온통. 碎는 부술 쇄. 碎石(쇄석)은 큰 자갈.

○ 隨風萬地石亂走 – 滿地는 온 땅. 땅의 여기저기.

○ 匈奴草黃馬正肥 – 草黃은 가을이 되자 풀이 누렇게 죽다. 正은 바야흐로. 딱 맞게. 肥는 살찔 비.

○ 金山西見烟塵飛 – 金山은 알타이산맥. 몽고어 '알타이' 는 金이란 뜻이다. 烟塵(연진)은 연기와 먼지. 戰火와 軍馬가 달리며 일으키는 흙먼지(黃塵).

○ 漢家大將西出師 – 漢家는 唐나라. 大將은 封將軍.

○ 將軍金甲夜不脫 – 金甲은 쇠 갑옷.

○ 半夜軍行戈相撥 – 半夜는 깊은 밤. 夜半. 戈는 창 과. 撥은 털

발. 일어나다. 치켜들다. 부딪치다.

○ 風頭如刀面如割 – 바람은 칼처럼 얼굴은 베어내는 듯하다. 바람이 매섭다.

○ 馬毛帶雪寒氣蒸 – 帶雪(대설)은 눈이 달라붙다. 蒸은 찔 증. 김이 나다.

○ 五花連錢旋作冰 – 五花는 잎이 5개인 꽃 모양. 온몸의 털이 희끗희끗 검푸른 駿馬. 連錢(연전)은 몸에 둥글둥글 돈 무늬가 있는 名馬. 旋은 돌 선. 회전하다. 오래지 않아. 아주 빨리. 금방. 冰은 얼음 빙.

○ 幕中草檄硯水凝 – 幕은 군막. 야전용 텐트. 草檄(초격)은 격문을 草案하다. 문서를 작성하다. 硯은 벼루 연. 凝은 엉길 응. 얼다.

○ 虜騎聞之應膽懾 – 虜는 포로 로(노). 虜騎는 적의 기마병. 이민족의 기마병. 膽은 쓸개 담. 懾은 두려워할 섭. 膽懾(담섭)은 겁을 먹고 간담이 서늘해지다.

○ 料知短兵不敢接 – 料는 헤아릴 요(료). 예상하다. 料知는 예측할 수 있다. 다음 句의 獻捷까지 걸린다. 短兵(단병)은 길이가 짧은 무기. 칼.

○ 軍師西門佇獻捷 – 佇는 우두커니 저. 기다리다. 獻은 바칠 헌. 捷은 이길 첩. 獻捷(헌첩)은 전승보고서(捷書)를 바치다. 전리품을 바치다.

| 詩意 | 岑參(잠삼)의 邊塞詩(변새시)는 특출하다.

잠삼은 전에 봉상청이 안서북정절도사(安西北庭節度使)로 있을 때 그 밑에서 판관을 지냈다. 그러므로 그의 변새시는 관념적으로 앉아서 묘사한 것이 아니라, 몸소 현지에서의 체험을 바탕으로 한 것이다.

이 시에서도, 서역 사막지대의 황량한 싸움터의 혹독한 기후와 정경과 특히 寒風과 白雪을 무릅쓰고 출전하는 軍馬의 고초를 생생하게 그렸다.

'평탄한 사막은 끝없이 넓고, 누런 흙먼지는 하늘로 치솟고 있다(平沙莽莽黃入天).'

'윤대에는 음력 9월 바람이 밤에 맹수들이 울부짖듯이 사납게 분다(輪臺九月風夜吼).'

'강바닥에는 온통 큰 돌덩이가 널려 있고(一川碎石大如斗)',

'그 돌들이 사나운 바람에 날려 제멋대로 굴러다닌다(隨風萬地石亂走).' 등은 실제로 보지 않고서는 묘사할 수 없는 장면이다.

그리고 흉노와 싸우는 장졸의 모습은 '한밤에 행군하는 군사의 창이 서로 부딪친다(半夜軍行戈相撥).'

'칼 같은 바람이 얼굴을 도려내는 듯하다(風頭如刀面如割).'

'軍馬에 쌓인 눈이 녹아 차갑게 김이 피어오른다(馬毛帶雪寒氣蒸).'

'五花, 連錢 같은 준마가 곧바로 얼음을 덮어쓴 것 같다(五花連錢旋作冰).' 로 묘사하였다.

총 17구로 된 7言의 고시다. 그러나 제1구는 10言이고, 1, 2구 이하는 3句 1聯으로 되어 있다.

輪臺歌奉送封大夫出師西征

(윤대가봉송봉대부출사서정)

輪臺城頭夜吹角, 輪臺城北旄頭落.
羽書昨夜過渠黎, 單于已在金山西.
戍樓西望煙塵黑, 漢兵屯在輪臺北.
上將擁旄西出征, 平明吹笛大軍行.
四邊伐鼓雪海湧, 三軍大呼陰山動.
虜塞兵氣連雲屯, 戰場白骨纏草根.
劒河風急雪片闊, 沙口石凍馬蹄脫.
亞相勤王甘苦辛, 誓將報主靜邊塵.
古來青史誰不見, 今見功名勝古人.

윤대의 노래로 봉장군의 西征을 奉送하다

윤대성 위에 한밤에 호각이 울자,
윤대성 북쪽 오랑캐 땅에 별이 진다.
급박한 보고가 간밤에 渠黎(거여)에 전달되니,
선우의 군대가 이미 金山 서쪽에 들어왔다네.
망루의 서쪽에 봉화 연기와 흙먼지가 검게 일고,
당나라 군사는 윤대 북쪽에 주둔하였다.
上將은 깃발을 세우고 서산으로 출동하니,
새벽에 호각 불며 대군은 진격하노라.

사방서 북을 치니 雪海 부근이 뒤끓고,
삼군이 고함치니 陰山 일대가 진동한다.
적지의 요새에 사기가 구름처럼 모여들고,
전장의 백골은 풀뿌리에 얽혀 있다.
劍河에 바람 차고 눈발이 휘날리며,
沙口의 돌이 얼고, 군마 발굽이 떨어져 나간다.
봉장군은 사직에 헌신하고 고난을 이겨내며,
성은에 보답고자 夷狄 평정을 맹세하노라.
자고로 역사에 이름을 낸 사람 많았으나,
오늘의 봉장군 공명은 고인보다 뛰어나도다.

| 註釋 | ○ 〈輪臺歌奉送封大夫出師西征〉 - 〈윤대의 노래로 봉장군의 西征을 奉送하다〉.

輪臺歌의 輪臺는 地名. 今新彊위구르自治區 輪臺縣, 唐代에 北庭大都護府(북정대도호부)가 있었다. 歌는 樂府題名이다. 이 시도 앞의 〈走馬川奉送封大夫出師西征〉과 같이 封常淸의 출정을 읊은 시다.

○ 輪臺城頭夜吹角 - 角은 軍中吹器輪. 號角(호각, 호루라기).

○ 輪臺城北旄頭落 - 旄는 깃대장식 모. 별의 이름으로 풀이해도 뜻이 통한다. 旄頭落(모두락)은 旄頭星이 떨어진다. 旄頭는 별 이름, 卯宿(묘수)라고도 한다. 오랑캐를 상징하는 胡星(호성)이다. 그 별이 떨어졌으니, 하늘에도 오랑캐 쇠멸의 징조가 나타난 것이다.

○ 羽書昨夜過渠黎 – 羽書(우서)는 羽檄(우격). 보통 격문은 木札(목찰)에 써서 전한다. 그러나 긴급한 격문에는 목찰에 새털을 붙인다. 그것을 우격, 혹은 우서라고 한다.

渠는 도랑 거. 黎는 검을 여(려). 渠黎(거여)는 輪臺 동남쪽에 있는 지명. 渠犁(거리)라고도 하며, 서역의 요충지다.

○ 單于已在金山西 – 흉노의 족장을 '선우'라고 부른다. 單은 홑 단. 오랑캐 임금 선. '廣大한 하늘'이라는 뜻. 金山은 알타이산맥을 한자로 意譯한 것이다.

○ 戍樓西望烟塵黑 – 戍樓(수루)는 望樓(망루).

○ 漢軍屯在輪臺北 – 漢軍은 漢族의 軍士. 唐軍. 屯은 진칠 둔.

○ 上將擁旄西山出 – 擁은 안을 옹. 旄는 깃대장식 모. 旄旗(모기)는 깃발 끝에 소의 꼬리를 매달은 지휘관의 기. 上將은, 곧 封常淸(봉상청) 장군.

○ 平明吹笛大軍行 – 平明은 새벽. 笛은 피리 적. 吹笛(취적)은 피리를 불다.

○ 四邊伐鼓雪海湧 – 伐은 칠 벌. 伐鼓(벌고)는 북을 치다. 북소리. 湧은 샘솟을 용. 雪海는 항상 눈이 덮인 지역. 내륙의 굉활한 지역을 海라고 지칭. 우리의 통상적인 海가 아니다.

○ 三軍大呼陰山動 – 三軍은 全軍. 陰山은 음산산맥.

○ 虜塞兵氣連雲屯 – 虜塞(노새)는 胡地의 요새. 변경의 요새. 兵氣는 兵卒의 士氣.

○ 戰場白骨纏草根 – 纏은 얽힐 전. 白骨과 풀뿌리가 뒤엉켜 있다는 뜻. 죽은 병졸을 묻어주지도 못했다.

○ 劍河風急雪片闊 – 劍河는 강 이름. 蒙古는 동쪽의 강? 闊은 트

일 활. 광활하다.

○ 沙口石凍馬蹄脫 – 沙口는 邊境의 지명. 蹄는 발굽 제.

○ 亞相勤王甘苦辛 – 亞는 버금 아. 亞相은 재상 다음의 高官, 御使大夫. 이 詩의 주인공인 봉상청을 지칭.

○ 誓將報主靜邊塞 – 將은 장차, 앞으로. 靜邊塞(정변새)는 변방의 요새는 平靜하다. 〈All Quiet on The Western Front 서부전선 이상 없다〉의 唐나라 판과 같다는 느낌이다.

○ 古來青史誰不見 – 古來로 青史에 누군들 보이지 않는가? → '많은 사람이 공을 세우고 이름을 냈다.' 그러니 귀하도 큰 공을 세울 것이다.

○ 今見功名勝古人 – 지금 공을 세우는 사람은 옛사람을 능가한다. '앞으로 큰 공을 세울 것이다.' 라고 祝願 내지 격려의 뜻이라 해석된다.

| 詩意 | 앞의 시 〈走馬川行奉送封大夫出師西征〉과 같이 서북방 변경에서 오랑캐의 침공을 평정하려 출정하는 封常清 장군을 칭송한 시다. '행(行)' 은 노래라는 뜻으로, 악부시(樂府詩)의 題名에 쓰인다. 이 시는 전체를 4단으로 나눌 수 있다.

제1단 – 1聯의 두 구절, 輪臺 주변에 음산한 戰雲이 덮이고 밤에는 뿔피리 소리가 울리고 하늘의 별이 떨어진다.

제2단 – 2에서 4聯까지 6句로 오랑캐의 군대가 출동했다는 격문이 전달되고, 서쪽 하늘에 흙먼지와 戰火가 치솟자, 상장군이 唐軍을 이끌고 출정한다.

제3단 – 5에서 7聯까지 6句, 양 진영의 군대가 뒤엉켜 격전을 한다. 북소리에 雪海가 뒤끓고, 三軍의 고함소리에 陰山이 진동한다. 구름처럼 떼 지어 쳐들어온 오랑캐가 소탕되고, 격전장 풀뿌리에는 백골이 흩어져 있으며, 세찬 바람에 백설이 날리고, 얼음길을 달리는 말의 발굽이 빠진다.

제4단 – 8~9聯의 4句, 악전고투하고 공을 세운 封大夫는 청사에 빛나리라.

白雪歌送武判官歸京(백설가송무판관귀경)

北風卷地白草折, 胡天八月卽飛雪.
忽如一夜春風來, 千樹萬樹梨花開.
散入珠簾濕羅幕, 狐裘不煖錦衾薄.
將軍角弓不得控, 都護鐵衣冷難著.
瀚海闌干百丈冰, 愁云慘澹萬里凝.
中軍置酒飮歸客, 胡琴琵琶與羌笛.
紛紛暮雪下轅門, 風掣紅旗凍不翻.
輪臺東門送君去, 去時雪滿天山路.
山迴路轉不見君, 雪上空留馬行處.

백설가로 武판관의 귀경을 전송하다

북풍이 대지를 말아오면 白草도 꺾이는데,
胡地의 날씨는 팔월에도 눈발이 날린다.
홀연히 밤 새 봄바람이 불었던 것처럼,
천만 그루 온 나무에 梨花같은 눈꽃이 피었다.
주렴 사이 날려든 눈발에 비단 휘장 축축하고,
여우 갖옷 안 따습고 비단 이불도 얇기만 하다.
장군의 角弓도 당길 수 없으며,
都護의 철갑옷은 차더라도 입어야 한다.
드넓은 사막 여기저리 두꺼운 얼음이 깔리고,

침침한 구름 암울하게 온 하늘을 덮었다.
中軍서 벌린 술자리 귀경할 사람과 마시는데,
호금과 비파에 羌人의 피리가 한데 운다.
분분히 저녁 눈은 군영 정문에 내리고,
바람이 홍기를 흔들어도 얼어 아니 펄럭인다.
윤대성 동문에서 가는 그대를 전송하는데,
떠나갈 적에 눈 내려 천산 길을 메웠다.
돌아간 산길 굽은 길에 그대 보이지 않고,
눈 위엔 무심한 말 발자국만 남았도다.

| 註釋 | ○ 〈白雪歌送武判官歸京〉 - 〈白雪歌로 귀경하는 武 判官을 送別하다〉.

歌는 악부시의 제목. 判官은 節度使, 觀察使, 防禦使의 屬官. 武판관은 절도사 封常淸의 속관, 그 이상은 알 수 없다.

○ 北風捲地白草折 - 捲은 감아 말 권. 白草는 북쪽 땅에 자라는, 牛馬가 잘 먹는 풀이름. 가을이나 겨울에는 희게 고사한다.

○ 胡天八月卽飛雪 - 胡天은 胡地의 天氣. 卽은 곧 즉. 卽飛雪 - 눈이 날리기 시작한다.

○ 忽如一夜春風來 - 如 ~와 같이. 如~ 春風來는 춘풍이 불었던 것처럼.

○ 千樹萬樹梨花開 - 梨花開는 배나무 꽃이 피었다. 내린 눈이 梨花와 같다.

○ 散入珠簾濕羅幕 - 散入은 눈이 날려 들어오다. 簾은 발 렴. 濕

은 축축할 습. 羅幕은 비단 휘장.

- 狐裘不暖錦衾薄 – 狐는 여우 호. 裘는 갖옷 구. 狐裘(호구)는 여우 털로 만든 갖옷. 錦은 비단 금. 衾은 이불 금. 薄은 엷을 박.
- 將軍角弓不得控 – 角弓은 角質로 꾸민 활. 控은 당길 공.
- 都護鐵衣冷猶著 – 都護는 도호부의 행정책임자. 唐은 국경 지역의 이민족을 통치하기 위한 방법으로 6都護府를 설치했었다.

  곧 安西都護府를 비롯하여, 安北, 安南, 安東, 單于(선우), 北庭都護府(북정도호부)가 그것이다. 북정도호부는 702년~790년까지 존속했었다.

  鐵衣는 鐵甲. 著는 분명할 저. 짓다. 입을 착.
- 瀚海闌干百丈冰 – 瀚은 넓고 큰 모양 한. 瀚海는 큰 사막. 고비사막. 闌은 가로막을 난. 干은 방패 간. 闌干은 가로와 세로.
- 愁雲慘淡萬里凝 – 愁雲은 침침한 구름. 慘은 참혹할 참. 慘淡(참담)은 암울하다. 黯淡(암담), 蕭索(소색)과 同. 凝은 엉길 응.
- 中軍置酒飮歸客 – 中軍은 주력 부대. 軍中主師.
- 胡琴琵琶與羌笛 – 胡琴은 胡人들의 琴. 현이 두 개. 羌은 종족이름 강. 서쪽의 이민족을 지칭. 羌笛(강적)은 羌人의 피리.
- 紛紛暮雪下轅門 – 紛은 어지러울 분. 紛紛은 뒤섞여 어지러운 모양. 下는 내리다. 동사로 쓰였다. 轅은 끌 채 원. 轅門은 軍營의 정문.
- 風掣博士旗凍不翻 – 掣는 끌 체. 당길 철. 牽動(견동). 紅旗는 唐軍의 軍旗. 翻은 날아갈 번. 펄럭이다.
- 輪臺東門送君去 – 輪臺는 지명. 城邑 이름.

○ 去時雪滿天山路 – 天山은 山名. 雪山 白山이라고도 하는데, 天山을 두고 南路와 北路로 실크로드가 갈라진다.

○ 山迴路轉不見君 – 迴는 돌 회. 돌아서 가다. 轉은 구를 전. 길이 구부러지다.

○ 雪上空留馬行處 – 馬行處는 말이 지나간 자리.

| 詩意 | 역시 북방 요새의 풍정을 읊은 시다. 都護인 封常淸(봉상청)의 屬官인 武判官이 장안으로 돌아가게 되자, 군영에서 송별연을 베풀었을 때 지었을 것이다. 시 전체를 크게 네 개의 단락으로 나눌 수 있다.

제1단 – 1聯의 두 구절, 북쪽 변경지대의 험악한 날씨를 사실대로 묘사했다. '휘몰아치는 북풍에 마른 흰 풀이 꺾어지고, 팔월인데도 벌써 눈발이 날린다.(北風捲地白草折, 胡天八月卽飛雪.)' 특히 이 두 구절에는 10개의 仄聲字가 있으며, 운도 仄聲韻(측성운)으로, 그 곡조 자체가 다급하고 촉박하다.

제2단 – 2~5聯까지, '밤사이 봄눈 내린 듯 모든 나무에 눈꽃이 피었다.(忽如一夜春風來, 千樹萬樹梨花開.)',

'주렴 사이로 날아든 눈발에 비단 장막을 적시고, 가죽옷도 따뜻하지 않고 비단 이불도 얇게 느껴진다.(散入珠簾濕羅幕, 狐裘不暖錦衾薄.)',

'날씨가 차가워서 활을 당길 수 없고, 차가운 철갑이나마 그대로 걸치고 있다.(將軍角弓不得控, 都護鐵衣冷猶著.)',

'넓은 사막에는 두꺼운 얼음이 덮였고, 침침한 구름이 참담하게 하늘을 덮고 있다.(瀚海闌干百丈冰, 愁雲慘淡萬里凝.)'

제3단 – 6, 7聯으로 武판관을 위해서 송별의 술을 마신다.

제4단 – 8, 9聯으로 天山路의 눈길에 말 자국만 남기고 떠나갔다.

이 시에는 雪자가 네 번 나온다. 1聯의 雪은 송별 전 사막의 雪, 7聯의 雪은 송별이 아쉬운 雪이고, 8聯의 雪은 돌아가야 할 길을 막는 雪이고, 9聯의 雪은 말 발자국이 찍혀 그리움을 남겨준 雪이다.

003
崔曙(최서)

崔曙(최서, ? – 739, 一名 崔署)는 早年에는 孤賤하여 일찍이 終南山에서 道士 邢和璞(형화박)을 따라 法術을 배웠고 나중에 宋州(今 河南省 동부 商丘市)에 살면서 독서했다. 開元 26년에 장원급제했는데, 시제는 〈明堂火珠詩〉였다. 《全唐詩》 155권에 그의 시 15首가 수록되었다.

對雨送鄭陵(대우송정릉)

別愁復經雨，別淚還如霰.
寄心海上雲，千里常相見.

빗속에 鄭陵(정릉)을 보내다

이별의 아쉬움에 비까지 내리니,
이별의 눈물은 되레 싸락눈 같다.
바다에 떠가는 구름에 마음을 부치나,
천리길 멀지만 마음에 언제나 보리라.

| 詩意 | 이별의 정을 읊었다. 천 리 밖 멀리에 헤어지지만 마음만으로는 언제든 볼 수 있으리라는 결구가 마음에 남는다.

嵩山尋馮鍊師不遇(숭산심풍연사불우)

青溪訪道陵煙曙，王子仙成已飛去.
更値空山雷雨時，雲林薄暮歸何處.

숭산으로 馮(풍) 鍊師를 찾아갔으나 만나지 못하다

青溪로 장도릉의 煉丹하는 곳을 찾았지만,
王子喬는 이미 신선이 되어 날아가 버렸다.
空山에 더욱이 천둥치며 비가 오는데,
雲林에 해는 저물고 어디로 가야 하나?

| 詩意 | 道士(도사)들은 煉丹(연단)으로 仙丹(선단)을 만들 수 있고 그 선단을 복용하면 불로장수할 수 있다고 믿었다. 물론 그 연단하는 과정이 매우 어려울 것이다. 위 제목의 馮(풍) 연사가 그런 도사였을 것이다.

시에 나오는 張道陵(장도릉, 後漢 沛國 豐縣 출신, 正一道, 五斗米道의 創始人)은 도교에서 張道陵天師, 또는 祖天師, 正一眞人으로 숭배하는 주요 인물이고, 王子喬(왕자교)는 신선 이름이다.

004

李華(이화)

李華〔이화, 715－766?, 字는 遐叔(하숙)〕－趙州 贊皇縣(今 河北省 石家莊市 贊皇縣) 출신. 문장을 잘 지었고, 시로는 본 〈春行寄興〉만이 잘 알려졌다. 玄宗 開元 23년 진사에 급제했고, 天寶 2년(743) 이후 秘書省 校書郎, 이후 監察御史, 右補闕을 역임했다. 안록산의 난 중에 僞職을 맡았다 하여 杭州 司戶參軍으로 폄직되었다가 사임하였다.

이화의 글로 〈弔古戰場文〉이《古文觀止》에 실려 널리 알려졌다.

晩日湖上寄所思(만일호상기소사)

與君爲近別，不啻遠相思.
落日平湖上，看山對此時.

저녁 때, 호수에서 생각한 바를 보내다

그대와 얼마 전에 헤어졌는데,
멀리서 그대 생각 안할 수 없다오.
잔잔한 호수 위로 해가 지는데,
이러한 때에 산을 마주 바라본다.

| 詩意 | 不啻遠相思의 不啻(부시)는 ~뿐만 아니라. 啻는 뿐 시. 부정사(不와, 豈, 奚 등)과 어울려 '그것뿐만 아니라 그보다 더'의 뜻을 나타낸다.

벗에게 보고 싶다는 말을 하지는 않았지만, 해질녘에 호수 건너편 멀리 산을 바라보고 서 있다면, 떠나간 벗을 생각할 것이다.

春行寄興(춘행기홍)

宜陽城下草萋萋，澗水東流復向西.
芳樹無人花自落，春山一路鳥空啼.

봄날의 감흥

宜陽城 부근에 초목이 무성하고,
냇물은 東流하다 서쪽으로 흐른다.
꽃나무 보는 이 없어 꽃은 절로 지고,
봄날의 작은 산길에 새들만 지저귄다.

| 詩意 | 이 절구는 봄의 경치를 묘사했다. 그러나 시가 주는 느낌은 왠지 모르게 처량하다. 順流하다가 방향을 틀어 역류하는 냇물, 홀로 피었다가 절로 지는 꽃, 인적 끊긴 산속 좁은 길에 홀로 우는 새 – 이는 분명 '國破山河在'의 쓸쓸한 정경이다.

《全唐詩》153권 수록.

005

劉方平(유방평)

劉方平(유방평, 726? - ?)은 河南 洛陽人으로 匈奴族의 후예였는데, 天寶 연간에 進士에 응시하였으나 급제하지 못했고 從軍하였어도 뜻대로 되지 않아 평생 관직과는 인연이 없었다고 한다.

皇甫冉(황보염), 李頎(이기), 嚴武(엄무) 등과 詩友였다. 그의 시는 산수의 묘사에 뛰어났으며 사상적 내용은 빈약하나 예술성이 높다는 평을 듣는다. 유방평은 글씨와 그림에도 재주가 있었다고 전한다.

采蓮曲(채련곡)

落日晴江裏，荊歌豔楚腰.
採蓮從小慣，十五卽乘潮.

연밥 따는 노래

해지는 맑은 날 강물에서,
노래하는 楚땅의 날씬한 처녀.
연밥 따기야 어려서부터 익숙하여,
열다섯이면 바로 조수를 탑니다.

| 詩意 | 詩中의 荊歌(형가)는 荊땅(楚의 지명)의 민요이다.

건강하고 활기찬 젊은 처녀의 모습이 눈에 선하게 그려진다.

《全唐詩》 251권에 수록.

春雪(춘설)

飛雪帶春風，裴回亂繞空．
君看似花處，偏在洛陽東．

봄눈

봄바람을 타고 뿌리는 눈이,
제멋대로 하늘을 휘젓고 날린다.
그대가 꽃폈다 생각하는 거기는,
모두가 낙양성 동쪽이랍니다.

| 詩意 | 3, 4구에는 풍자의 뜻이 역력하다. 낙양성에 내리는 봄눈은 똑같은데, 낙양성 동쪽 귀족들의 큰 집이 모인 거기에 내리는 눈은 꽃이 핀 것처럼 보인다! 하여튼 시인은 봄눈 속에 추위를 느끼고 있다. 춥고 배고픈 사람에게는 봄눈도 다르게 보일 것이다. 하여튼 그 마음을 알 듯 모를 듯하다.

《全唐詩》 251권 수록.

月夜(월야)

更深月色半人家, 北斗闌干南斗斜.
今夜偏知春氣暖, 蟲聲新透綠窗沙.

달밤

밤도 깊어 달빛은 집을 절반만 비추고,
북두는 난간에 걸렸고 남두는 기울었다.
오늘 밤도 봄날의 따스한 기운을 느끼니,
벌레 소리 새로이 푸른 비단 창에 들린다.

| 註釋 | ○ 更深月色半人家 – 更深(경심)은 夜深하다. 半人家는 인가의 절반.

○ 北斗闌干南斗斜 – 闌은 가로 막을 난. 闌干(난간)은 옆으로, 橫으로 걸렸다.

○ 今夜偏知春氣暖 – 偏은 치우칠 편. 기어코. 일부러, 마침.

○ 蟲聲新透綠窗紗 – 透는 통할 투. 여기서는 들려오다. 綠窗紗(녹창사)는 녹색 비단을 댄 창문.

| 詩意 | 南斗는 우리나라에서 보이지 않는 별자리이다. 봄철 깊은 밤에 움트는 신생의 입김을 읊은 시다. 봄밤의 하늘과 시인 주변의 계절 감각을 노래했다. 아마 劉方平 같은 은사만이 깊은 봄밤을 타고 다가오는 움트는 생명을 감지할 수 있을 것이다. 《唐詩三百首》에도 실려 널리 알려진 시이다. 그의 詩作으로 〈月夜〉, 〈春怨〉, 〈新春〉, 〈秋夜泛舟〉 등이 잘 알려졌다.

春怨(춘원)

紗窗日落漸黃昏, 金屋無人見淚痕.
寂寞空庭春欲晩, 梨花滿地不開門.

봄날의 시름

비단 창에 해 기울고 황혼이 다가오자,
宮內에 찾는 이 없어 눈물 자국 보인다.
텅 비어 적막한 뜰에 봄날은 지려는데,
배꽃이 땅에 깔려도 문을 열지 않는다.

| 註釋 | ○ 紗窗日落漸黃昏 – 紗窗(사창)은 비단 커튼을 친 방. 漸 차츰 점.

○ 金屋無人見淚痕 – 金屋(금옥)은 잘 꾸민 부녀자의 거처. 안채.

○ 寂寞空庭春欲晩 – 寂寞한 空庭에 春은 晩(저물 만)하려 하다.

○ 梨花滿地不開門 – 梨花는 滿地하나 不開門한다.

| 詩意 | 봄날 아무도 찾지 않는 宮人의 설움을 노래했다.

본래 하루의 시름은 황혼녘이고, 한 해에는 늦봄에 근심이 많은 것 아닌가? 아마 이때 情景 중에서도 땅에 떨어진 梨花가 宮人의 복잡한 심사에 가장 가까웠을 것이다.

이 시는 《全唐詩》 251권과 《唐詩三百首》에도 수록.

006

元結(원결)

元結〔원결, 723 – 772, 字는 次山, 號는 漫叟(만수) 또는 猗玗子(의간자)〕은 31세인 천보 12년에 進士가 되었고 安史의 亂 중에 史思明이 洛陽을 함락하자 長安에 가서 肅宗을 알현하였다.

원결은 右金吾衛兵曹參軍이 되어 반란군과 싸웠으며, 761년에는 山南道節度使參謀에 임명되어 적의 진공을 막아내며 15개 주군을 지켜냈다.

代宗이 卽位(763) 뒤에는 著作郎이 되었다가 道州刺史로 나가 백성들의 부세를 경감하고 요역을 줄여주는 선정을 베풀었다. 그의 문집으로 《元次山集》이 있다.

將牛何處去(장우하처거) 二首 (其一)

將牛何處去，耕彼故城東.
相伴有田父，相歡惟牧童.

소를 몰고 어디로 가는가? (1 / 2)

소를 몰고 어디로 가는가?
저쪽 옛 성터 동쪽을 갈아야지.
같이 일할 농부가 있고,
같이 즐길 목동도 있네.

將牛何處去(장우하처거) 二首 (其二)

將牛何處去，耕彼西陽城.
叔閑修農具，直者伴我耕.

소를 몰고 어디로 가는가? (2 / 2)

소를 몰고 어디로 가는가?
성의 저 서남쪽을 갈아야 하오.
늙은이는 농구를 손질하고,
큰아들은 나와 같이 밭을 가네.

| 詩意 | 元結이 출사하기 전에 농사를 지을 때의 詩일 것이다. 같이 일할 수 있는 이웃도 없다면 농사일은 정말 힘든 일이다.

二首에서 叔閑(숙한)은 늙은 처남(叟甥), 直子는 장남이라는 주석이 있다.

그래도 같이 일할 자식이 있고 이웃이 있다는 사실이 사는 맛일 것이다. 이 시의 뜻과 같은 〈將船何處去 二首〉도 있다.

欸乃曲(애내곡) 五首 (其二)

湘江二月春水平，滿月和風宜夜行.
唱檮欲過平陽戍，守吏相呼問姓名.

뱃노래 (2 / 5)

2월의 湘江은 봄물이 불어 끝없이 넓은데,
보름달에 바람도 좋아 밤배 타기 좋았다.
뱃노래를 부르며 平陽의 防戍 곁을 지나려니,
방수하는 관리가 부르면서 성명을 묻는다.

| 詩意 | ○ 〈欸乃曲〉 – 欸乃曲은 뱃노래. 欸는 한숨 쉴 애. 欸乃(애내)는 의성어. 노 젓는 소리, 뱃노래. 《全唐詩》 241권에 수록.

전쟁만 없다면, 언제든지 태평성대일 것이다. 전쟁을 핑계로 관리들의 수탈은 점점 많아지고 각박해진다.

이월의 봄, 보름쯤이라면 달도 밝고 물도 많아 배를 타고 뱃놀이나 여행에 좋을 것이다.

사실 湖南省 남부 지역은 온난한 기후라고 그만큼 살기 좋은 곳이다. 하기야 전쟁과 관리의 수탈만 없다면 어디든 살기 나쁜 곳을 없을 것이다.

石魚湖上醉歌(석어호상취가) 幷序(병서)

| 並序 |

漫叟以公田米釀酒，因休暇，則載酒於湖上，時取一醉，歡醉中，據湖岸，引臂向魚取酒，使舫載之，徧飮坐者．意疑倚巴丘，酌於君山之上，諸子環洞庭而坐，酒舫泛泛然，觸波濤而往來者，乃作歌以長之．

| 병서 | 漫叟(만수, 작자, 元結)는 공전의 쌀로 술을 담갔는데, 쉴 틈에는 바로 배에 술을 싣고 石魚湖에 나가 마시며 자주 취했다. 기분 좋게 취하면 호숫가에서 (호수 가운데 있는) 石魚에 갔는데 배에 술을 싣고 가서 둘러앉아 마셨다.

나는 (동정호 주변의) 파구산에 기대어 君山 위에서 술을 마시고 여러 사람들은 동정호 둘레에 앉았으며 술을 실은 배들이 둥실둥실 파도를 타며 왕래한다고 생각하였다. 이에 노래를 지어 이를 오래 기억하려 한다.

| 註釋 | ○ 〈石魚湖上醉歌〉 – 〈石魚湖에서 취해 부르는 노래〉.

石魚湖는 湖南省 서남부에 있는 永州市 관할 道縣에 있는 호수. 호수 안에 물고기 모양의 큰 돌이 솟아 있는데, 돌 위가 움푹 파져 있어 그곳에 술을 부어 놓고 퍼서 마신다고 한다. 《全唐詩》 241권과 《唐詩三百首》에 수록되었다.

참고로, 道縣의 2010년 호적인구는 약 73만, 상주인구는 약 60만여 명이라는 기록이 있다. 농촌지역의 縣이 우리나라 郡과 비슷한 행정단위이지만 人口면에서는 비교가 안 된다. 이 道縣에서는 文化大革命 기간인 1967년 8월부터 10월 사이에 四類分子(지주, 부농, 반혁명, 회의분자)에 대한 대규모 도살사건이 있었다. 이 사건은 永州市와 다른 10개 현에도 파급되어 총 4,193명이 피살되고 326명이 압박에 의해 자살하는 道縣大屠殺(도현대도살, 도현문혁살인사건)이 있었다.

詩를 공부하면서 유명 고적이나 역사적 사건을 함께 알아야 詩가 오래 기억되기에 참고로 소개하였다.

○ 漫叟以公田米釀酒, 因休暇, 則載酒於湖上, 時取一醉 – 漫叟(만수)는 작자 원결(元結)의 호. 叟는 늙은 수. '제멋대로 사는 노인' 이라는 뜻. 《新唐書 元結傳》 참조. 以公田米釀酒은 공전의 쌀로 술을 담그다. 公田은 관아 소유 농지. 당시 원결은 도주자사였다. 釀은 술 빚을 양. 休는 쉴 휴. 暇는 겨를 가. 틈. 休暇(휴가)는 쉴 틈. 출근이나 근무하지 않는 요즈음의 休暇가 아니다. 時取一醉는 가끔 마시면 취하곤 했다.

○ 歡醉中, 據湖岸, 引臂向魚取酒, 使舫載之, 徧飮坐者 – 據는 의거할 거. 배를 대다. 臂는 팔 비. 引臂(인비)는 팔을 뻗다. 魚는 여기서는 石魚. 舫은 배 방. 쪽배. 뗏목. 徧은 두루 편. 여기서는 함께 한 여러 사람.

○ 意疑倚巴丘, 酌於君山之上, 諸子環洞庭而坐 – 意疑(의의)는 생각이나 의향은 ~와 같았다. 즉 흡사 ~ 같은 생각이었다. 疑는 擬(헤아릴 의). 倚는 기댈 의. 巴丘(파구)는 洞庭湖(동정호)를 내

려다볼 수 있는 명산. 君山은 동정호 안에 솟아 있는 산. 湘山(상산)이라고도 하며, 舜 임금의 왕비 娥皇(아황)과 女英(여영)의 무덤도 있고, 八仙과 얽힌 전설이 남아있다. 諸子는 여러 사람. 環洞庭而坐는 石魚의 움푹 파인 부분을 동정호로 생각하여 자신들이 동정호를 둘러싸고 앉았다고 생각한 것임.

○ 酒舫泛泛然, 觸波濤而往來者, 乃作歌以長之 – 酒舫(주방)은 술을 운반하는 작은 배. 泛泛然(범범연)은 출렁출렁 흔들거린다. 觸波濤(촉파도)는 파도를 타고. 而往來者(이왕래자)는 오락가락한다. 즉 석어호가 아니라, 흡사 동정호에서 술 마시고 있는 것 같이 생각하였다. 長은 長吟하다. 마음껏 마시다.

石魚湖, 似洞庭, 夏水欲滿君山青.
山爲樽, 水爲沼, 酒徒歷歷坐洲島.
長風連日作大浪, 不能廢人運酒舫.
我持長瓢坐巴丘, 酌飲四座以散愁.

石魚湖에서 취한 노래

石魚湖는 동정호와 같으니,
여름물이 넘치면 君山도 푸르다네.
산은 술통이고 물은 酒池이니,
술꾼들 또렷하게 섬에 둘러앉았네.

센바람 연일 큰 물결 일게 하지만,
술 나르는 사람 배 못 젓게 못하네.
긴 표주박 잔을 든 나는 파구산에 앉아,
술 권하며 여러 사람 걱정 풀어준다네.

| 註釋 | ○ 石魚湖 似洞庭 – 似는 같을 사. 類也, 若也. 洞庭은 호수 이름. 옛날에는 '洞庭八百里'라 하였으나 土砂의 축적과 개간으로 인해 면적이 크게 줄고 호수도 3개로 분리되었다.

○ 夏水欲滿君山青 – 夏水欲滿은 여름에는 물이 호수에 가득 차려 한다. 동정호는 여름 雨氣에 長江의 물을 받아들여 수위가 크게 높아진다. 君山은 동정호 가운데 있는 산. 八仙들이 흙을 가져다가 만들었다는 전설이 있다.

○ 山爲樽, 水爲沼 – 樽은 술통 준. 술잔. 沼는 늪 소. 酒池. 水爲沼 – 石魚의 물이 酒池가 되었다.

○ 酒徒歷歷坐洲島 – 酒徒는 술꾼. 徒는 아무것도 없다는 空의 뜻도 있으며, 주로 중요한 위치에 있지 않거나 부정적 이미지의 무리를 지칭한다.〔信徒, 學徒, 酒道, 賭徒(도박꾼), 暴徒, 逆徒, 叛徒, …〕. 歷歷(역력)은 눈에 선하다. 분명하다. 坐洲島는 (호수 안에 있는) 섬에 앉아서.

○ 我持長瓢坐巴丘 – 長瓢(장표)는 긴 표주박. 巴丘(파구)는 巴山, 동정호 주변의 명산.

○ 酌飮四座以散愁 – 酌은 술 따를 작. 飮은 마실 음. 四座는 사방에 자리. 散愁(산수)는 시름을 풀다.

| 원결 |

| 詩意 | 작자가 道縣의 자사로 있을 때 석어호에서 뱃놀이를 하며, 여러 사람들과 술 마시며 지은 雜言體(잡언체)의 칠언고시다. 석어호를 동정호에 비유하여 흥취를 돋았음을 서문을 통해 알 수 있다.

賊退示官吏(적퇴시관리) 幷序(병서)

| 並序 |

癸卯歲, 西原賊入道州, 焚燒殺掠, 幾盡而去. 明年, 賊又攻永破邵, 不犯此州邊鄙而退, 豈力能制敵歟? 蓋蒙其傷憐而已! 諸使何爲忍苦徵斂! 故作詩一篇以示官吏.

| 병서 | 계묘년에 西原의 도적떼들이 道州에 쳐들어와 불을 지르며 살인과 약탈을 자행하여 거의 모든 것을 소진시키고 돌아갔다. 그 다음 해에는 도적들이 永州를 공격하고 邵州(소주)를 함락시켰으나 이곳은 한쪽에 치우쳤고 궁벽한 곳이라 침입하지 않고 물러났다. 그런데 그것을 어찌 우리 힘으로 적을 제압한 것이라 하겠는가? 아마도 그들이 가난한 백성들을 가엽게 생각한 그 덕분일 것이다. (그런데도) 여러 관리들이 어찌 모질게 세금을 걷을 수 있는가! 그래서 시를 한 편 지어 官吏들에게 보여준다.

| 註釋 | ○ 癸卯歲 – 唐 代宗(재위 762 – 779) 廣德 元年(763), 元結은 나이 41세로 道州刺史(今 湖南省 서남부 永州市 관할 道縣)로 근무했다. 이때는 장안 일대를 휩쓴 安史의 난이 끝나는 해였다.
○ 西原賊入道州 – 西原은 지금의 廣西省(壯族自治區) 扶南縣 서남쪽. 西原賊 – 중국 서남쪽의 吐蕃(토번)족의 침입이 있었다.

○ 焚燒殺掠, 幾盡而去 – 焚은 불 사를 분. 燒는 사를 소. 掠은 노략질할 략. 殺掠(살약)은 죽이고 약탈하다. 幾는 거의 기.

○ 明年, 攻永州破邵 – 永州를 공격하고 邵州(소주)를 점령하다. 永州〔今 湖南省 靈陵縣(영릉현)〕. 邵는 邵州(소주, 湖南省).

○ 不犯此州邊鄙而退 – 邊은 가장자리 변. 鄙는 인색할 비. 비루하다. 질박하다. 시골.

○ 豈力能制敵歟 – 어찌 우리의 힘으로 적을 제압했다고 하겠는가? 歟는 어조사 여. 의문, 감탄, 추정의 뜻을 나타내는 종결어미.

○ 蓋蒙其傷憐而已 – 결국, 아마. 蒙其傷憐의 蒙은 입을 몽. 덕분이다. 憐은 불쌍히 여길 연(련). 而已는 오직 ~일 뿐이다. 忍苦(인고)는 아픔을 참고, 즉 백성들의 고통을 모른 척하고, 무참하게.

○ 諸使何爲忍苦徵斂 – 租庸使(조용사)는 중앙에서 지방에 파견되어 독촉하는 稅吏.

○ 故作詩一篇以示官吏 – 故로 作詩一篇하여 官吏에게 보여주다. 여기서 官吏는 중앙에서 파견된 관리.

昔歲逢太平, 山林二十年.
泉源在庭戶, 洞壑當門前.
井稅有常期, 日晏猶得眠.
忽然遭世變, 數歲親戎旃.
今來典斯郡, 山夷又紛然.
城小賊不屠, 人貧傷可憐.

是以陷隣境，此州獨見全.
使臣將王命，豈不如賊焉.
令彼徵斂者，迫之如火煎.
誰能絶人命，以作時世賢.
思欲委符節，引竿自刺船.
將家就魚麥，歸老江湖邊.

적이 물러난 뒤 官吏에게 보여주다

예전 태평세월을 만나서는,
山水에 이십여 년 은거했었다.
샘물이 뜰 안에 있고,
골짝은 문 앞에 이어졌다.
租稅도 정해진 때에 내면서,
해가 높이 뜰 때까지 늦잠도 잤다.
갑자기 세상이 변란을 만났기에,
여러 해 싸움터에 나가도 보았다.
지금 이 고을을 다스리는데,
산간 오랑캐가 또 분란을 일으켰었다.
작은 고을이라 적도 침입 아니 했는데,
백성이 가난해 불쌍타 생각했으리라.
이에 이웃 지방이 약탈당해도,

이 고을은 홀로 온전했었다.
使臣은 王命을 받아 행한다는데,
어찌 산적만도 못할 수 있으랴?
지금 저 세금 걷는 관리들은,
백성을 불에 볶듯 몰아댄다.
누가 백성들을 죽여가면서,
어찌 어진 관리라 하리오?
생각으론 符節을 내버리고,
장대 당겨 내 배를 저으리라.
거느린 식솔과 고기 잡고 농사하며,
江湖를 거닐며 늙은 여생 살리라.

| 註釋 | ㅇ 〈賊退示官吏〉 - 〈적이 물러가자 관리에게 보여주다〉.

궁벽한 지방의 작은 고을 지방관으로서 賦稅를 독촉하는 중앙의 관리에게 항의하는 의미를 담고 있다. 《全唐詩》 241권과 《唐詩三百首》에 수록되어 널리 알려진 시이다.

ㅇ 昔年逢太平 - 昔年은 옛날. 逢은 만날 봉. 逢太平은 唐나라 초기에는 태평성세를 누렸다. 여기서는 玄宗 초기를 말한다.

ㅇ 山林二十年 - 山林은 隱者가 사는 곳. 이 경우 '수풀' 이란 뜻으로 해석할 수 없다. 벼슬하지 않고 한가하게 草野에 있었다는 뜻. 작자는 일찍이 樊山(번산, 湖北省 악성현 동쪽)에 은거했었다.

ㅇ 泉源在庭戶 - 泉源은 샘. 庭戶는 뜰. 뜰 안에 샘이 있다. '샘을

파서 물마시고 ~' 하는 식의 自足 생활을 상징.

○ 洞壑當門前 – 洞은 골짜기 동. 壑은 골짜기 학. 洞壑(동학)은 시내가 흐르는 골짜기. 한가히 노닐 수 있는 곳. '마음의 자유'를 상징. 當門前은 대문 앞에 이어져 있다. 이 두 구절은 은자의 생활이 여유가 있었다. 곧 백성들은 나라의 간섭만 없다면 행복할 수 있다는 의미일 것임.

○ 井稅有常期 – 井稅는 田租(전조, 토지세), 周代의 토지제도로 井田法(정전법)이 있었는데 900 畝(무)의 전답을 井字 모양으로 9 등분하고 주변의 여덟 개를 私田으로 농민 개인에게 지급주고, 중앙의 公田으로 공동으로 경작하여 조세로 바치게 했다. 唐代에 그런 토지제도가 운영되지는 않았다. 여기서는 토지에 대한 세금의 뜻. 有常期 – 일정한 기한이 있다.

○ 日晏猶得眠 – 晏은 늦을 안. 日晏은 해가 높이 떠오른 뒤. 猶得眠은 여전히 잠을 잘 수 있다. 생활에 쫓기지 않았다.

○ 忽然遭世變 – 忽然(홀연)은 '돌연'과 同. 遭는 만나다. 재난을 당하다. 世變은 세상의 변란. 安史(安祿山과 그의 부장 史思明)의 亂(755 – 763년).

○ 數歲親戎旃 – 戎은 군사 융. 무기. 서쪽 이민족. 旃은 깃발 전. 戎旃(융전)은 軍中의 깃발, 반란 진압에 참여했다는 뜻. 作者 元結은 肅宗 乾元(건원) 2년(759) 겨울에, 山南東道節度使 史翽(사홰)의 참모가 되어 史思明의 반란군과 싸우기도 했었다.

○ 今來典斯郡 – 典은 법 전. 여기서는 다스리다. 斯郡은 이 郡, 곧 道州.

○ 山夷又紛然 – 山夷는 山賊. 序文에서 말한 西原의 賊徒, 토번

족. 又紛然(우분연)은 또(又) 紛亂을 일으켰다.

○ 城小賊不屠 - 屠는 잡을 도. 殺戮(살육), 屠戮(도륙)하다. 賊不屠(적부도) - 적들이 도륙하지 않았다.

○ 人貧傷可憐 - 傷은 다칠 상. 생각하다(思也). 걱정하다, 마음 아프게 여기다. 憐은 불쌍히 여길 연(련).

○ 是以陷隣境 - 陷은 빠질 함. 함락시키다. 隣境은 이웃의 地境. 永州, 邵州 등의 州郡.

○ 此州獨見全 - 此州는 작가가 다스리는 道州. 見全은 보전할 수 있었다. 見은 피동의 뜻을 나타낸다.

○ 使臣將王命 - 使臣은 稅收(徵稅, 징세)를 독려하러 지방관아에 파견된 관리. 將은 여기서는 받들다. 실행하다.

○ 豈不如賊焉 - 어찌 도적과 같지 않겠는가? 焉(어조사 언)은 의문종결어미.

○ 今彼徵斂者 - 徵은 부를 징. 斂은 거둘 렴(염). 彼는 저 피. 저쪽. 徵斂者는 각종 세금을 거두는 자. 官吏.

○ 迫之如火煎 - 迫은 닥칠 박. 다그치다. 之는 農民. 百姓. 煎은 달일 전. 火煎은 불에 볶다.

○ 誰能絶人命 - 誰는 누구 수. 絶人命은 사람의 명을 끊다. 농민을 죽게 하다.

○ 思欲委符節 - 委는 버리다. 符는 부신(符信) 부. 割符(할부). 두 개로 쪼갠 것을 맞추어 증거로 삼던 信標. 부적. 符節은 옥이나 대나무로 만든 일종의 관리 신분증명. 信標.

○ 引竿自刺船 - 竿은 장대 간. 여기서는 배를 젓는 노. 刺는 찌를 자. 가시. 찌를 척. 배를 젓다. 自刺船(자척선)은 스스로 배를

젓다.

○ 將家就魚麥 – 將家는 家率(가솔)을 데리고 다니다. 就는 이를 취. 나아가다. 麥은 보리 맥. 魚麥(어맥)은 고기를 잡거나 농사를 짓다.

○ 歸老江湖邊 – 歸老는 늙어가다.

| 詩意 | 詩에서는 이른바 왕명을 받고 백성들로부터 세금을 거두려고 극성을 부리는 관리들을 혹독하게 꾸짖고 있다.

특히 궁핍한 고을 사람들을 불쌍히 생각하여 노략질을 하지 않은 이민족의 도적만도 못한 자들이라고 신랄하게 욕하고 있다. 결국 그는 王道德治와 거리가 먼 포학무도한 벼슬살이를 포기하고 강호에 은퇴하리라고 다짐을 한다. 시인에게는 仁愛를 실천하려는 군자의 기상이 넘치는 시다.

이 시 이외에도 元結은 궁핍한 백성들을 연민하고, 반대로 가혹한 지방의 벼슬아치들을 힐난한 시를 주로 썼다. 그러므로 그 정신이 杜甫나 白居易의 社會詩에 통한다. 그러나 다른 시들은 대체로 평범하다.

다른 기록에 의하면, '元結이 道州를 다스렸을 때, 병란 후라 세금 징수가 빈번하고 무거워 백성들이 힘겨워했다. 이에 원결이 〈舂陵行(용릉행)〉을 지었다. 원결은 백성들의 곤궁이 심하므로 과중한 징수를 원치 않았고, 조정에 조세 및 기타 잡물 13만 緡(민, 돈꿰미)의 감면과 면제를 상주했다.' 라고 했다.

007
孟雲卿(맹운경)

孟雲卿(맹운경, 생존 연대 미상)은 代宗 永泰 초년(765) 진사과에 급제한 뒤, 校書郞을 역임했으며 杜甫, 元結의 詩友였다.

숙종 乾元 元年(758)에 杜甫가 華州 司功參軍으로 폄직되어 장안을 떠날 때, 두보는 孟雲卿과 함께 밤새 痛飮했다.

두보의 《解悶 十二首》 중 5首에서 두보는 '李陵蘇武是吾師요, 孟子論文更不疑라.' 고 읊었다. 孟子는 孟雲卿.

寒食(한식)

二月江南花滿枝，他鄕寒食遠堪悲.
貧居往往無煙火，不獨明朝爲子推.

한식

二月의 江南은 꽃이 온 가지에 가득한데,
타향서 지내는 한식날 설움은 견디기 어렵다.
가난한 살림에 가끔은 밥 지을 양식도 없었지만,
聖明한 나라에 介子推만 홀로 위할 수 없으리라.

| 詩意 | 객지서 보내는 한식날의 설움을 묘사하였다. 가난할 때는 한식이 아니라도 식량이 없어 밥 짓는 불을 땔 수도 없었다. 요즈음처럼 성명한 시대에 꼭 介子推(개자추) 때문에 찬밥을 먹지 않아도 될 것이라는 뜻을 표했다.

개자추는 春秋 시대 五霸(5패)의 한 사람인 晉國 文公 重耳의 신하. 驪姬之亂(여희지란) 뒤에 개자추는 중이를 따라 망명한 뒤 지성으로 섬겼고, 중이는 나중에 즉위할 수 있었다. 개자추는 '割股奉君(할고봉군, 허벅지 살을 베어 주군을 모시다.)' 했으면서도 隱居하며 '不言祿' 하였다. 前 636년(晉 文公 원년)에 죽었다. 이 시는 《全唐詩》 157권에 수록되었다.

제3부

中唐(중당)의 詩

3부

中唐의 詩風

安史의 난(755 – 763)이 끝난 뒤 이어지는 中唐은 약 70년간인데, 代宗 大曆(766 – 779)에서 德宗(재위 779 – 805) 재위 연간을 포함한 大曆期와 憲宗(재위 805 – 820)의 연호인 元和 연간과 穆宗, 敬宗, 文宗(재위 826 – 840)의 일부 기간을 포함하는 元和期로 대별할 수 있다.

大曆期는 성당에서 중당으로의 과도기에 해당하는데, 이 기간에 大曆十才子라 일컬어지는 10명의 시인이 있었다. 《新唐書》에 기재된 10인은 李端(이단), 盧綸(노륜), 司空曙(사공서), 錢起(전기), 耿諱(경휘), 吉中孚(길중부), 苗發(묘발), 夏侯審(하후심), 韓翃(한굉), 崔洞(최동) 등이다. 대개 李端(이단), 盧綸(노륜), 司空曙, 錢起, 耿諱(경휘) 등은 공통적으로 포함되고 있으나 다른 사람은 들쑥날쑥하다.

이들은 5, 7言의 절구와 율시를 많이 창작했지만, 공허한 내용에 형식미만을 추구하여 가작이 거의 없다. 대력기의 시인으로는 錢起

(전기)가 가장 중요한 인물이다.

중당의 시인 중, 韋應物(위응물), 戴叔倫(대숙륜), 劉長卿(유장경) 등은 王維와 孟浩然(맹호연)의 산수 전원시 전통을 이어받아 좋은 작품을 남겼다.

그리고 元結(원결)과 顧況(고황) 등은 두보의 社會詩를 이어, 그 당시 사회 현실을 묘사한 작품을 남겼다.

중당 후반기에 속하는 원화기의 시단은 활기에 찼는데 그 대표적 인물은 韓愈(한유)와 白居易(백거이)이다.

한유는 唐宋八大家의 한 사람이고 古文 운동의 주창자로 널리 알려졌는데, 시인으로서도 중요한 지위를 차지하고 있으며 만당의 시단에도 큰 영향을 끼쳤는데, 孟郊(맹교), 賈島(가도), 盧仝(노동) 등은 한유의 직계 제자라 부를 수 있을 만큼 영향을 받았다. 한유는 詩作에서 두보의 特長을 계승하여 표현의 예술성을 강조하였다.

백거이 역시 두보 사회시의 전통을 계승하여 사회의 모순을 고발하는 시를 창작하여 대중화에 노력하였다. 백거이는 新樂府 시를 지이 널리 보급시켰는데, 백거이의 切親인 元稹(원진)의 활동과 영향이 컸다. 그리고 張籍(장적), 王建, 李紳(이신) 등도 시를 통한 사회문제를 제기하며 또 확대시켰다.

한유와 함께 古文의 대가로 알려진 柳宗元(유종원)도 시인으로서 독보적인 위치를 누리고 있다. 유종원은 山水詩를 많이 지었는데, 그 시풍은 왕유, 맹호연, 위응물의 시풍을 닮았다. 그리고 유종원과 과거 급제 동기인 劉禹錫(유우석)은 民歌風의 서정시를 많이 지어 이름이 널리 알려졌다.

李賀(이하)는 鬼才(귀재)라는 별호로 알려질 만큼 유명하며, 요절한 시인으로 중당의 마지막을 장식했다. 이하는 환상적이고 기괴한 아름다움을 시로 표현하였는데, 典故를 많이 사용하여 읽기에 平易하지는 않지만 그의 천재성이 충분히 발휘된 가작을 남겼다.

전제적으로 보아 중당의 시인으로 한유와 백거이가 성당의 이백과 두보만큼의 지위를 이었다고 말할 수 있는데 그렇다고 그 亞流란 뜻은 절대 아니다.

중당의 시단은 성당의 시단만큼 개성이 뚜렷한 많은 시인들이 활동했고 그들의 작품 역시 성당의 詩作만큼 가치와 意義가 있다. 중당이 성당만 못하다는 일방적인 평가는 결코 쉽게 말할 수 없다고 생각한다.

008

錢起(전기)

錢起(전기, 710? – 782, 字는 仲文)는 天寶 연간에 진사가 되어 秘書省 校書郎을 거쳐 尙書考功郎中과 翰林學士 등을 역임했다.

그때 사람들은 '前有沈宋(앞에는 沈佺期와 宋之問), 後有錢郎(뒤에는 錢起와 郎士元)' 이라 하여 中唐의 시인 대표이며, 大曆十才子의 한 사람으로 錢起를 꼽았다.

그의 시는 五言이 주를 이루고 있으며 산수 속에서 은일을 따르고자 하는 내용의 시가 많은데, 그 詩格은 淸奇하고 文理가 淡遠(담원)하다는 평을 받고 있다. 그의 문집으로 《錢仲郎集》이 있다.

中唐의 시인 그룹으로 '大曆十才子' 라는 말이 있다. 大曆은 代宗의 연호(766 – 779)이며, 十才子는 10명의 시인이나 거기에 들어가는 사람에 대해서는 서로 다르다.

《新唐書》에 기재된 10인은 李端(이단), 盧綸(노륜), 司空曙(사공서), 錢起(전기), 耿諱(경휘), 吉中孚(길중부), 苗發(묘발), 夏侯審(하후심), 韓翃(한굉), 崔洞(최동, 崔峒) 등이다.

遠山鐘(원산종)

風送出山鐘, 雲霞度水淺.
欲知聲盡處, 鳥滅寥天遠.

먼 산의 종소리

바람 타고 들려오는 산사의 종소리,
노을 구름은 얕은 내 건너에 있다.
종소리 나는 곳을 찾으려 하나,
새들만 텅 빈 하늘로 날아간다.

| 詩意 | 〈遠山鐘〉 – 錢起의 〈藍田溪雜詠 二十二首〉의 하나이다. 《全唐詩》 239권에 수록.

위 시에서 '水淺' 과 '天遠' 은 '淺水' 와 '遠天' 의 도치인데, 韻을 맞추려는 뜻이다. 이를 '물은 얕고', '하늘은 멀고' 로 해석하면 부자연스럽다.

전기의 절구는 시 속에 畵意(화의)가 들어 있다는 평을 듣는다.

宿洞口館(숙동구관)

野竹通溪冷，秋泉入户鳴.
亂來人不到，芳草上堦生.

마을 입구 客館에서 자다

냇물이 있는 들판 대밭은 서늘하고,
가을철 냇물 소리 집안까지 들린다.
난리에 나그네도 오지않아,
층계에 芳草까지 자라났다.

| 詩意 | 洞口를 '동굴 입구' 라고 번역한 책을 보고서는 웃지 않을 수가 없었다.

寒草나 秋泉을 '차가운 풀' 이나 '가을 샘물' 로 번역한다면 느낌이 오겠는가? 차가운 풀이라면 따뜻한 풀도 있는가? 空山을 '빈 산' 으로 번역한다면 나무나 바위도 없다는 뜻인가?

시인의 상식은 보통 사람과 같으나, 다만 느끼고 생각하는 것이 보통 사람보다 뛰어났을 것이다.

《全唐詩》 239권 수록.

逢俠者(봉협자)

燕趙悲歌士，相逢劇孟家.
寸心言不盡，前路日將斜.

협객을 만나다

燕과 趙의 기개를 슬퍼하는 俠士가,
劇孟(극맹)의 집에서 서로 만났다.
속마음을 말로 다 하지 못했는데,
가야할 길에는 뉘엿뉘엿 해가 기운다.

| 詩意 | 劇孟(극맹)은 前漢 景帝 때 洛邑(洛陽) 출신 游俠(유협)인데, 의협심으로 여러 제후들 사이에 널리 알려졌었다. 비분강개한 협객들의 모습을 상상하며 지은 시이다.

《全唐詩》 239권에 수록.

石井(석정)

片霞照仙井，泉底桃花紅.
那知幽石下，不與武陵通.

돌우물

노을 한 줄기 신선 우물에 비추니,
샘물 바닥에 붉은 도화가 보인다.
어찌 알겠나? 어두운 돌 아래서,
무릉에 통하는 길이 있는 줄을!

| 詩意 | 이는 〈藍田溪雜詠 二十二首〉 중의 하나이다.

도화가 우물에 그림자로 비쳤고, 그것을 보고 우물 아래에서 武陵桃源(무릉도원)으로 통하는 길이 있을 수도 있다고 생각하였다.

좋은 시는 남다른 착상에서 나올 수 있다.

《全唐詩》 239권에 수록.

暮春歸故山草堂(모춘귀고산초당)

谷口春殘黃鳥稀, 辛夷花盡杏花飛.
始憐幽竹山窗下, 不改清陰待我歸.

늦봄에 고향 산의 초당에 돌아와서

골짜기에 봄이 가고 꾀꼬리도 드물며,
백목련은 이미 졌고 살구꽃이 날린다.
이제는 산 쪽 창 아래 유심한 竹이 좋으니,
清陰은 변함없이 내가 오기를 기다렸구나!

| 詩意 | 계절에 따른 봄 풍경을 그림처럼 그렸다.

무성한 대숲의 변함없는 푸름을 예찬하였으니 대나무가 꾀꼬리 울음, 辛夷花(신이화, 목련), 살구꽃보다 더 좋다는 의미이고, 이런 뜻은 곧 시인의 지조라고 해석해도 괜찮을 것이다.

送僧歸日本(송승귀일본)

上國隨緣住，來途若夢行.
浮天滄海遠，去世法舟輕.
水月通禪觀，魚龍聽梵聲.
惟憐一燈影，萬里眼中明.

일본으로 돌아가는 승려를 보내며

중국에는 인연 따라 머물었으니,
여기 오는 길은 꿈길 같았으리라.
하늘에 닿은 창해는 멀기만 하니,
돌아가는 佛法의 배는 가벼우리라.
물속 달과 같은 禪境에 통했으니,
魚龍도 불법의 소리를 들으리라.
오직 지혜의 法燈을 아껴,
萬里에 이르도록 慧眼이 밝으리라!

| 註釋 | ○ 〈送僧歸日本〉 - 〈일본으로 돌아가는 승려를 보내며〉. 《全唐詩》 237권과 《唐詩三百首》에 수록.

○ 上國隨緣住 - 上國은 중국. 隨緣住(수연주)는 인연따라 머물렀다. 隨緣은 因緣(인연).

○ 來途若夢行 - 來途는 일본에서 당에 오는 길. 통일신라에서는 唐에 遣唐使(견당사)를 보냈고, 견당유학생을 宿衛學生(숙위학

생)이라 하였다.

일본은 통일신라에 遣新羅使를 보냈고, 일본이 당에 파견하는 사신은 신라를 경유하여 入唐했다. 일본은 20년 간격으로 견당사를 보냈는데 4척의 배에 2,300여 명 규모의 견당사를 파견하였다.

여기에는 당연히 일본 최고의 지식계급인 승려가 포함되었다. 견당사 외에도 많은 승려를 당에 많이 보냈는데, 당시 유학승의 노력으로 서적 경전, 공예품들이 일본에 유입되었다.

ㅇ 浮天滄海遠 – 浮天은 하늘에 맞닿은. 滄은 차가울 창, 푸를 창.

ㅇ 去世法舟輕 – 去世는 塵世(진세)를 떠나다. 入唐하여 수도를 잘하여 得道한 바 있을 것이라는 칭송의 뜻이 있다. 法舟는 佛法(불경)을 싣고 가는 배, 法僧이 타고 가는 배, 日僧이 타고 가는 배.

ㅇ 水月通禪寂 – 水月은 물속의 달. 볼 수는 있으나 잡을 수 없는 달. 속세의 인간이 알고 있는 것. 通禪寂은 禪의 境地에 통했다.

ㅇ 魚龍聽梵聲 – 魚龍은 水中의 衆生들. 梵은 범어 범. 梵聲(범성)은 불경 외우는 소리.

ㅇ 惟憐一燈影 – 惟憐은 오직 ~을 아끼고 좋아하다. 影은 그림자 영. 햇살. 빛. 一燈影(일등영)은 지혜의 등불 하나. 무명을 밝히는 지혜의 등불.

ㅇ 萬里眼中明 – 萬里에 이르도록 혜안이 밝으리라!

| 詩意 | 이 시에는 불교 용어가 많이 등장한다.

隨緣(수연), 水月, 禪寂(선적), 梵聲(범성), 一燈影. 眼中明이 모두 불교 이치를 설명하는 말들이다.

前 4구는 일본에서 중국에 왔고 이제 돌아간다는 내용이고, 後 4句는 그간의 道行으로 많은 것을 깨우쳤으니 널리 불법을 가르치며 지혜의 등불을 지켜달라는 기원이 담겨 있다.

谷口書齋寄楊補闕(곡구서재기양보궐)

泉壑帶茅茨, 雲霞生薜帷.
竹憐新雨後, 山愛夕陽時.
閑鷺棲常早, 秋花落更遲.
家童掃蘿逕, 昨與故人期.

谷口의 서재에서 楊(양) 보궐에게 보내다

골짜기는 초가를 에워쌌고,
노을은 담쟁이 울타리를 비춘다.
대나무는 비온 뒤에 말쑥하고,
산은 석양이 비칠 때 아름답다.
한가한 백로는 일찍 둥지에 들었고,
가을의 들꽃은 더욱 늦게 진다.
아이가 넝쿨 길을 청소한 것은,
어제 우인과 약속했기 때문이지!

| 註釋 | ○〈谷口書齋寄楊補闕〉-〈谷口의 書齋에서 楊補闕에게 보내다〉.

谷口는 지금의 陝西省 中部의 涇河(경하) 하류. 咸陽市 관할의 縣禮泉. 漢代까지 谷口縣이라 불렸다. 전해오기로는 여기서 黃帝가 신선이 되어 승천했다고 한다.

楊補闕(양보궐)은 인명 미상. 보궐은 관직명. 諫官.

이 시는《全唐詩》237권과《唐詩三百首》에 수록되어 잘 알려진 작품이다.

○ 泉壑帶茅茨 – 泉壑(천학)은 계곡, 골짜기. 帶는 둘러싸다. 이어졌다. 茅는 띠 모. 잔디. 茨는 가시나무 자. 茅茨(모자)는 茅屋(모옥), 錢起의 書齋.

○ 雲霞生薜帷 – 雲霞(모하)는 노을. 薜은 승검초 벽. 향기가 나는 풀이름. 줄사철나무. 담쟁이 계통의 나무. 帷는 휘장 유. 薜帷(벽유)는 담쟁이가 무성하여 휘장을 두른 것 같다는 뜻.

茅茨(모자)와 같이 은거 생활을 뜻하는 말. 담쟁이 울타리로 옮겼다.

○ 竹憐新雨後 – 竹憐은 대나무가 말쑥하다. '예쁘게 보이다' 는 어울리지 않는다.

○ 山愛夕陽時 – 山이 夕陽을 좋아할 때. 해 질 녘.

○ 閑鷺棲常早 – 鷺는 해오라기 노(로). 棲는 깃들 서. 살다. 常早(상조)는 늘 일찍.

○ 秋花落更遲 – 落更遲(낙갱지)는 더 늦게 지는 것 같다.

○ 家童掃蘿逕 – 掃는 쓸 소. 쓸어버리다. 蘿는 댕댕이 넝쿨 나(라). 逕은 소로 경. 좁은 길.

○ 昨與故人期 – 期는 기약할 기. 약속하다.

| 詩意 | 泉壑과 雲霞, 竹과 山, 그리고 閑鷺와 秋花를 전부 의인화하여 구절의 주어로 묘사하였다.

이런 경치를 배경으로 삼고 집 주변을 깨끗이 청소하였으니 '친우여! 빨리 오시오!' 라고 부르는 것 같다.

1 – 6句에서 경치를 그리고 7, 8로 友人을 기다리는 시인의 마음을 표출하였으니 매우 짜임새 있는 서경시라 할 수 있다.

아름다운 자연은 거기에 사람이 있기에 아름다운 것이다. 사람이 아니 사는 정글을 아름답다고 생각하는 사람은 없다. 만년빙설의 대평원은 신비하거나 장엄하겠지만, 사람이 살지 않는다면 그 아름다움을 누가 그려내겠는가?

그래서 인간이 가치가 있는 존재이고, 그러하기에 詩人이 있어야 한다.

省試湘靈鼓瑟(성시상령고슬)

善鼓雲和瑟，常聞帝子靈.
馮夷空自舞，楚客不堪聽.
苦調淒金石，清音入杳冥.
蒼梧來怨慕，白芷動芳馨.
流水傳瀟浦，悲風過洞庭.
曲終人不見，江上數峰青.

省詩 – 湘江 여신의 악곡

雲和山 거문고를 잘 연주하는 이는,
湘水의 여신이라고 늘 들어왔었네.
水神 풍이는 공연히 혼자 춤을 추고,
상수의 나그네는 끝까지 듣지 못하네.
슬픈 음조는 金石마저 처량하게 하고,
맑은 소리는 하늘 끝에 울려 퍼졌네.
창오산의 혼령도 옛정을 그리워하고,
향초인 백지는 좋은 향을 내뿜었네.
흐르는 물을 타고 상수 가에 울리니,
바람도 슬피 동정호를 지나가네.
曲이 끝났지만 사람은 보이지 않고,
강에는 여러 봉우리들만 푸르다네.

| 註釋 | 〈省試湘靈鼓瑟〉 – 錢起의 시 중에서 가장 잘 알려진 작품은 〈省詩湘靈鼓瑟(성시상령고슬)〉이다.

省試는 尙書省에서 주관하는 과거시험이며 여러 가지 제한이 있다.

우선 6聯으로 지어야 하며, 首聯은 반드시 제목에 관한 의미를 담고 있어야 하며, 중간에도 對偶(대우)로 짜야 하고 같은 글자를 반복하여 쓸 수 없는 등 여러 가지 제약이 있어 그런 제약을 지키다 보면 佳作(가작)이 나오기 힘들다고 하였다.

전기의 이 시는 당나라 과거 시험의 작품 중에서는 가장 우수하다고 알려졌는데, 여기에는 재미있는 이야기가 들어 있다.

즉, 錢起가 그야말로 起身하기 전에 독서를 하고 있는데 밖에서 시를 읊는 소리가 들려왔다. 전기가 문을 열고 나와 사람을 찾았으나 아무도 볼 수 없었다. 다만 전기의 귀에 들렸던 '曲終人不見하나 江上數峰靑이라.' 는 구절은 또렷하게 기억되었다.

또 다른 이야기에는 長安에 응시하러 가는 도중에 京口(今, 江蘇省 鎭江市)의 旅舍에서 숙박했는데 꿈속에서 그 구절을 들었다고 하였다. 전기는 그 표현이 매우 청신하다 생각하고 두 구절을 기억하고 있었다.

錢起는 천보 10년(751)에 進士科에 응시하였는데 時題가 〈楚辭. 遠遊〉에 나오는 〈湘靈鼓瑟(상령고슬)〉이었다. '湘靈' 은 '湘江의 여신' 이란 뜻이다.

이에 전기는 기억하고 있던 두 구절을 마지막에 활용했고 그 결과는 장원급제였다. 전기는 귀신의 도움으로 그런 좋은 구절을 얻었다고 생각하였다.

| 詩意 | 雲和는 산 이름인데, 이 산에서 나오는 나무로 琴瑟(금슬)을 만든다고 하였다. 帝子는 '堯임금의 딸로 舜임금의 아내인 娥皇과 女英이라는 湘水의 女神'이며, 馮夷(풍이)는 '黃河의 神 河伯'인데, 여기서는 일반적인 '水神'의 뜻으로 쓰였다.

楚客은 '楚의 湘江 일대를 떠도는 나그네'로 屈原(굴원)이나 賈誼(가의)를 상징한다. 蒼梧(창오)는 '舜임금이 죽었다는 산 이름'이고, 白芷(백지)는 향기가 나는 풀이름이다. 전기의 이 시는 '不'字가 두 번 쓰였지만 시의 내용이 워낙 출중하여 크게 문제되지 않았다고 한다.

이 시는 神話와 전설을 바탕으로 음악 연주를 시인의 상상으로 표현하였으니 전체적으로 로맨틱한 분위기가 느껴진다.

아름다운 여신이 연주하는 음악이 끝이 났으나 사람은 보이지 않고 상강 주변 여러 산봉우리들만 푸르다는 마지막 구절은 시를 읽는 사람으로 하여금 꿈에서 깨어나 현실을 느끼게 하는 듯 신비롭다.

錢起는 이 시를 통해 장원급제하고 文名을 얻었다. 그리고서 다시 약 1,200년의 세월이 흐른 뒤 錢起의 이 시는 또 한 번 유명해진다.

毛澤東(모택동, 1893 – 1976) – 湘江을 끼고 있는 湖南省의 湘潭(상담)에서 태어난 毛澤東(Máozédōng)은 일생동안 4번 결혼을 했다. 1907년에 결혼한 첫 부인 羅一秀와는 동거를 하지 않았고, 첫 부인은 1910년에 병사하였다. 1920년에 결혼한 楊開慧와는 3명의 아들을 두었는데, 1922년생인 장남 毛岸英은 1950년 한국전쟁에서 전사하였다.

3번째 부인 賀子珍(하자진)과는 1928년 결혼하였고, 4번째 부인은 1938년에 결혼한 江青(Jiāng qīng)으로 文化革命 때 소위 四人幫(사인방)의 우두머리로 '紅都女帝' 라는 별명을 얻었으며, 중국 현대사에 큰 영향을 행사하다가 1976년 가을 毛澤東이 죽자 권력이 꺾이고 1991년에 자결하였다.

江青(1914 – 1991)의 本名은 李雲鶴(이운학)으로 毛澤東의 4번째 부인이었고, 그녀에게 毛澤東은 3번째 남편이었다.

본래 '藍蘋(남빈)' 이란 예명을 가진 배우였으나 큰 명성을 얻지 못하고 있었다. 그녀가 陝西省 延安에서 毛澤東을 만났고, 毛澤東은 錢起의 시 〈湘靈鼓瑟〉의 마지막 두 구절 '曲終人不見, 江上數峰青' 에서 江青이라는 예명을 지어 주었다.(모택동 만나기 이전에도 '江青' 이라는 藝名을 사용했다고 주장하는 이야기도 있다.)

이를 본다면 모택동은 많은 독서를 했던 지도자였다는 사실을 알 수 있다.

贈闕下裴舍人(증궐하배사인)

二月黃鸝飛上林，春城紫禁曉陰陰.
長樂鐘聲花外盡，龍池柳色雨中深.
陽和不散窮途恨，霄漢長懷捧日新.
獻賦十年猶未遇，羞將白髮對華簪.

裴舍人 闕下께 드림

이월의 꾀꼬리는 上林에 날고,
봄철의 궁궐은 새벽에도 무성하지요.
長樂宮 종소리 꽃밭 너머 스러지고,
龍池의 버들은 빗속에 더욱 푸르겠지요.
봄볕도 궁색한 앞길을 풀어주지 못하고,
한밤의 은하수 영원한 충성심과 같도다.
글월을 올린 지 오래나 아직 소식 없으니,
白首의 저는 어른을 어찌 뵐지 걱정입니다.

| 註釋 | ㅇ 〈贈闕下裴舍人〉 - 〈裴舍人 闕下께 드림〉.

裴舍人은 인명 미상. 舍人은 中書舍人의 略. 황제의 최측근 비서 역할을 담당하는 관직이다. 闕下(궐하)는 貴下와 같은 뜻.

요즈음말로 하면 인사 청탁을 했었는데, 다시 한 번 더 부탁한다는 뜻의 시.

이 시는 《全唐詩》 239권과 《唐詩三百首》에 수록되었다.

○ 二月黃鸝飛上林 – 黃鸝(황리)는 꾀꼬리. 上林은 본래 秦의 宮苑. 漢 武帝가 확장하여 사냥터로 활용.

司馬相如의 〈上林賦〉로 더욱 유명해져서 황제의 사냥이나 유락을 말할 때면 마치 대명사처럼 쓰인다. 여기서는 唐의 宮苑.

○ 春城紫禁曉陰陰 – 紫禁(자금)은 황궁. 陰陰은 어둑어둑한 모양〔幽闇(유암)〕. 나무가 한창 무성한 모양(茂密貌). 王維의 〈酬郭給事〉에 '～桃李陰陰柳絮飛' 라는 구절이 있다. 1, 2구가 서로 바뀐 판본도 있다. '春城紫禁曉陰陰, 二月黃鶯飛上林' – 이렇게 바뀌면 좀 더 나을 것 같음.

○ 長樂鐘聲花外盡 – 長樂은 漢의 궁궐 이름. 花外盡은 꽃이 핀 곳 저쪽으로 사라진다.

○ 龍池柳色雨中深 – 龍池는 장안의 궁궐 안에 있는 연못.

○ 陽和不散窮途恨 – 陽和는 春陽. 봄의 따스함. 황제의 무한한 은택을 비유함. 窮途恨(궁도한)은 아직 앞길이 트이지 않은 사람의 걱정.

○ 霄漢長懷捧日新 – 霄漢(소한)은 밤하늘의 은하수. 捧은 받들 봉. 捧日新(봉일신)은 해를 떠받드는 마음. 충성심.

○ 獻賦十年猶未遇 – 獻賦(헌부)는 자신이 지은 부를 바치다.(進所作之賦也) 벼슬을 구하려 노력했다.

司馬相如가 부를 지어 올려 벼슬을 얻은 이후 文人들은 글을 지어 자신의 재능을 내 보이며 발탁되기를 기다렸다.

두보도 天寶 연간에 진사과에 응시하여 불합격한 뒤 천보 말년 무렵에 〈三大禮賦〉를 지어 올렸고 현종이 기이하게 여겼다는 기록이 있다.

獻賦十年(헌부십년)은 오래 전부터 여러 가지 노력을 했다는 뜻. 猶未遇(유미우)는 아직도 聖恩을 입지 못했다는 뜻.

○ 羞將白髮對華簪 – 羞는 바칠 수. 부끄럽다. 白髮은 '머리가 세었다' 는 뜻보다는 벼슬이 없는 白首의 뜻. 簪은 비녀 잠. 華簪(화잠)은 高官. 벼슬아치.

| 詩意 | 錢起는 천보 10년(751)에 과거에 급제하였으니 그 이전에 쓴 시라고 생각된다. 전기는 나중에 '尙書考功郎中' 을 역임하였고, 代宗 大曆 연간에 '大曆十才子' 의 한 사람으로 文名도 누렸었다. 이름 그대로 '起身' 한 것 같다.

전반 4구는 자신이 생각하는 도성의 봄과 궁궐의 아침을 묘사하였다.

그리고 후반 4구는 한 자리 아니면 힘 좀 써서 추천해 달라는 뜻이다.

5구에 있는 '恨' 은 裴舍人에 대한 '怨' 은 아닐 것이다. 처량한 심정이 詩句 사이에 가득하다는 느낌이다.

009
賈至(가지)

賈至(가지, 718? – 772, 字는 幼鄰)는 字가 幼鄰(유린)이며, 742년에 과거에 급제한 뒤, 起居舍人, 知制誥(지제고) 등을 역임하고 大曆 초에 京兆尹, 右散騎常侍 등 고위직을 역임하였다.

送李侍郎赴常州(송이시랑부상주)

雪晴雲散北風寒, 楚水吳山道路難.
今日送君須盡醉, 明朝相憶路漫漫.

상주로 부임하는 李시랑을 보내며

눈이 개며 구름 걷히고 북풍은 찬데,
楚江서 吳山의 길은 험하기만 하다.
오늘 그대 보내며 끝까지 취해야 하나니,
내일 아침 그리워해도 길은 멀기만 하다.

| 詩意 | 詩의 楚江은 岳陽이고, 李시랑이 부임하는 常州는 吳山이라고 썼다. 오늘 술에 흠뻑 취해도 내일 아침 보낼 때 서운하고, 보낸 다음에도 내내 먼 길만큼 그리는 정은 이어질 것이라는 우정을 표현하였다.

《全唐詩》 235권 수록.

西亭春望(시정춘망)

日長風暖柳青青，北雁歸飛人窅冥.
岳陽城上聞吹笛，能使春心滿洞庭.

西亭의 봄 경치

해는 길고 따스한 봄날 버들 푸른데,
북쪽 기러기 까마득 멀리 날아간다.
악양루에서 듣는 피리 부는 소리,
봄을 기다리는 마음, 동정호를 채운다.

| 詩意 | 강남의 멋진 풍광은 수많은 시인들의 소재가 되었다.

동정호, 악양루는 모든 시인들이 꼭 가보고 싶었고 또 읊어야 하는 소재였다.

《全唐詩》 235권 수록.

巴陵夜別王八員外(파릉야별왕팔원외)

柳絮飛時別洛陽，梅花發後到三湘.
世情已逐浮雲散，離恨空隨江水長.

巴陵에서 밤에 王八 員外와 헤어지다

버들개지가 날릴 때 낙양을 떠나왔는데,
梅花가 핀 뒤에야 三湘(삼상)에 도착했다.
세상의 인정은 뜬구름 따라 흩어져 버렸고,
別離의 설움만 그냥 長江 따라 흘러버렸다.

| 詩意 | 이는 《全唐詩》 235권에 실려있는데, 一作 〈三湘有懷〉라는 제목도 있다.

시를 통해 보면, 늦봄에 낙양을 떠나 각지를 떠돌다 다음 해 이른 봄에 남쪽 三湘(삼상)땅에 왔다. 그간 객지의 설움 속에 인정의 무상을 한탄하였다.

010

皇甫冉(황보염)

皇甫冉〔황보염, 716 – 769, 字는 茂政(무정), 皇甫는 복성〕으로 潤州 丹陽(今 江蘇 丹陽) 사람이다. 10세에 글을 잘 지어 張九齡이 재주를 칭찬하며 小友라고 불렀다. 현종 天寶 15년(755)에 진사과에 급제하였다.

안사의 난 때 은거하다가 代宗 大曆에 河南節度使 王縉(왕진)의 막료가 되었고 이후 右補闕(우보궐)로 관직생활을 마무리했다.

大曆十才子의 한 사람이다.

倢伃春怨(첩여춘원)

花枝繞建章，鳳管出昭陽.
借問承恩者，雙蛾幾許長.

첩여의 춘원

꽃가지는 건장궁을 에워쌌고,
봉황 피리는 소양궁에서 나온다.
묻나니, 요새 총애를 받는 여인의
쌍나방 눈썹은 길이가 얼마쯤 되나요?

| 詩意 | 倢伃(첩여, 婕伃)는 女官의 직명이다. 建章과 昭陽은 모두 漢代 궁궐 이름이다.

1, 2구는 총애를 받는 여인의 거처이고, 3, 4구는 첩여가 물은 말이다.

同諸公有懷絶句(동제공유회절구)

舊國迷江樹，他鄕近海門.
移家南渡久，童稚解方言.

여럿이 회포를 말한 절구

고향 강가 나무가 희미하게 떠오르나,
여기 타향은 바닷가에 가까웁다.
강을 건너 남쪽에 이사한 지 오래라서,
아이들은 여기 사투리를 알아듣는다.

| 詩意 | 어른은 자신이 자란 고향의(여기서는 舊國) 모든 것이 그립고 생각나지만, 아이들은 적응이 빠르다.

강을 건너 남쪽으로 이사했는데, 아이들은 여기 사투리를 알아듣고 또 따라한다. 어른에게는 그것도 하나의 懷抱(회포)이다.

《全唐詩》 249권 수록.

送王翁信還剡中舊居(송왕옹신환섬중구거)

海岸耕殘雪，溪沙釣夕陽.
客中何所有，春草漸看長.

剡中(섬중)의 舊居로 돌아가는 왕옹신을 전송하다

잔설이 남은 바닷가의 밭을 갈고,
석양에 냇가 모래밭서 낚시한다.
나그네 되어 무엇을 가졌던가?
조금씩 자란 봄풀만 바라본다.

| 詩意 | 나그네의 떠돌이 생활을 마치고 돌아간다. 그러면 부지런히 일도 하고 가끔은 여유를 갖고 낚시도 할 것이다.

1, 2구는 고향에 돌아갈 왕옹신이 할 일이다. 그러나 눈을 돌려 보자! 그간 무엇을 얻었는가? 빈손으로 돌아가야 한다. 草根木皮로 연명할 수도 있다.

가난은 현실이다. 자라나는 봄풀을 바라본다는 뜻은 아마 현실에 대한 냉엄한 自省이 아니겠는가?

《全唐詩》 250권에 수록.

送王司直(송왕사직)

西塞雲山遠, 東風道路長.
人心勝潮水, 相送過潯陽.

王司直을 보내다

구름낀 서새산은 까마득하고,
동풍이 부는 길은 멀기만 하다.
우리의 정은 潮水보다 나으니,
서로 전송하며 潯陽에 들렀다.

| 詩意 | 司直은 관직명이다.

한번 面長을 역임했으면 퇴직해도 또 죽은 다음에도 면장님이다. 관직은 호칭으로 쓰기에 아주 편리하다.

潮水(조수)는 시간 따라 물이 들어왔다 나갔다는 반복한다. 정이 남았다고 더 머물지도 않는다. 그래서 조수는 무정하다.

潯陽(심양)은 지금의 江西省 북부 九江市로 여기까지 조수의 영향이 미친다.

《全唐詩》 249권에 수록. 이 시를 劉長卿의 시라는 주장도 있다.

和王給事禁省梨花詠(화왕급사금성이화영)

巧解逢人笑，還能亂蝶飛.
春時風入户，幾片落朝衣.

王給事의 '禁省梨花詠'에 화답하다

사람이 보면 예쁘게 웃을 줄 알고,
나비인양 어지러이 날릴 수도 있다.
봄바람이 때때로 집안에 불어오면,
몇 조각 꽃잎이 관복에 떨어진다.

| 詩意 | 《全唐詩》250권에 수록.

시인의 觀察 정확하게는 洞察(통찰)이라고 써야 할 것 같다. 배꽃을 보고서 사람보고 웃을 줄 안다고 표현하였으니! 배꽃을 여인으로 상상했을 것이다.

여인의 매력은 유혹에 있지 않은가? 다른 사람을 보고 웃을 줄 알기에 예쁘고 귀여운 것이다.

그래서 理智的이고 分析(분석)과 判斷에 뛰어난 여성에게 미인이라는 느낌은 후순위이다.

酬張繼(수장계)

悵望南西登北固，迢遙西塞恨東關.
落日臨川問音信，寒潮唯帶夕陽還.

張繼의 시에 화답하다

남서 북고산에 올라 슬피 바라보니,
먼먼 서새산은 동관에 막혀 있구나.
해 질 녘 강가에서 소식을 묻나니,
차가운 강물은 석양 속에 흐른다.

| 詩意 | 張繼(장계)는 名詩 〈楓橋夜泊〉의 작자. 벗을 생각하는 정이 강물처럼 끊어지지 않고 이어진다는 뜻을 노래했다.
《全唐詩》 250권 수록.

送魏十六(송위십육)

秋夜深深北送君，陰蟲切切不堪聞.
歸舟明日毗陵道，迴首姑蘇是白雲.

魏十六을 보내며

깊어가는 가을밤, 그대 이제 보내야 하니,
귀뚜라미 처량한 울음은 듣기가 어려워라.
돌아가는 배는 내일 비릉의 길을 갈 터이니,
고개를 돌려보는 고소성은 백운 속에 있으리.

| 詩意 | 毗陵(비릉)은 長江 하류 江蘇省(강소성)의 常州이다.

시인은 가을밤에 친우를 보내려는 생각에 잠을 못 이루고 그가 갈길을 머릿속에 그리고 있다.

《全唐詩》 249권 수록.

011
李嘉祐(이가우)

李嘉祐(이가우, 字는 從一)는 大曆 연간의 詩人이다. 현종 天寶 7년에 급제한 뒤 여러 지방관을 역임하고 大曆 연간에 袁州刺史를 지냈다. 이가우는 嚴維, 劉長卿 등과 교유했으며 그의 시풍은 아름다움을 추구하며 南朝 齊梁의 시풍이 남아 있었다.

《全唐詩》 206, 207권에 총 134수의 시가 실렸다.

春日憶家(춘일억가)

自覺勞鄕夢, 無人見客心.
空餘庭草色, 日日伴愁襟.

봄날에 집 생각을 하다

고향꿈이 고생인 줄을 알고 있지만,
나그네의 마음 알아줄 사람이 없다.
뜰에는 부질없이 풀빛만 가득하고,
날마다 걱정하는 마음만 남았도다.

| 詩意 | 고향 생각이 많고 깊다고 고향에 가는 것도 아니다. 그렇다고 생각 않으려 해도 아니할 수가 없다.

白鷺(백로)

江南淥水多，顧影逗輕波.
落日秦雲裏，山高奈若何.

백로

강남에는 맑은 물이 많아서,
그림자를 보면서 물가에 서있다.
온종일 산은 구름에 덮였는데,
산이 높은들 백로가 어이하리?

| 詩意 | 한 폭의 그림이다.

맑은 물 – 백로 – 구름 덮인 산 – 서로 아무 관계도 없다. 그냥 자기 존재만으로 의미가 있다.

물은 물대로 흘러갈 것이고, 백로는 마음대로 날아갈 것이며, 산은 구름을 벗 삼을 수 있다. 모두가 그대로, 곧 自然이다.

秋朝木芙蓉(추조목부용)

水面芙蓉秋已衰，繁條到是著花時.
平明露滴垂紅臉，似有朝愁暮落悲.

가을 아침의 목련

물에 핀 연꽃은 가을에 벌써 지고 없으니,
무성한 꽃가지는 꽃이 피었을 때이다.
맑은 날에, 붉은 꽃에 저녁 이슬이 맺히니,
아침 수심에 저녁때 흘리는 슬픈 눈물 같다.

| 詩意 | 중국과 우리나라는 기후가 비슷하다지만 식물이 꼭 같지는 않다. 베이징에서 본 감나무 잎은 우리나라 감나무 잎과 형태도 조금 다르고 훨씬 컷다.

木芙蓉을 우리가 보통 木蓮(목련)으로 번역하는데, 우리나라에서는 백목련과 자목련 모두 이른 봄에 꽃이 핀다. 이 시에서는 水蓮은 꽃이 졌고, 가을날 저녁때 木芙蓉(목부용)의 잎에 저녁 이슬이 맺혀 붉은 꽃잎에 떨어트린다 하였으니 木芙蓉은 우리가 생각하는 목련이 아닌 다른 꽃 이름인지 알 수 없다.

九日(구일)

惆悵重陽日, 空山野菊新.
蒹葭百戰地, 江海十年人.
歎老堪衰柳, 傷秋對白蘋.
孤樓聞夕磬, 塘路向城闉.

중양절

내 마음 서글픈 重陽節,
空山엔 새로핀 들국화.
갈대밭에 많은 싸움이 있었고,
이 몸은 江湖에 십 년을 떠돌았다.
늙은 몸은 말라죽는 버들과 같나니,
흰 마름을 바라보는 서글픈 가을이라.
쓸쓸한 누각에 저녁 경쇠소리 들리고,
연못의 길은 성문으로 이어졌다.

| 詩意 | 중양절 – 시인은 山寺의 연못가에 서있다. 물이 있으면 갈대밭이 널렸고, 갈대밭에서는 으레 전투가 벌어지고, 그런 전쟁을 피해 떠돌기 십 년이다. 늙어가는 자신을 오래된 버드나무, 죽어가는 버드나무에 비유하며 슬픈 상념에 빠졌다.

〈저자 약력〉

도연 진기환(陶硯 陳起煥)

서울 대동세무고등학교장 역임

《三國演義》 원문읽기 (2020년), 《新譯 王維》 (2016년), 《唐詩絶句》 (2015년), 《唐詩逸話》 (2015년), 《唐詩三百首 (上·中·下)》 (2014년. 공역), 《金瓶梅 評說》 (2012년), 《上洞八仙傳》 (2012년), 《三國志 人物 評論》 (2010년), 《水滸傳 評說》 (2010년), 《中國人의 俗談》 (2008년), 《儒林外史》 (抄譯) 1권 (2008년), 《三國志 故事名言 三百選》 1권 (2001년), 《三國志 故事成語 辭典》 1권 (2001년), 《東遊記》 (2000년), 《聊齋誌異(요재지이)》 (1994년), 《神人》 (1994년), 《儒林外史》 (1990년)

《완역 漢書》 八表 / 十志. 5권. 近刊 예정, 《正史 三國志》 全 6권 (2019년), 《완역 後漢書》 全 10권 (2018 - 2019년), 《완역 漢書》 全 10권 (2016 - 2017년), 《十八史略》 5권 중 3권 (2013 - 2014년), 《史記人物評》 (1994년), 《史記講讀》 (1992년)

《孔子聖蹟圖》 (2020년), 《論語名言三百選》 (2018년), 《論述로 읽는 論語》 (2012년), 《중국의 神仙 이야기》 (2011년), 《아들을 아들로 키우기 / 가정교육론》 (2011년), 《三國志의 지혜》 (2009년), 《三國志에서 배우는 인생의 지혜》 (1999년), 《中國人의 土俗神과 그 神話》 (1996년)

唐詩大觀(당시대관) [4권]

초판 인쇄 2020년 10월 20일
초판 발행 2020년 10월 30일

편　　역 | 진기환
발 행 자 | 김동구
디 자 인 | 이명숙 · 양철민
발 행 처 | 명문당(1923. 10. 1 창립)
주　　소 | 서울시 종로구 윤보선길 61(안국동)
　　　　　우체국 010579-01-000682
전　　화 | 02)733-3039, 734-4798, 733-4748(영)
팩　　스 | 02)734-9209
Homepage | www.myungmundang.net
E-mail | mmdbook1@hanmail.net
등　　록 | 1977. 11. 19. 제1~148호

ISBN 979-11-90155-54-0 (94820)
ISBN 979-11-90155-50-2 (세트)
25,000원